Una Troy:
Mutter macht Geschichten
Roman

Deutsch von Susanne Lepsius

Deutscher
Taschenbuch
Verlag

dtv

Dieses Buch liegt auch in der Reihe dtv großdruck als Band 25003 vor.

Von Una Troy sind außerdem im Deutschen Taschenbuch Verlag erschienen:
Die Pforte zum Himmelreich (10405; auch als dtv großdruck 25052)
Ein Sack voll Gold (10619; auch als dtv großdruck 25002)
Trau schau wem (10867)
Kitty zeigt die Krallen (10898)
Stechginster (10989)
Das Schloß, das keiner wollte (11057)
Eine nette kleine Familie (11150)
Läuft doch prima, Frau Doktor! (11214)
Die Leute im bunten Wagen (11350)

Ungekürzte Ausgabe
August 1977
13. Auflage August 1991
Deutscher Taschenbuch Verlag GmbH & Co. KG, München
Lizenzausgabe mit freundlicher Genehmigung des Scherz Verlags, Bern · München · ISBN 3-502-12756-5
Titel der Originalausgabe: ›Stop Press‹

Umschlaggestaltung: Celestino Piatti
Gesamtherstellung: C.H. Beck'sche Buchdruckerei, Nördlingen
Printed in Germany · ISBN 3-423-01286-2

2,–

Das Buch

Zwei Dinge hat der gute Mr. Brown seiner heißgeliebten Elsie wohlweislich nie erlaubt: selbst am Steuer eines Autos zu sitzen und einen Hund ins Haus zu bringen. Doch Mr. Brown lebt nicht mehr, und Elsie steht nach dreiundzwanzigjähriger Ehe vor einem neuen Lebensabschnitt. Was liegt näher, als ihn mit der Erfüllung ihrer beiden Herzenswünsche zu beginnen? Es dauert nicht lange, und sie präsentiert sich ihren Kindern als stolze Auto- und Hundebesitzerin. Doch das schrottreife Vehikel und die auf der Straße aufgelesene Promenadenmischung bereiten den erwachsenen Sprößlingen Aufregungen und schlaflose Nächte. Als eines Tages ein Bild ihrer temperamentvollen Mutter in der Zeitung erscheint, überstürzen sich die Ereignisse. Denn es stellt sich heraus, daß der Anlaß für die Zeitungsmeldung noch harmlos ist gegenüber den vielen anderen »Geschichten«, die Mrs. Brown ihren Kindern beichten muß. In einem Anflug von Selbstmitleid kommt Elsie zu der Einsicht: »Wär' Mr. Brown noch am Leben, säß' ich nicht so tief in der Patsche.« Doch solch trübsinnige Gedanken sind nicht von langer Dauer. Sie versteht es glänzend, ihren drei Kindern immer neue Überraschungen zu bereiten. Während diese Ordnung in das Leben ihrer unternehmungslustigen Mutter zu bringen versuchen, löst sie auf ihre Weise vorläufig all ihre Probleme. Dina, James und Jill können erst aufatmen, als ihnen endlich jemand die Verantwortung für Mama wieder abnimmt ...

Die Autorin

Una Troy wurde 1913 in Fermoy in Irland geboren. Sie studierte in Dublin und lebt heute als Witwe eines Arztes in ihrer irischen Heimat. Una Troy begann schon früh zu schreiben. Mit der Veröffentlichung des Romans ›Wir sind sieben‹ wurde sie in kurzer Zeit in England, Amerika und dem deutschen Sprachraum bekannt. Es folgten u. a. die Romane ›Die Pforte zum Himmelreich‹, ›Ein Sack voll Gold‹, ›Trau schau wem‹, ›Kitty zeigt die Krallen‹, ›Stechginster‹, ›Das Schloß, das keiner wollte‹, ›Eine nette kleine Familie‹, ›Läuft doch prima, Frau Doktor!‹ und ›Die Leute im bunten Wagen‹.

Erstes Kapitel

Der Zeitungsartikel war wie ein Schuß aus dem Hinterhalt, aber jetzt wußten James und seine Schwestern wenigstens, wo der Feind stand. Der Schock zwang sie zu handeln – und zwar keine Sekunde zu früh, wie sie sich eingestehen mußten. Sie hatten eben nicht gut genug auf ihre Mutter aufgepaßt.

James entdeckte die beunruhigende Kurznachricht als erster der Familie. Sie traf ihn wie ein Schlag in die Magengrube. Obwohl erst vierundzwanzig, war er schon ein Mann mit eingefleischten Gewohnheiten. So las er unter der Woche die Zeitung nie schon beim Frühstück, sondern sparte sie auf, um sich mit ihr die Fahrt von Stanley Gardens nach London zu verkürzen.

So sagte er auch an diesem Morgen wie immer seiner Frau mit einem Kuß Aufwiedersehen, tätschelte den auf hohen Kinderstühlen thronenden Zwillingen, die gerade ihren Porridge mampften, die Köpfchen und trat in den freundlichen Juli-Sonnenschein hinaus, ohne zu ahnen, daß er unter seinem Arm die Gefährdung seines Seelenfriedens trug. Später dachte er voller Ingrimm daran, daß er aus schierer Lebenslust sogar eine kleine Melodie auf dem Weg zur U-Bahn vor sich hingesummt hatte. Der Zug fuhr gerade ein, als er den Bahnsteig betrat. Er war zum Glück nicht überfüllt. James setzte sich auf einen freien Platz und öffnete die Zeitung. Ganz unten auf der Seite sprang ihm aus einer Kurzmeldung der Name seiner Mutter in die Augen – sein Atem stockte.

Den ganzen Vormittag fiel es ihm schwer, sich so ausschließlich, wie er es für seine Pflicht hielt, mit den Problemen des Londoner Bezirksamts zu beschäftigen, für deren Lösung er schließlich bezahlt wurde. In der Kaffeepause rief er seine Schwestern an. Dina arbeitete in einem Warenhaus und teilte mit zwei Mädchen eine Wohnung in der Nähe ihrer Arbeitsstätte. Sie stöhnte hörbar, als James ihr vorschlug, sich an einem für alle Browns günstig gelegenen Ort zum Mittagessen zu treffen, um eine gewisse Angelegenheit, von der er Kenntnis erhalten hätte, zu besprechen.

»Was tust du denn so geheimnisvoll, du kannst einem ja direkt 'nen Schreck einjagen.«

»Ich spreche aus dem Büro.«

Dina kicherte.

»Du liebe Güte, da muß allerdings was ganz Grauenvolles passiert sein, daß du dich dazu aufschwingst.«

James versuchte, ruhig zu bleiben.

»Ich habe selbstverständlich um Erlaubnis gefragt. Und bitte, nimm dich zusammen! Es ist unbedingt notwendig, daß wir über dieses ... dieses Problem, das da plötzlich aufgetaucht ist, miteinander reden.«

»Ich mach dir einen Vorschlag«, sagte Dina munter. »Ich verbringe dieses Wochenende sowieso bei Mammi. Hat das Ganze, was immer es auch sein mag, nicht bis dahin Zeit?«

James faßte sich noch immer in Geduld: »Es liegt doch wohl auf der Hand, daß es für uns drei unmöglich ist, in Mutters Haus eine private Unterhaltung zu führen.«

»Willst du damit sagen, daß Mammi nichts davon wissen darf?«

James schwieg.

Dina fragte besorgt: »Mutter ist doch nicht etwa krank?«

»Soviel ich weiß, erfreut sie sich bester Gesundheit.«

»Gott sei Dank, aber ich seh' schon, daß ich Eric trotzdem zum Mittagessen absagen muß«, seufzte Dina bekümmert. »Aber wehe dir, wenn es nicht wirklich was enorm Wichtiges ist.«

Jill zeigte sich genauso widerspenstig: »Ich hab' heute abend nichts vor und fahre direkt nach Hause. Warum kommt ihr beide, du und Dina, nicht auch dorthin. Dann können wir uns ja ausquatschen.« Unnötigerweise fügte sie noch hinzu: »Und selbst wenn du vom Büro aus redest, sehe ich nicht ein, warum du nicht mit der Sprache herausrückst. Wenn deine Kollegen nichts weiter zu tun haben, als rumzustehen und die Ohren zu spitzen, dann wird es höchste Zeit, daß man ihre Gehälter kürzt, um den Steuerzahlern Geld zu sparen.«

James riß der Geduldsfaden.

»Muß ich dir wirklich erst umständlich auseinandersetzen, warum zu Hause nicht der geeignete Ort ist?«

»James ... O Gott ... was *meinst* du? Mammi war doch heute früh, als ich wegging, ganz in Ordnung.«

»Und ist es zweifellos immer noch. Hast du die ›Mail‹ heute früh gelesen?«

»Wir bekommen sie zwar jeden Morgen, aber ich habe nicht reingeschaut. Warum fragst du?«

»Dann kauf dir eine und *lies* sie!« rief James wutschnaubend und hängte ein.

Die ominöse Zeitung lag jetzt zwischen ihnen auf dem Tisch

des Restaurants. James schlug sie auf und fing mit einer wahren Leidensmiene an zu lesen:

»DAS LOS DER POLIZISTEN IST EIN SCHWERES. Diese traurige Wahrheit wurde dem Polizeiwachtmeister P. C. Stapleton nur zu deutlich vor Augen geführt, als er Mrs. Elsie Brown wegen eines Verkehrsdeliktes anhielt ...«

»Und sie hat uns nichts von der Vorladung gesagt. Stellt euch das vor!« rief Dina. »Arme Mammi! Sicher hat sie sich die ganze Woche schreckliche Sorgen gemacht.«

»Sie sah aber gar nicht so aus«, bemerkte Jill etwas erstaunt. »Vermutlich dachte sie, es ließe sich doch irgendwie vertuschen. Arme alte Mammi! Sie hat aber auch wirklich Pech, daß jemand die Sache wichtig genug fand, um eine fette Glosse darüber zu schreiben.«

»Das einzig richtige wäre gewesen, uns sofort um Rat zu fragen«, sagte James streng, »statt dessen hat sie sich durch ihre Geheimniskrämerei zum Gespött der Leute gemacht.«

»Übertreib doch nicht so, James«, rief Dina, »sie hat ja noch nicht mal eine Strafe zahlen müssen.«

»Dieser alberne Artikel hier ist fast noch schlimmer als eine Strafe. Ich hasse Menschen, die auf anderer Leute Kosten komisch sein wollen.«

»Nun, hoffentlich war es für Mutter eine Warnung, aber was viel wichtiger ist, auch für *uns* sollte es eine sein.« James las weiter. »Damen am Steuer, bemerkte der Richter, dürfen immer mit einer gewissen Nachsicht rechnen, aber ...«

Dina rief aufgebracht: »Nun hör schon auf, James!«

Jill schüttelte, von Selbstvorwürfen gequält, den Kopf: »Da ich die einzige bin, die noch bei Mammi wohnt, trifft mich ja wohl die größte Schuld, weil ich die Dinge einfach hab' laufen lassen.«

Aber der stets gerechte James widersprach: »Nein, wir sind alle drei gleich schuldig. Wir hätten von Anfang an besser auf Mutter aufpassen sollen.«

Der Anfang lag zwei Jahre zurück, als Mr. Edward Brown, Beamter des Bezirksamtes Groß-London, plötzlich an einem Schlaganfall starb. Sein Sohn und seine beiden Töchter waren sich sofort darüber einig gewesen, daß es von nun an *ihre* Pflicht sei, sich um die geliebte Mutter zu kümmern. Mr. Brown hatte dies immer vorbildlich und scheinbar mühelos getan, aber seine Kinder mußten zu ihrem größten Erstaunen feststellen, daß es viel schwieriger war, als es zunächst ausgesehen hatte.

»Wir waren unverzeihlich nachlässig«, erklärte James, »und

viel zu nachgiebig! Wir haben die Zügel schleifen lassen, obwohl es an Warnsignalen gewiß nicht gefehlt hat!«

»Wie etwa der Hutladen!« erinnerte Jill.

»Und dann dieser Blumenladen!« meinte Dina. »War es nicht eigenartig, daß die Blumen immer gleich welk waren?«

»Nicht, wenn man sich auf dem Markt den letzten Dreck andrehen läßt!« sagte James. »Aber erst dieser Hund!« Er starrte noch immer auf die Zeitung, wo »dieser Hund« in Lebensgröße neben seinem Frauchen abgebildet war.

»Unser Hauptfehler war«, stellte Jill fest, »daß wir den Wagenkauf nicht mit allen Mitteln verhindert haben. Es ist sicher nicht unser Verdienst, daß es Mammi bisher mißlang, sich zu Tode oder wenigstens zum Krüppel zu fahren.«

»Das sind die größten ungelösten Probleme«, seufzte Dina. »Aber findet ihr nicht, daß Mammi sich auch in Kleinigkeiten ziemlich verändert hat? Habt ihr nicht bemerkt, daß seit Vaters Tod ihre irische Natur immer stärker durchbricht?«

Vor fünfundzwanzig Jahren war Mr. Brown, ein gesetzter Junggeselle, der auf die vierzig zusteuerte, für ein paar kurze Ferientage zum Fischen nach Dooneen, einem kleinen irischen Kurort, gefahren. Er zog in den einzigen Gasthof am Ort, »O'Learys Familien-Hotel«, und verliebte sich gleich am ersten Tag in Elsie O'Leary, eine siebzehnjährige Waise, die ihren Großeltern beim Bedienen und in der Bar half. Aus Angst, sie zu verlieren, heiratete er sie stante pede und nahm sie mit in sein Londoner Vororthäuschen. Die Heirat war eine der wenigen impulsiven Handlungen in Mr. Browns sonst wohlgeordnetem Leben. Er bereute sie zwar nie direkt – denn er hörte nie auf, Elsie zu lieben –, aber als praktisch denkender Mensch erkannte er sehr bald, daß Elsie, objektiv gesehen, als Bezirksamts- und Vororts-Gattin nicht unbedingt geeignet war. Auch konnte er sich nie ganz des Eindrucks erwehren, daß sie dem aufreibenden Beruf ihres Ehegatten nicht genug Achtung zollte. Abgesehen davon fehlte es ihr an Methodik im Haushalt, obwohl sie es ihm auf ihre unbekümmerte, lässige Art recht gemütlich machte. Seine Frau, stellte Mr. Brown gelegentlich ungläubig erstaunt fest, schien wirklich zu meinen, daß man nur zu seinem eigenen Vergnügen lebe. Er hatte gehofft, daß die Mutterpflichten sie etwas gesetzter werden ließen, aber als die Kinder kamen, ging sie mit ihnen genauso sorglos und heiter um wie mit allen anderen Menschen. Mr. Brown gab ohne weiteres zu, daß ihre unkonventionelle Art der Kindererziehung durchaus erfolgreich war

– die ganze Familie schlug eher ihm nach –, was ihn aber nicht hinderte, selber eisern an Konventionen festzuhalten. Die Kinder beteten die Mutter an, aber mit dem Beispiel des Vaters vor Augen kamen sie sich schon als Teenager unendlich viel älter und weiser vor als ihre ach so geliebte Mutter.

»Was das Irische betrifft«, sagte Jill, »so sind wir doch alle halbe-halbe; darin seh' ich eigentlich keinen Nachteil.«

»Ja, aber bei uns hat die englische Hälfte die Oberhand gewonnen.«

Dina und James hatten wie der verstorbene Vater aschblonde Haare und graue Augen und wirkten tatsächlich ungemein englisch. Jill dagegen, deren Anteil an der Familienschönheit ungebührlich hoch ausgefallen war, hatte die langen Wimpern, die glänzenden blauen Augen und die goldschimmernden, etwas dunkleren Haare der Mutter geerbt. Aber ansonsten war auch sie mehr eine Brown als eine O'Leary.

»Ich bin sicher, daß keiner von uns Mutters ureigenstes Wesen verändern will, egal, ob es von ihrer Heimat oder von was anderem geprägt ist«, meinte James, bei dem die englische Hälfte derart dominierte, daß er oft wie die zweite Auflage seines Vaters wirkte und sprach. Auch stand er diesem an Ernsthaftigkeit um nichts nach und war ihm deshalb freudig in dieselbe Abteilung des Londoner Bezirksamtes gefolgt, wo er den gleichen Arbeitseifer und das gleiche Pflichtgefühl wie sein Erzeuger an den Tag legte. Jetzt warf er einen Blick auf seine Uhr und runzelte die Stirn. Es war Zeit für ihn, ins Büro zurückzugehen. Einige Sekunden irrten seine Gedanken von seiner Mutter zur Slum-Beseitigung ab, doch er fing sie sofort wieder ein und lenkte sie dorthin, wo sie im Moment am dringendsten benötigt wurden.

»Wir sind uns doch wohl darüber einig, daß Mutter der Wahrheit ins Auge sehen muß? Wir müssen ihr ins Gewissen reden, und zwar heute abend noch!« erklärte James, nunmehr völlig das Ebenbild seines Vaters. »Es geschieht ja nur zu ihrem eigenen Besten.«

Zur selben Zeit, nur einige Meilen entfernt, ließ Elsie Brown in ihrem Häuschen die Tasse Kaffee, die vor ihr auf dem Küchentisch stand, kalt werden, während sie, genauso aufmerksam wie ihre Familie, in der gleichen Zeitung den gleichen schnöden Artikel las. Sie blickte Cucullan an, der ihr auf einem Stuhl gegenüber saß. Das war seit jeher sein Lieblingsplatz.

»Wir sind in Ungnade gefallen«, sagte sie.

Cucullan spitzte ein Ohr und klopfte mit dem Schwanz auf den Stuhl. Elsie machte sich keinen frischen Kaffee, sondern trank schnell und voller Reue den abgestandenen, weil ihr gerade wieder die Mahnung von Mr. Brown: Vergeude keine Energie, nütze sie, eingefallen war. Sie stand hastig auf. Die Sonne schien auf die Kletterrosen im Hintergärtchen. Sie sahen zwar nicht mehr ganz so adrett aus wie unter Mr. Browns sorgsamer Pflege, blühten aber immer noch farbenfroh und üppig, und ihr Anblick erfreute Elsies Herz. Es schien unangebracht, sich einen so schönen Tag mit Grübeln zu verderben. Sie ging mit Cucullan hinaus, um die welken Blüten abzuschneiden, denn sie hatte heute den dringenden Wunsch, etwas zu tun, was Mr. Browns Beifall gefunden hätte – sozusagen als Wiedergutmachung für all die Dinge, die sie letzthin angestellt hatte und die ihm gar nicht gefallen hätten.

Sie fing an zu singen, während sie die Rosen beschnitt. Wenn es stimmte, daß in Elsie die irische Natur wieder durchbrach, so war das nicht weiter verwunderlich, denn im Grunde hatte sich Elsie in den ganzen fünfundzwanzig Jahren, die sie aus Irland fort war, nicht viel verändert. Zwar war sie nicht mehr so gertenschlank wie früher, aber sie hatte weder ihren breiten irischen Akzent verloren noch ihren Gang (der mehr ländlichen Wegen als dem Großstadtpflaster angemessen schien), noch ihre Angewohnheit, mit völlig Unbekannten ein Gespräch anzuknüpfen.

»*Und sie lebt am schönen Anner* ...« sang Elsie, während sie gnadenlos an den wuchernden Kletterrosen herumschnipselte, »... *an dem Flusse Slievnamon!*« Dann brach sie ihren Gesang ab und zerdrückte eine Träne für Mr. Brown. Jeden Morgen hatte sie auf seinen Wunsch hin eine Rose abgeschnitten und sie ihm ins Knopfloch gesteckt, dann hatte er sie zum Abschied geküßt und gesagt: »Bleib schön brav, Elsie.« Und sie antwortete immer: »Ja, Mr. Brown, mein Schatz.« Sie sagte natürlich nicht Mr. Brown, sondern Edward. Allerdings hatte sie einige Zeit gebraucht, um sich daran zu gewöhnen, ihn Edward zu nennen, und sogar dann hatte sie nie ganz aufgehört, an ihn als an Mr. Brown zu denken. Und das seltsame war, daß sie ihn jetzt in Gedanken wieder nur Mr. Brown nannte.

Sie zerdrückte noch eine Träne. Ja, er war genau der Typ Mann gewesen, zu dem eine Rose im Knopfloch gut paßte. Mit siebzehn hatte sie sich Hals über Kopf in diesen distinguierten, gepflegten, würdevollen Engländer verliebt, den noch der Duft der großen Londoner Welt umgab. Ihre Großeltern waren damals schon recht alt und gebrechlich, und die Enkelin war ihre einzige Stütze und Freude. Abgesehen von einigen kurzen Ausflügen in die nächste kleine Stadt, hatte sich Elsie nie von ihnen getrennt, und bevor Mr. Brown »O'Learys Familien-Hotel« betrat, hatte sie nicht gewußt, wie ein Engländer überhaupt aussieht. Das erste, was ihr an ihm auffiel, war seine vornehme Aussprache, die sie bislang nur vom Radio oder Kino her kannte.

»Haben Sie bitte ein Zimmer für mich?« hatte er sie in diesem wunderschönen Tonfall gefragt. »Wenn möglich mit Blick aufs Meer.«

Er hätte gleich fünf Zimmer mit Meeresblick haben können. Dooneen hatte wenig zu bieten, was einen Fremden hätte anziehen können. Und O'Learys Hotel konnte seine kärgliche Existenz nur fristen, weil die Einheimischen dort an der Bar tranken.

»Ja, natürlich, Sir«, hatte sie geantwortet, »es ist sehr ruhig hier bei uns in Dooneen.«

»Gerade deshalb bin ich hergekommen.« Er blickte sie aufmerksam an.

Der Arzt hat mir Ruhe und Erholung verordnet, und auf dem Fährschiff habe ich dann zufällig erfahren, daß es hier Forellen gibt.«

Davon gab es wirklich genug in dem Flüßchen, das in den Hafen von Dooneen mündete – braune, fadschmeckende Forellen, die vielleicht gerade gut genug zum Fangen waren, aber schon schlechter zum Essen. Sogar einige Fischerboote existierten, die zu dieser Zeit auf Makrelenfang fuhren, aber man sah es Mr. Brown schon auf den ersten Blick an, daß er sich mehr für ein Flußufer eignete als für die hohe See. Die funkelnagelneue Angelausrüstung in dem grünen Leinwandbehälter sah genauso sauber und adrett aus wie ihr Besitzer. Später stellte sich heraus, daß ihre Anschaffung eine reine Geldverschwendung gewesen war, denn das einzige, was Mr. Brown sich vom ersten Tag an zu angeln versuchte, war Elsie O'Leary.

»Laß dir nicht den Kopf verdrehen, Mädchen«, warnte ihr Großvater. »Vergiß nicht, daß Mr. Brown von heute auf morgen wieder von der Bildfläche verschwinden kann.«

»Der nicht!« sagte die Großmutter. »Der ist ein Gentleman vom Scheitel bis zur Sohle.«

Das hatte Elsie auch schon gemerkt.

Es gab immerhin einige junge Männer in Dooneen, die sich um sie bemühten, aber sie hielten dem Vergleich mit Mr. Brown nicht stand. Nie zuvor hatte jemand eine Tür für sie geöffnet oder war aufgestanden, wenn sie das Zimmer betrat, oder hatte sie mit der Hand unter dem Ellbogen gestützt, wenn der Weg uneben wurde; niemand hatte ihr je große Pralinenschachteln verehrt, sie umsorgt oder ihr das Gefühl gegeben, etwas Besonderes zu sein (natürlich völlig überflüssige Dinge, aber eben doch sehr nett). Und abgesehen von all dem war Mr. Brown ein so guter, hilfsbereiter, offener Mensch, daß jeder ihn auch um seiner selbst willen lieben mußte. Elsie wurde bei dem Gedanken, ihn für immer aus den Augen zu verlieren, ganz traurig, aber zu den Großeltern sagte sie: »Was auch immer kommt, ich kann euch doch nicht alleine lassen.«

»Uns würde ein Stein vom Herzen fallen, wenn wir sähen, daß du einen guten Mann heiratest«, versicherte Großmutter, und Großvater stimmte ihr ausnahmsweise zu. Mr. Brown hatte nicht nur ganz offen über sein augenblickliches Gehalt, seine Pension und seine Aussichten als Beamter des Londoner Bezirksamts gesprochen, sondern sie auch über fast jede Kleinigkeit seines – wie jeder leicht erraten konnte – untadeligen Lebenswandels informiert. »Wir leben schließlich nicht ewig, und das Hotel rentiert sich schon seit einiger Zeit nicht mehr. Wenn du ihn lieb genug hast, dann nimm ihn.«

»Ich habe ihn *sehr* lieb«, bestätigte Elsie mit Nachdruck.

Sie hatte seinen Heiratsantrag begeistert und ohne die geringsten inneren Zweifel angenommen. Es war ihr nur unbegreiflich, wie sich dieser Gentleman ein so einfaches, naives, irisches Mädchen zur Frau wünschen konnte. Sie hatte Angst gehabt, sich seiner nicht würdig zu erweisen, und diese Angst, das wußte sie, hatte sich leider als nur zu berechtigt erwiesen, obwohl Mr. Brown mit seinen behutsamen und liebevollen Belehrungen alles versucht hatte, um aus ihr einen ernsthaften Menschen zu machen.

Seltsamerweise stellte sich heraus, daß London gar nicht so großartig war. In mancher Hinsicht fühlte man sich sogar einsamer als in Dooneen, wo jeder jeden kannte, während man in London – wie Mr. Brown ihr wieder und wieder einschärfte, weil sie es so leicht vergaß – sehr aufpassen mußte, mit wem man umging. Aber in ihrem Häuschen und mit Mr. Brown war sie eigentlich immer sehr glücklich gewesen. Niemand konnte sich einen besseren Ehemann wünschen.

Sie zerdrückte die letzte Träne. Mr. Brown wäre es gar nicht recht gewesen, sie so unglücklich zu sehen. Sie ging wieder entschlossen den störrischen Ranken zu Leibe, weil ihm das bestimmt gefallen hätte. »*Lalala, und die Sonne ist da* ...« sang Elsie, die sich an die Lieder ihrer Kindheit nur noch sehr vage erinnerte. »*Tralala über den Hü-ügeln von Irland* ...«, aber es gelang ihr nicht, die nötige Wehmut in die Worte zu legen, denn die Sonne von Irland hatte ihr all diese Jahre eigentlich nicht im geringsten gefehlt.

Die Großeltern hatten nach der Heirat das Hotel verkauft und waren beide im Abstand von wenigen Tagen an der Grippe gestorben, gerade zu der Zeit, als Elsie im Krankenhaus James das Leben schenkte. Mr. Brown hatte sie getröstet, alles arrangiert, war selbst nach Dooneen gefahren, um bei der Beerdigung dabeizusein, und hatte die zweihundert Pfund – denn aus mehr bestand die großelterliche Erbschaft nicht – auf einem Postscheckkonto sicher angelegt. Ja, so war eben Mr. Brown – genau wie dieser Mann, der die Welt auf seinen Schultern balanciert. »Atlas!« murmelte Elsie laut und voller Stolz auf ihre Bildung. Sie spannte die Finger fester um die Gartenschere und blickte plötzlich voller Entsetzen auf den Boden. Da lag eine wunderschöne Ranke vorzeitig im Gras ... So bin ich eben, dachte Elsie und überschüttete sich wie so oft mit Selbstvorwürfen. Unbedacht und dumm. Und niemand, nicht einmal James, Dina oder Jill – die höchstwahrscheinlich alle drei inzwischen den Artikel gelesen hatten – konnten auch nur ahnen, *wie* unbedacht und dumm sie war, denn die Sache mit dem Wagen war noch das Harmloseste von allem.

Zweites Kapitel

Elsie fielen alle ihre Schandtaten wieder ein. Sie blickte nachdenklich auf die Rosenranke, die nun nie mehr blühen würde – eigentlich war es ein ganzer Rosenzweig –, und bückte sich nach ihr, wobei sie sich in den Finger stach. Recht geschieht mir, dachte sie.

»Wär' Mr. Brown noch am Leben«, sagte sie zu Cucullan und saugte an ihrem wunden Finger, »säß' ich nicht so tief in der Patsche.«

Cucullan bellte kurz. Er hatte Mr. Brown nicht gekannt. Oder genauer gesagt, wäre Mr. Brown noch im Haus, gäbe es keinen Cucullan. Elsies Gewissen schlug gewaltig wie so oft in den letzten achtzehn Monaten, es war fast wie eine Art Magenkrampf. Sie hatte natürlich ihren Mr. Brown sehr geliebt und geschätzt, und sie war tief betrübt gewesen, als er starb.

Aber sie konnte nicht leugnen, daß sie sich seit einiger Zeit, obwohl sie ihn weiterhin sehr vermißte und auch wußte, daß er sie zu ihrem eigenen Besten mit strenger Hand gelenkt hatte, wie ein Kind fühlte, das die Schule schwänzte. Und was lag näher, als hinzugehen und sich die beiden Wünsche zu erfüllen, die ihr Mr. Brown in seiner Weisheit immer abgeschlagen hatte!

Der erste Wunsch war ein eigenes Auto. Am Anfang ihrer Ehe, nachdem sie den Führerschein gemacht hatte, ließ sich Mr. Brown von ihr fahren. Doch nach vier oder fünf Dellen in der Karosserie hatte er diesem Vergnügen ein Ende gesetzt.

»Ich mache mir nicht etwa um den Wagen Sorgen, mein Liebes«, hatte er ihr erklärt, »sondern um dich. Ich möchte mein kleines irisches Mädchen nicht so schnell verlieren. Es gibt einfach Menschen, die nie zuverlässige Autofahrer werden, und zu denen, fürchte ich, gehörst auch du.«

Und, Hand aufs Herz, sie hatte wirklich kein Auto kaufen wollen – höchstens mal mit der Idee gespielt, sie dann aber gleich wieder verworfen. Es wäre doch unrecht, etwas gegen den Willen von Mr. Brown zu tun, nicht wahr? Vor allem jetzt, wo er ihn ja nun – leider! – nicht mehr durchsetzen konnte. Und dann, eines Tages, als sie von einer Autobushaltestelle zur nächsten ging, stach ihr im Vorhof einer Garage zwischen den vielen Gebrauchtwagen ein blaßgelbes Auto ins Auge. Sie blieb bewundernd vor ihm stehen – es war einfach lächerlich billig! Ein reizender junger Verkäufer trat auf sie zu und zeigte sich sehr gefällig und entgegenkommend. »Ich kann alle notwendigen Formalitäten in wenigen Minuten für Sie erledigen«, sagte er, »und dann setzen Sie sich einfach ans Steuer und fahren los.« Was Elsie nach einem kurzen inneren Kampf auch tat.

Sie kam unbeschadet in ihrem blaßgelben Auto zu Hause an. Die Strecke war nur kurz und der Verkehr um diese Tageszeit nicht sehr stark und ach! dieses herrliche Gefühl, endlich wieder am Steuer zu sitzen. Zwar muckte ihr Gewissen noch einmal verzweifelt auf, aber sie beruhigte es, indem sie sich sagte, daß Mr. Brown doch sicher in seiner überirdischen Weisheit einsähe, daß ein reifer Autofahrer verläßlicher sei als ein unreifes Ding – das war doch nur logisch, oder?

Die realistische Jill dagegen sah es natürlich ganz anders. Sie rief voller Entsetzen: »Aber Mammi, wie konntest du nur!« Dann lachte sie: »Warum reg' ich mich eigentlich auf? Arme Mammi, es ist schließlich deine erste und einzige Extravaganz! Und du wirst nie den Führerschein schaffen.«

»Das brauche ich auch gar nicht«, triumphierte Elsie, »ich habe mir meinen alten Führerschein aufgehoben, und er ist noch gültig. Ich hab' immer gehofft, Vater würde eines Tages seine Meinung ändern.«

Dina meinte: »Der einzige Trost ist, daß du mit der scheußlichen alten Karre wenigstens nicht schnell fahren kannst.« James' einziger Kommentar: »Du hast dich übers Ohr hauen lassen.«

Es waren wunderbare Kinder, die besten auf der Welt, aber seit Mr. Brown diese Erde verlassen hatte, machten sie soviel *Aufhebens* um sie. Elsies Gewissen meldete sich schon wieder, als sie jetzt an den Wagen dachte, der vor dem Haus stand und nun auch in Ungnade gefallen war.

Der zweite Wunsch war ein eigener Hund. Vor langer Zeit, in Dooneen, hatte sie einen Collie besessen. Aber Mr. Brown fand, ein Hund gehöre nicht in die Stadt. Und dann eines Tages – beflügelt von dem Gedanken, daß sie schon eine Woche lang Auto fuhr, ohne daß der blaßgelbe Lack auch nur einen einzigen Kratzer abgekriegt hatte – ging sie zielbewußt aus dem Haus, um sich einen Hund zu kaufen. Es war fast so, als hätte der arme Mr. Brown nie existiert! Sie wußte genau, was sie wollte: einen süßen kleinen Pudel. Die sorgsam getroffene Wahl eines typischen Stadthündchens war eine Konzession an ihr Gewissen – und an Mr. Brown. Aber der Mensch denkt und Gott lenkt, und anstatt des Kompromiß-Pudels brachte sie Cucullan mit nach Hause.

Daß es eine göttliche Fügung gewesen war, daran gab es keinen Zweifel. Sie hatte, um schneller zur Tierhandlung zu kommen, eine schmale Gasse benutzt. Der Verkehrslärm von der Hauptstraße übertönte das Bellen und Jaulen, und so sah sie den jungen unglücklichen Hund erst, als sie ihm direkt gegenüberstand. Er war mit einem Strick an einen Laternenpfahl gebunden, und eine Gruppe Halbstarker bewarf ihn mit Steinen und Mörtelstücken von einer verfallenen Lagermauer. Elsie stürmte auf sie zu und schrie lauter als alle zusammen: »Hört sofort auf damit!«

Sie drehten sich zu ihr um. Es waren gefährlich aussehende Burschen und gleich fünf an der Zahl. Einer riet ihr, sich zum Teufel zu scheren. Erst jetzt fiel ihr wieder ein, daß Mr. Brown sie gewarnt hatte, allein durch diese Gasse zu gehen. Aber sie war froh, daß sie diese Warnung vergessen hatte. »Laßt sofort den Hund in Ruhe!«

»Den herrenlosen, stinkenden Köter meinen Sie? Wenn wir den nicht umbringen, verreckt er eh', Fräulein!«

Sie grinsten und stießen sich gegenseitig in die Rippen. Der Ordinärste von ihnen lachte dreckig und sagte: »Seid doch mal ruhig, Jungens. Vielleicht will die Dame das niedliche Hündchen kaufen. Es ist nämlich meiner, Fräulein. Ich geb'n billig ab.«

Auf fremde Hilfe zu hoffen war nutzlos, mit den fünf Burschen allein fertig zu werden unmöglich, darum sagte sie: »Reden Sie keinen Unsinn, aber ich geb' Ihnen ein Pfund, wenn Sie ihn in Ruhe lassen.« Es war die einfachste und beste Lösung für den Hund, aber eine sehr ärgerliche für sie selbst.

»Was, so wenig für so'n schönen Hund?« Der gräßliche Bengel lachte hämisch. »Ich verkauf' ihn nur, weil ich zu Hause noch 'ne ganze Meute hab', aber *so* billig kriegensen nich.«

Sogar in diesem hoffnungslos zerschundenen Zustand hatte der kleine Hund den Mut eines Löwen. Er richtete sich auf und knurrte seine Peiniger an. Elsie betrachtete ihn zum erstenmal genauer, und er erwiderte ihren Blick. Er entblößte sein Gebiß, gab einen merkwürdigen Knurrton von sich und wedelte mit dem Schwanz. Aber nein, er hatte gar nicht geknurrt, er hatte gelacht! Der Hund konnte *lächeln!* Elsie feilschte ein wenig, aber nicht lange. Der löwenherzige Hund durfte keine Minute länger diesen Demütigungen ausgesetzt bleiben. Sie willigte ein, einen halben Pudelpreis für seine Freiheit zu zahlen, und fürchtete schon, auch die andere Hälfte noch loszuwerden, sobald sie ihre Handtasche öffnen würde, aber ihr Hund, den sie sofort vom Laternenpfahl losknüpfte, stieß pfeilgerade an ihre Seite und fixierte drohend ihre gemeinsamen Gegner. Die Burschen warfen ihr grinsend das Ende des Stricks zu und sagten höhnisch: »Die Leine kriegense gratis«, dann liefen sie im Bewußtsein ihrer eigenen Schläue grölend davon.

Elsie hockte sich vor den Hund und nahm ihm den Strick ab, dann legte sie die Arme um ihn, damit er wüßte, daß er nun geborgen war und geliebt würde. Er leckte ihr das Gesicht kurz mit seiner rauhen Zunge ab und schüttelte sich kräftig, als wollte er sein ganzes vergangenes Leben abschütteln, das bestimmt kein sehr schönes gewesen war, und als Elsie sagte: »Komm nach Hause, mein Hund!«, folgte er ihr brav bei Fuß. Es war ein erstaunlicher Hund. Schon auf dem Nachhauseweg fiel ihr plötzlich der Name für dieses intelligente, mutige Tier ein. »Cucullan!« rief sie aus. Er schien diesen neuen Namen – wahrscheinlich der erste Name, den man ihm je gegeben hatte – sofort zu akzeptieren. Er war ein einzigartiger Hund. Er folgte ihr mit großer Selbstverständlichkeit ins Haus, und nachdem sie ihm alles gezeigt, ihm ein Bad gemacht und zu fressen gegeben hatte, schnüffelte er eine Weile im Wohnzimmer herum und sprang dann auf den bequemsten Sessel, um sich ein wenig auszuruhen. Er benahm sich ganz so, als ob er eben auf einer Hundeschau den ersten Preis gewonnen hätte. Er war ein wunderbarer Hund.

Ihre Familie dagegen war von Cucullan – wie Elsie schon befürchtet hatte – ebensowenig begeistert wie von ihrem Auto.

Als Jill am Abend nach Hause kam, bellte er sie wütend an, bereit, seine Herrin und sein Zuhause bedingungslos zu verteidigen. Jill kam zuerst aus dem Lachen nicht heraus, dann aber erkundigte sie sich: »Um Himmels willen, was ist das für eine Rasse?« Cucullan hatte ein mahagonibraunes struppiges Fell mit weißen Flecken und kurze Beine. Wahrscheinlich war er eine Kreuzung zwischen einem Airdaleterrier und einem Cockerspaniel, vielleicht kam auch noch ein Schuß Dackel dazu. Aber wen interessierte das schon? Hauptsache, er hatte einen treuen Blick und ein goldenes Herz. Cucullan war mehr wert als tausend süße Pudel! Als auch Dina, die später am Abend kam, sich von ihrem Lachanfall erholt hatte, fragte sie: »Und warum hast du ihm so einen exotischen Namen gegeben?« Elsie erklärte, Cucullan sei ein berühmter Krieger aus der keltischen Mythologie, woraufhin Dina nur trocken bemerkte, sie hoffe, der Hund erweise sich als Pazifist. James sagte wieder nur: »Man hat dich übers Ohr gehauen.« Aber diesmal fügte er noch hinzu: »Mammi, du mußt vernünftig sein, Vater hat dir genug Geld zum Leben hinterlassen

– aber du mußt sparsam damit umgehen.« Dann meinten alle drei unisono: »Du darfst dich nicht immer anschmieren lassen.« Und: »Du darfst uns auch nicht so viele teure Geschenke machen.« Als sie versuchte zu protestieren, ließ man sie gar nicht zu Worte kommen. Die drei wiederholten nur: »Du kannst es dir einfach nicht leisten.«

Elsie blickte Cucullan an, der mit seinem treuen Blick zu ihr aufschaute und sie bewachte: »Wir sind in Ungnade gefallen!«

Ach, es wäre sehr viel besser gewesen, wenn sie auf ihre Kinder gehört hätte, wie sie auf Mr. Brown gehört hatte (natürlich mit Ausnahme von Cucullan, den *mußte* sie einfach retten). Der Ursprung allen Übels war die Tatsache, daß sie zum erstenmal in ihrem Leben selbständig über ihr Geld verfügen konnte (Mr. Brown hatte ihr zwar Haushaltsgeld gegeben, jedoch an jedem Wochenende freundlich, aber bestimmt mit ihr abgerechnet). Seit diese Zeiten nun vorbei waren, hatte sie das Gefühl, eine Millionärin zu sein. Sogar als sie sich ins Geschäftsleben stürzte, hatte sie nicht auf die Kinder gehört. Jetzt sah sie ihren Fehler natürlich ein, aber hinterher ist es bekanntlich einfach, klug zu sein.

Elsie hatte schon immer die Frauen bewundert – von denen man stets hört, denen man aber nie begegnet –, die Haushalt *und* Beruf ohne jede Schwierigkeit bewältigen; aber sogar als die Kinder schon erwachsen waren, hatte Mr. Brown ihre ganze Zeit in Anspruch genommen. Abgesehen davon hatte er auch verlangt, daß sie in der Geborgenheit ihres Heimes auf ihn wartete. Aber nachdem James geheiratet und in sein eigenes Haus gezogen war, Dina sich eine Wohnung zusammen mit anderen Mädchen in London gemietet hatte und nur noch Jill bekocht werden mußte, litt Elsie, eine gesunde Frau Anfang vierzig, plötzlich an einem Überfluß an Zeit und Energie. Und da hatte ihr die göttliche Vorsehung – so war es ihr damals zumindest erschienen – einen genialen Plan eingegeben. Zwei Häuser weiter wohnte die arme Agnes Trent, eine kinderlose Witwe mit künstlerischer Ader, deren verstorbener leichtsinniger Mann (so ganz anders als Mr. Brown) sie ohne einen roten Heller zurückgelassen hatte.

Elsie saß mit Cucullan beim Frühstück, als ihr die wirtschaftliche Wahlverwandtschaft mit Agnes blitzartig zum Bewußtsein kam. Sie trank hastig ihren Kaffee aus und ging mit Cucullan direkt zu Agnes, die fröstelnd vor einem mit halber Kraft brennenden Gasofen hockte, den sie aber aus Gastfreundschaft sofort hochstellte. Agnes' Lebensmut war auch auf Sparflamme gedreht. Sie studierte gerade die Stellenangebote in der Zeitung und murmelte bedrückt: »Das einzige, was ich kann, ist kochen, putzen und waschen, und das schlecht, wie mein seliger William immer sagte. Und überhaupt finde ich Hausarbeit greulich – besonders bei anderen Leuten.« (Elsie dachte, daß es sicher kein Vergnügen gewesen war, für den verstorbenen, äußerst pingeligen William Trent zu sorgen.) »Sonst bleibt mir nur noch die Möglichkeit, Gesellschafterin bei einer alten Dame zu werden, aber das reizt mich noch weniger.« (Auch das konnte Elsie gut verstehen, nachdem die arme Agnes so lange Mr. Trent hatte Gesellschaft leisten müssen.) »Natürlich gibt es auch Annoncen für Hausfrauen, die in ihrer Freizeit auf Kommission irgendwelche Sachen verkaufen – zehn Pfund wöchentlich ab sofort garantiert ...«

»Kommt nicht in Frage«, meinte Elsie – schon ganz die energische Geschäftsfrau, »die legen einen nur rein, Agnes. Nein, Sie müssen sich überlegen, welches Ihrer Talente *Marktwert* hat.«

»Aber ich sag' Ihnen doch, ich habe keine!« klagte die arme Agnes verzagt.

»Unsinn«, widersprach Elsie, »zum Beispiel Hüte!«

Was immer Mr. Trent mit seinem Gehalt gemacht hatte, seine Gattin hatte wenig davon gesehen. Und so hatte Agnes bei Woolworth Filzreste, Federn etc. gekauft und sie entweder für sich oder für ihre Freunde als Weihnachtsgeschenk hergerichtet. Agnes vollbringt wahre Wunder mit ein bißchen Tüll und Bändern, sagten alle, ihre Hüte sind mindestens so schick wie aus dem teuersten Laden! Elsie mußte lange auf Agnes einreden, bis diese ihren Vorschlag akzeptierte.

»Aber Elsie, Sie riskieren Geld dabei!«

»Ach was, die paar lahmen Aktien, die nicht mehr als fünf Prozent im Jahr abwerfen? Sie wissen doch: Wer spekuliert, der akkumuliert! Aber Ihr Beitrag ist der viel wichtigere, Sie stellen Ihr schöpferisches Talent zur Verfügung! Ich bin ja nur der stille Teilhaber – das heißt nicht ganz, weil ich mich um den Verkauf kümmern werde.«

Ihre Kinder führten gegen das Unternehmen Argumente ins Feld, die genausogut von Mr. Brown hätten stammen können, aber Elsie machte sich stark, indem sie sich immer wieder vorsagte, daß sie ja schließlich nur die *Kinder* von Mr. Brown wären. Abgesehen davon brachte sie das Ganze erst zur Sprache, nachdem der Laden schon gemietet, das Lager gefüllt und die Eröffnung auf den kommenden Tag festgesetzt war.

»Aber ich wollte euch doch überraschen«, sagte Elsie betont unbekümmert, um ihre eigenen Bedenken zu überspielen.

»Und das ist dir auch vollauf gelungen«, erwiderte James grimmig.

Anfangs hatte es riesigen Spaß gemacht, jeden Morgen zu »Agnes und Elsie« zu gehen, den kleinen Laden zu putzen, Agnes' Schöpfungen im Schaufenster vorteilhaft zur Geltung zu bringen, sich die lila Kittel anzuziehen und auf die Kunden zu warten – aber die ließen leider *sehr* auf sich warten. Elsie sprach Agnes Mut zu und ermahnte sie zur Geduld.

»Stellen Sie sich vor, jemand erfindet eine gute Mausefalle: Die ganze Welt würde ihm die Bude einrennen, und was ist schon eine Mausefalle verglichen mit *Ihren* einzigartigen Hutkreationen, liebe Agnes.«

Die Ehe mit dem seligen Mr. Trent hatte anscheinend Agnes' Selbstvertrauen tief erschüttert, denn sie seufzte nur: »Ganz abgesehen von *meinen* Hüten, die anscheinend niemand tragen will, haben wir nicht bedacht, daß zu viele Frauen zu selten Hüte tragen.«

»Und dabei sind sie der letzte Schrei«, fügte Elsie resigniert hinzu. »Sie werden in jedem Modejournal angepriesen und uns direkt aufgedrängt. Hüte sind einfach ›in‹. Ist es nicht komisch, daß die Frauen gerade bei Hüten so bockig sind, während sie die Rocksäume, Taillen und Busen wie die Jo-Jos rauf und runter rutschen lassen?«

Als die spärliche Kundenzahl fast auf Null zusammengeschrumpft war, meinte Agnes: »Vielleicht wären Mausefallen doch besser gewesen.«

Elsie machte diesmal keine leichtfertigen Ausflüchte, aber ihr neuerworbener Geschäftssinn ließ ihr keine Ruhe. Es wäre geradezu töricht, sagte sie, das Grundkapital, das sie für die Miete und die Ausstattung des Ladens aufgewandt hätte, über Bord zu werfen, und es gelang ihr, Agnes neuen Mut einzuflößen: Aus dem Hutladen wurde ein Blumenladen, und Agnes' künstlerische Veranlagung fand ein neues Betätigungsfeld.

»Mit Blumen kann nun wirklich nichts schiefgehen«, erklärte Elsie ihrer zaghaften, kurzsichtigen Familie, als diese sie warnte, ihr gutes Geld noch weiter aus dem Fenster rauszuschmeißen.

Aber es ging schief. Die Kundschaft blieb aus, Elsies Kapital schrumpfte – weit mehr, als die Kinder ahnten –, und die arme Agnes wurde zweite Hausmutter in einem Heim für junge Mädchen.

Der Himmel bezog sich. Elsie und Cucullan gingen zerknirscht zurück. Die Nachmittagspost war durch die Briefklappe gefallen und lag verstreut auf dem Boden der Vorhalle. Die mausgrauen Umschläge schienen ihr nichts Gutes zu verheißen, sie ließ sie liegen: Nur einen drehte sie um – er sah so vertraut aus wie ein lebenslanger Feind. Ja, sie hatte richtig geraten: *Amtliche Zustellung.* Sie ließ ihn wieder fallen. Warum sollte sie ihn auch öffnen? Nachdem sie monatelang froh und heiteren Sinnes die Steuerbehörde ignoriert hatte, war es jetzt zu spät, sich über Mahnungen aufzuregen. Sie würde noch früh genug für ihren Leichtsinn büßen müssen.

Sie ging zum Wohnzimmerfenster und blickte auf den Wagen, der den armen Polizeiwachtmeister Stapleton niedergemäht hatte. Ein wenig von seinem ursprünglichen Glanz hatte er leider eingebüßt – nun, alle Autos bekommen hie und da mal einen Kratzer ab, aber bei diesem sah man alles besonders deutlich, weil ihm, wie James so treffend bemerkt hatte, der Unterlack fehlte ... »Er ist aufs billigste herausgeputzt worden, Mutter, damit jemand ... jemand wie du, Mutter, auf ihn hereinfällt.« Auch ließ sich nicht leugnen, daß er einige Dellen abbekommen hatte, aber das konnte jedem passieren, und eigentlich waren sie kaum der Rede wert. Der Zusammenstoß mit Polizeiwachtmeister Stapleton hatte zum Beispiel keine Spuren hinterlassen.

Als ihr dieser unangenehme Zwischenfall wieder einfiel, bekam Elsie eine leichte Gänsehaut. Sie hatte eine kleine gemütliche Fahrt durch Richmond Park vorgehabt, zusammen mit Cucullan, der wie immer auf dem Vordersitz saß. Und gerade als sie über die Kreuzung fahren wollte, stoppte der Polizist die Wagen aus ihrer Richtung, und sie war – anstatt zu bremsen – zu ihrem größten Entsetzen auf den Polizisten losgeschossen, den sie umfallen sah, während sie mit knapper Not noch gerade an den entgegenkommenden Wagen vorbeiflitzte. Dann würgte sie den Motor ab. Als sie sich umdrehte, herrschte hinter ihr ein Chaos. Doch wenigstens rappelte sich der unglückliche Polizist wieder auf, äußerlich anscheinend unbeschädigt, aber in seinem Ehrgefühl tief verletzt, wie Elsie sofort feststellte, als sie reumütig aus dem Fenster zu ihm aufschaute.

»Es ist mir schrecklich unangenehm«, sagte sie.

»Und es wird noch viel unangenehmer für Sie werden«, schrie er sie wütend an.

Cucullan neben ihr gab ein warnendes Knurren von sich. Elsie tätschelte ihm beruhigend den Kopf, während sie in ihrer Handtasche nach Führerschein und Versicherungskarte kramte.

»Ich wollte natürlich auf die Bremse treten, Herr Wachtmeister, und nicht aufs Gaspedal.«

»Sparen Sie sich Ihre Ausreden für später auf.«

»Ich bin ja so froh, daß Ihnen nichts passiert ist. Ich hab' Sie wohl gerade in einem sehr ungünstigen Moment erwischt.«

Seine Hand auf dem heruntergekurbelten Wagenfenster öffnete und schloß sich ungeduldig.

Ihr Führerschein und ihre Versicherungskarte steckten natürlich zu Hause in der anderen Handtasche, was Polizeiwachtmeister Stapleton keineswegs fröhlicher stimmte. Er wiederholte mehrmals laut und deutlich, was er von ihr dachte, und fuchtelte ihr mit der Hand vor der Nase herum. Und es war sicher nicht die Schuld des treuen, mutigen Cucullan, daß er die Situation falsch verstand und in die Hand des Gesetzes biß.

»Aber sie werden dir trotzdem die Schuld geben«, sagte Elsie traurig zu ihm. »Dir und mir und dem Auto.« Ihre Familie würde unweigerlich auf den Zeitungsartikel hin geschlossen heute abend bei ihr anrücken, und es würde bestimmt ein sehr ungemütlicher Abend werden! Am besten, sie legte eine Generalbeichte ab, um alles auf einen Schlag loszuwerden, denn die Kinder würden es ja doch merken, sobald man ihr den Gerichtsvollzieher ins Haus schickte, um die Möbel abzuholen. Und Gott allein wußte, ob es dabei blieb. Elsie hatte eine unklare Vorstellung, daß ihr noch viel Schlimmeres blühen könnte. Die amtlichen Briefe waren immer unfreundlicher geworden. »Wir sind in Ungnade gefallen.«

Drittes Kapitel

Der Abend wurde genauso ungemütlich, wie Elsie es vorausgesehen hatte. Als ihre drei Kinder gemeinsam ankamen, wußte sie schon, daß sie sich vorher beraten und einen Schlachtplan ausgeheckt hatten.

Elsie und Cucullan begrüßten sie bedrückt. Elsie umarmte sie der Reihe nach, während Cucullan sich sofort in eine Ecke verzog, wo er sich diskret zusammenrollte. Dann standen sie alle verlegen herum, anstatt sich wie sonst gleich hinzusetzen und aufeinander einzureden. James begann: »Wir sind gekommen, weil ...«

»Ich hab' mir schon irgendwie gedacht, daß ihr kommen würdet, und deshalb frische Lebkuchen gebacken.«

»Vielen Dank, aber die essen wir ... später. Zuerst, fürchte ich, müssen wir ...«

Er sah so bekümmert aus darüber, daß er mit ihr schimpfen mußte, daß Elsie ganz aufgeregt herumlief, um es ihm möglichst bequem zu machen. Sie räumte Topfpflanzen und Fotos fort und wies auf den Tisch, wo die Zeitung mit dem unangenehmen Artikel zuoberst auf einem Berg von noch viel unangenehmeren Dokumenten lag.

»Ich wußte, daß du dahinterkommen würdest, James.«

Dina sagte: »Ach, Mammi, warum hast du uns nur nichts gesagt? Es ist direkt beleidigend, daß du uns nicht um Hilfe gebeten hast.« Und Jill fügte hinzu: »Mammi, wie kann man nur so *hinterhältig* sein!«

»Ja, vielleicht war es ein bißchen hinterhältig, andrerseits bin ich mit dem netten Richter ganz gut alleine fertig geworden, und da hab' ich gedacht, warum soll ich euch erst unnötig beunruhigen?« meinte Elsie – nicht ohne einen gewissen Stolz auf ihre brillante Selbstverteidigung vor Gericht.

»Und wie, meinst du, ist uns jetzt zumute?«

»Gar nicht gut, vermutlich. Es tut mir leid, daß es in die Zeitung gekommen ist, aber es ist sinnlos, sich über nun mal Geschehenes aufzuregen. Mich beunruhigt viel mehr«, und hier nahm Elsie ihren ganzen Mut zusammen, »das, was noch kommt.« Sie zeigte auf den Haufen von Papieren, der auf dem Tisch lag.

»Und wo du jetzt schon hier bist, James, wärst du vielleicht so nett, dir das da anzusehen ...«

»Versuch nicht, uns abzulenken, Mutter. Wir sind hergekommen, um dir zu sagen ...«

»Ich glaube, wenn du dir das alles angesehen hast, wirst du mir noch viel mehr zu sagen haben, und mir wäre es am liebsten, wir brächten es möglichst rasch hinter uns.«

Er sah sie prüfend an, noch nicht ganz überzeugt, daß es nicht doch ein Ablenkungsmanöver von ihr war; trotzdem ging er zum Tisch hinüber und griff ein paar der Papiere heraus. Elsie erkannte sofort den roten Vordruck der letzten oder der vor- oder vorvorletzten Steuermahnung. Alles, was James in die Hand nahm, war rot, und sein Blick wurde immer verstörter. Er griff hier und da eine Rechnung aus dem Wust heraus und sah sie sich genauer an. Als er den Kontoauszug entfaltete, knisterte das Papier unheilverkündend.

»Ich mache uns Tee und hol' die Lebkuchen«, sagte Elsie hastig. »Und bitte, daß mir ja keiner hilft.« Sie entfloh in die Küche, und Cucullan schlich hinter ihr her.

Als Cucullan und sie zurückkamen, saßen alle drei Kinder um den Tisch herum. Die Zeitung lag tief unter den Papieren vergraben, die so aussahen, als hätte man hastig in ihnen herumgewühlt. James' Augen waren glasig.

»Mutter, ich verstehe überhaupt nicht ...«

»Ich weiß, James, ich auch nicht.«

»Aus all dem scheint hervorzugehen, daß du unter anderem deine ganzen Aktien verkauft hast!?«

»Dieser verfluchte Laden!« rief Dina.

»Wir wußten, daß er nicht rentierte, aber daß es so ...«

»Ich hätte mir die Unterlagen aufheben sollen«, seufzte Elsie. Unterlagen waren immer gut. Mr. Brown hatte sie stets säuberlich eingeheftet; er war sehr stolz auf sein Ablagesystem gewesen, weil er dadurch jederzeit auf den Penny genau wußte, wie er finanziell dastand.

»Eric kann wahrscheinlich Ordnung in dieses Durcheinander bringen, James«, versuchte Dina zu trösten. »Du hast doch nichts dagegen, ihn einzuweihen, Mammi? Schließlich wird er ja bald zur Familie gehören.«

James legte die Hand flach auf den Tisch.

»Niemand kann hier *Ordnung* hereinbringen, aber natürlich wäre ich sehr froh über seine Hilfe. Bist du sicher, daß dies nun *wirklich* alles ist, Mutter? Verheimlichst du uns jetzt auch nichts mehr?«

»O nein, James, das ist alles – soviel ich weiß.« Elsie hob die

Augen zur Decke, senkte sie aber gleich wieder schuldbewußt. Ach, lieber Gott, nein, bitte laß Mr. Brown nicht leiden, laß ihn die Früchte seines rechtschaffenen Lebens in Ruhe genießen und erlaube nicht, daß er aus der Ewigkeit sieht, was in diesem Augenblick in seinem Hause ans Licht des Tages kommt. »Euer Vater«, sagte sie bedrückt, »hatte so ein wunderbares Ablagesystem.«

Sie hatte es nicht wehmütig sagen wollen, aber anscheinend hatte es so geklungen, denn ihre Kinder riefen sofort: »Mammi, bitte, mach dir keine Sorgen« und »Es wird schon alles wieder gut werden«, und dann setzten sich alle hin und plauderten bei Tee und Lebkuchen über lauter heitere Sachen. Cucullan bewies großes Feingefühl, indem er sich aus der delikaten Situation heraushielt und brav in seiner Ecke blieb. Er bettelte noch nicht mal um Lebkuchen, auf die er sonst ganz versessen war. Allerdings hatte Elsie seiner Selbstdisziplin etwas nachgeholfen und ihm schon vorher drei Stück in der Küche gegeben. Aber so liebevoll, rührend und nett die Kinder auch waren, so ganz gelang es ihnen doch nicht, ein normales, gemütliches Familientreffen vorzutäuschen. Man konnte ihnen anmerken, wie traurig und bedrückt sie waren. Auch Elsie fühlte sich unbehaglich, obwohl ihr nach der Beichte sehr viel wohler war und sie nur noch Reue verspürte. Beim Abschied sagte James (Elsie schloß die Augen und dachte eine Sekunde lang, der liebe Mr. Brown stände wieder neben ihr): »Wir brauchen ein paar Tage, um die Papiere gründlich durchzugehen, bevor wir dir einen Rat geben können, Mutter.« Elsie murmelte gefügig: »Ja, James.«

Der eigentliche Grund ihres Besuches war mit keiner Silbe erwähnt worden, aber jetzt ließ James seine Augen bedeutsam vom Wagen zu Cucullan wandern.

»Wir werden *eine Menge* zu besprechen haben, Mutter.«

»Ja, James.«

Auf seinem Nachhauseweg schwirrten in James' Kopf Gedanken und Zahlen wirr durcheinander. Seine Frau, die schon bei seinem Weggehen an diesem Abend einen erstaunlichen Mangel an Ernst gezeigt hatte, begrüßte ihn auch jetzt reichlich unbekümmert.

»Habt ihr die arme Schwiegermama tüchtig abgekanzelt? Drei gegen einen ist eigentlich nicht fair.«

James machte: »Mhm« und küßte sie abwesend.

»Ich wünschte, ich wäre mitgekommen, um ihr beizustehen«, bohrte Pamela weiter. »Nun, aber so, wie ich sie kenne, wird sie sich schnell wieder erholen. Die läßt sich nicht so leicht unterkriegen.«

»Mhm!«

»Ach, James, lach doch ein bißchen! Du nimmst die Sache nur so tragisch, weil es um deine geliebte Mama geht. Siehst du denn nicht ein, daß es für alle anderen einfach nur wahnsinnig komisch ist? Ich meine, einen Polizisten umzufahren und einen Hund zu haben, der ihn auch noch beißt – so was kriegt nur meine einzigartige Schwiegermama fertig.«

James brütete finster: »Was sollen wir bloß mit Mutter machen?«

»Aber um Himmels willen, Liebling, *verstehst* du denn nicht, daß sie mit einer augenzwinkernden Strafpredigt davongekommen ist. Ich bin überzeugt, der Richter war ihr ehrlich dankbar; es war doch eine herrliche Gelegenheit für ihn, geistreich zu sein.«

»Ein vernünftiger Richter hätte ihr den Führerschein entzogen. Wenn ein Mann so schwach ist, daß er sich von Mutter einwickeln läßt, ist er für das Richteramt völlig ungeeignet. Aber leider handelt es sich nicht nur um das Auto und den furchtbaren Hund. Sie hat hinter unserem Rücken ganz entsetzliche Sachen gemacht.«

Während er Elsies katastrophale finanzielle Lage schilderte, mußte Pamela an das riesige Schaukelpferd denken, für das Ben noch zu klein war, und an den gigantischen Teddybären, der in Susies Laufställchen lag, und an all die anderen Beweise von Elsies Liebe, von denen das Haus voll war. Sie sagte: »Natürlich ist sie viel zu großzügig.«

»Du meinst, sie kann mit Geld nicht umgehen.«

»Ja, im Unterschied zu den meisten Menschen, die am Geld kleben; ich mag deine Mutter sehr gerne, Liebling.«

»Natürlich, jeder mag sie. Aber was hat das damit zu tun?«

James klang verärgert und müde. Pamela schlang ihre Arme um ihn. »Wahrscheinlich ist es gar nicht so schlimm, wie du denkst. Auf jeden Fall zerbrich dir heute abend nicht mehr den Kopf darüber. Komm, laß uns mal über die Stränge schlagen und die große Welt genießen. Mrs. Robbins paßt auf die Kinder auf, ich brauche sie nur anzurufen.«

James hielt sie fest und blickte liebevoll auf ihr Gesicht herunter. Ihre haselnußbraunen Augen strahlten ihn an. Er hob die Hand, um ihr über das glänzende honigfarbene Haar zu streichen, aber dann ließ er sie mit einem Seufzer wieder fallen.

»Unmöglich, Liebes, ich muß noch ein paar Stunden arbeiten.«

»James! Du bringst dir jeden Abend Arbeit mit nach Hause. Hast du Parkinsons Gesetz in die falsche Kehle bekommen – oder was?« James hatte es zwar auf einen höheren Posten abgesehen, der demnächst frei wurde, doch er ließ sich ungern in die Karten sehen. »Was nützt es«, fragte Pamela leidenschaftlich, »wenn du dich abrackerst, um vorwärtszukommen, und dabei krank wirst?«

»Meine Gesundheit ist ausgezeichnet«, widersprach James, der Ungenauigkeiten haßte, streng. »Im übrigen ist es keine Büroarbeit, sondern eine Prüfungsaufgabe, die ich abgeben muß.«

Nicht nur, daß James keine Gelegenheit ausließ, sich bei seinen Vorgesetzten ins beste Licht zu rücken, er nahm auch noch an einem Handelskurs der Londoner Universität teil, um seine Beförderung doppelt sicherzustellen. Pamela gab sich geschlagen: »Nie gehen wir mal einen Abend zusammen aus, noch nicht mal am Wochenende. Nie haben wir irgendeinen Spaß.«

»Mir stehen noch ein paar Wochen Ferien zu. Die können wir bald nehmen. Ich glaube, heute abend gibt es einen ganz guten Fernsehfilm, Pam.«

Er klopfte ihr begütigend auf die Schulter, nahm seine Lehrbücher und ging, rücksichtsvoll wie er war, in die Küche, damit sie sich ungestört den Freuden des Fernsehens hingeben konnte.

Pamela schaltete den Apparat ein, setzte sich hin und starrte in die Röhre. Und das nennt sich nun Ehe! Warum hatte sie sich bloß von all ihren Verehrern (und aus irgendwelchen unerfindlichen Gründen war die Auswahl ziemlich groß gewesen) gerade James ausgesucht? Aber sie liebte ihn eben – und er? Jetzt, nachdem er sie hinter Schloß und Riegel hatte, fiel ihm nichts Besseres ein, als vierundzwanzig Stunden am Tag zu schuften, um ihr Gefängnis möglichst sicher und bequem zu machen. Verdammte Biologie! Dafür also hatte sie ihren interessanten und lustigen Job auf dem Londoner Flughafen aufgegeben, wo man eine Menge Leute traf und sicher sein konnte, daß es immer irgendeinen gab, der es sich angelegen sein ließ, daß man in seiner Freizeit nicht alleine herumhockte. Das alles hatte man geopfert, um zu heiraten, um den Mann, den man liebte, jeden Tag zu sehen. Und was hatte man jetzt davon – das Nachsehen. Tag und Nacht war man ans Haus gefesselt, außer wenn man die Zwillinge im Kinderwagen durch den Park schob oder einkaufen ging. Und die einzigen Menschen, mit denen man sprach, waren andere Mütter oder Verkäufer. Man war Haushälterin, Putzfrau, Kindermädchen, alles in einem, wie Schwiegermama sagen würde – nur eine Ehefrau, das war man nicht!

Oh, natürlich liebte sie Ben und Susie, und obwohl James sie manchmal zur Raserei brachte, betete sie ihn immer noch an, aber ... nun, schließlich war man jung, und man wußte, daß man hübsch war. Doch was nutzte einem das, wenn der eigene Mann einen links liegen ließ, als wäre man ein verhutzeltes Kräuterweiblein. Auf dem Bildschirm zerflossen die Hausfrauen vor Glück über das Waschpulver, das weißer als weiß wusch, oder über die Bratpfannen, die nie anbrannten, oder über die Fußböden, die im Handumdrehen glänzten. »Verdammt«, machte Pamela ihrem Ärger Luft, »jede einzelne von euch wäre einfach ideal als Ehefrau für James!« Sie ging zu ihm in die Küche. Er hob geduldig den Kopf.

»Ja, Liebling?«

»James, du bist deinem Vater sehr ähnlich, nicht wahr?«

Mit einem Anflug von Selbstzufriedenheit meinte er: »Ja, so sagt man wenigstens.«

»Ich habe ihn ja nicht mehr richtig kennengelernt, aber ich glaube dir aufs Wort. Am besten, ich geh jetzt mit einem heißen Glas Milch und einem guten Buch ins Bett«, fauchte sie wütend, »sonst lauf' ich noch auf die Straße und renn' auch einen armen unschuldigen Polizisten um – nur daß ich es mit Absicht täte.«

Einige Tage später, in der Mittagspause, fragte Dina ihren Verlobten, während sie in einem Restaurant bei Bohnen und Bratkartoffeln saßen: »Ist es sehr schwierig, Mutters Kuddelmuddel zu entwirren?«

Eric Horten arbeitete bei einem Steuerberater und war daher der gegebene Mann, die augenblickliche Krise zu bewältigen. Dina lächelte ihn mitfühlend an. Er sah sehr müde aus. Er fuhr jeden Abend zu Mammi raus und arbeitete bis spät in die Nacht, um ihre Finanzen wieder ins Lot zu bringen.

»Auch nicht komplizierter, als die Schriftrollen vom Toten Meer zu entziffern. Die meisten Abrechnungen deiner Mutter stehen auf alten Briefumschlägen; nun, darauf war ich ja mehr oder weniger gefaßt, aber ...«, und hier machte Eric eine Pause und fuhr in einem fast ehrfürchtigen Ton fort, »aber, Dina, manche stehen auf unbenützten, schon frankierten Kuverts!«

»Reg dich nicht auf«, beruhigte ihn Dina. »Im Grunde ist es für dich ein Kinderspiel. Die Browns haben wirklich Glück, daß sie dich in die Familie kriegen.«

»Offen gestanden, deine Mutter ist in größten Schwierigkeiten. Nicht nur, daß sie sich lauter verrückte Sachen geleistet hat – sie hat auch nie Einkommensteuer bezahlt, das macht die Sache so vertrackt!«

»Ich weiß, Eric. Aber bei uns wird die Steuer automatisch vom Gehalt abgezogen, das erspart uns schon viel Nachdenken, nicht wahr? – Und die arme Mammi ist besonders ungeeignet, sich mit diesen amtlichen Blutsaugern herumzuschlagen. Sie hat nie mit Behörden zu tun gehabt, Vater hat ihr das immer alles abgenommen.«

»Ich verstehe nur nicht, warum dein Vater das Kapital nicht festgelegt hat, so daß sie gar nicht erst rankonnte. Er war doch in allem anderen ein sehr bedachter Mann.«

Dina setzte sich kerzengerade hin und erwiderte kühl: »Und dir kommt nicht in den Sinn, daß Vater es vielleicht nicht tun *wollte*, weil es kränkend gewesen wäre, weil es so ausgesehen hätte, als traue er Mammi nicht zu, ihr eigenes Geld zu verwalten?«

»Verdammt noch mal, Dina, schließlich kannte er sie lange genug, um zu wissen, daß sie dazu nicht fähig ist.« Eric hielt inne, als er den herausfordernden Blick in den Augen seiner Angebeteten bemerkte. »Hör zu, ich wollte damit nichts Schlechtes über deine Mutter sagen. Du weißt, ich mag sie furchtbar gerne; es war eine rein sachliche Feststellung.«

»Wie oft muß ich noch wiederholen«, fuhr ihn Dina mit blitzenden Augen an, »daß man die Dinge auch anders sehen kann. Immer wenn du so sachlich wirst, habe ich dich etwas weniger gerne als sonst. Also gut, Mutter macht Fehler! Na, und wenn schon! Meinst du etwa, wir machen keine? Oh, ich weiß, du bist ein wahres Zahlengenie, aber wenn man dir zuhört, hat man den Eindruck, jeder macht Fehler – nur du nicht.«

»Aber du willst doch auch nicht, daß ich welche mache – zumindest nicht, bis ich die frankierten Umschläge deiner Mutter sortiert habe, nicht wahr, Liebling?« fragte Eric demütig, und Dina lachte und war versöhnt.

»Eigentlich haben wir an allem schuld ... ich meine wir Kinder. Vater hat sich eben darauf verlassen, daß wir uns um Mammi kümmern, das haben wir ja auch getan ... aber wir waren leider nicht energisch genug.« Sie schob ihren Unterkiefer nach vorn wie ein kleiner Bullterrier. »Aber auf eins kannst du Gift nehmen, von nun an werden wir strenger mit Mammi sein!«

Am nächsten Abend kam auch Jill Brown auf ihre Mutter zu

sprechen, als sie zusammen mit George Dundon beim Dinner im Savoy saß. Er war gerade dabei, sie zum Wochenende nach Sussex in das Landhaus seiner Eltern einzuladen, wohin er jeden Freitag fuhr, um seiner Stadtwohnung im Zentrum zu entfliehen, als der Kellner sie unterbrach. George warf einen prüfenden Blick auf die Weinkarte und Jill einen prüfenden Blick auf George.

Irgend jemand hatte mal gesagt, daß George Dundon die Apotheose eines wohlerzogenen, blonden, gutaussehenden Engländers sei, und Jill hatte im Fremdwörterlexikon nachgesehen und dann zugestimmt. Er war, angefangen von seinem blonden Scheitel bis zu seinen handgearbeiteten Schuhen, über jede Kritik erhaben. Die Einladung nach Sussex, dachte Jill, bedeutet ja wohl, daß er mir einen Heiratsantrag machen will, das heißt – natürlich nur, wenn die kleine Tippse, die ich nun mal bin, von seinen sicher sehr snobistischen Eltern akzeptiert wird. Noch vor sechs Monaten wäre das bestimmt schiefgegangen, aber ihre Freundschaft mit George hatte sie sicherer und gewandter werden lassen, und die vornehme Haltung war ihr natürlich angeboren! Bei diesem Gedanken stieg ein Kichern in ihr hoch, das sie aber schnell hinter einem diskreten Hüsteln verbarg. George hatte nichts bemerkt, er war in die Weinkarte vertieft. Er gehörte nicht zu den Männern, die erleichtert aufseufzen, wenn sie einen Wein finden, der zu Fisch und Steak und zu was-weiß-ich-noch paßt. George kannte und schätzte die Dinge, die das Leben lebenswert machen, und war auch gewöhnt, sie zu bekommen.

Jill hatte ihn einmal mit nach Hause gebracht, um ihn ihrer Mutter vorzustellen, aber der Besuch war kein ausgesprochener Erfolg gewesen.

Mammi und George waren beide von einer geradezu erlesenen Höflichkeit gewesen, doch wenn jemand einem gefällt, macht man sich gar nicht die Mühe, so ausgesprochen höflich zu sein. Natürlich hatte Mammi auch später nichts Abfälliges über ihn gesagt – *wer* könnte schon etwas Abfälliges über ihn sagen? –, aber sie schien etwas besorgt: »Er ist aber viel älter als du.«

»Er ist erst vierunddreißig.«

»Das ist sehr viel älter als neunzehn.«

»Oh, Mammi, schau dich an, du bist doch großartig mit Vater ausgekommen!«

»Ich war nicht eine Sekunde lang unglücklich mit eurem Vater«, Mammi hatte dabei etwas wehmütig gelächelt und leicht geseufzt, »aber es ist schade, so früh erwachsen zu sein.«

»Aber Mammi! Vielleicht hat man zu deiner Zeit neunzehnjährige Mädchen nicht wie Erwachsene behandelt, doch ich kann dir nur versichern, das hat sich grundlegend geändert.«

»Ich habe es etwas anders gemeint.« Und sie hatte immer noch besorgt ausgesehen.

»Du magst ihn doch um seiner selbst willen, nicht wahr? Und läßt dich nicht durch irgendwelche anderen Dinge beeinflussen?«

George hatte so viel außer sich selbst zu bieten, daß Jill schon früher versucht hatte, sich diese Frage ehrlich zu beantworten.

Natürlich wäre es weit angenehmer, die Frau eines vermögenden Mannes zu sein und mit kultivierten Leuten gesellschaftlichen Verkehr zu pflegen – George bekleidete einen wichtigen Posten in der City und stammte aus einer Grundbesitzerfamilie –, als dauernd die letzten Kröten zusammenkratzen zu müssen wie James und Pamela oder bald auch Dina und Eric, von Mammi ganz zu schweigen; bloß daß sie es eben leider nicht getan hatte. Aber wenn man alle diese materiellen Vorteile mal außer acht ließ – soweit man das konnte –, blieb George auch dann noch ein sehr anziehender und kluger Mann, dem es gelang, einem Mädchen das Gefühl zu geben, daß es begehrenswert und einzigartig ist. Und was konnte man von einem Ehemann mehr verlangen? George hatte dem Ober jetzt seine Weinbestellung gegeben und lächelte sie an.

»Was für ein hübsches Kleid«, sagte er.

Es war ein heruntergesetztes Modellkleid, das Mammi ihr geschenkt hatte (was sie natürlich nicht hätte tun sollen). Jill erzählte es ihm und fuhr dann fort: »Wir machen uns große Sorgen um Mammi.«

Georges Lächeln machte einem leichten Stirnrunzeln Platz. Auch er hatte die ominöse Zeitungsnotiz gelesen, und er haßte nichts mehr, als Aufsehen zu erregen – genauso wie seine Familie, der es sogar unangenehm war, in den Hofnachrichten zu erscheinen. Er hatte es also gar nicht geschätzt, den Namen seiner zukünftigen Schwiegermutter im Zusammenhang mit diesem peinlichen Zwischenfall in der Presse zu lesen.

»Und nicht nur wegen des armen umgeworfenen und gebissenen Polizisten«, fuhr Jill fort, »er hat eigentlich nur den Stein ins Rollen gebracht.« Sie kicherte. »Dina meint, Mammis irische Natur bricht durch.«

George hatte natürlich, wie es sich für einen Gentleman ziemt, nie durchblicken lassen, was für einen ungünstigen Eindruck er von Mrs. Brown bei seinem ersten und einzigen Pflichtbesuch gewonnen hatte. Und die etwas naive Frage Jills, was er von ihrer Mutter halte, hatte er diplomatisch pariert: Er würde ihr ewig dankbar sein, eine so entzückende Tochter in die Welt gesetzt zu haben. Er lauschte jetzt ohne jedes Vergnügen Jills lachend vorgebrachter Erzählung über die Unternehmungen ihrer Mutter und dachte im stillen, daß sie nur zu gut zu dieser völlig undisziplinierten Frau paßten. Die Dundons waren waschechte Angelsachsen, und so waren für George die Schotten noch gerade tragbar, während er die Waliser und Iren aufs tiefste verachtete. Und Mrs. Brown hatte in seinen Augen nicht nur den großen Fehler, das Produkt eines minderen Inselstammes zu sein, sondern auch ganz zweifellos des Kleinbürgertums, obwohl sie einen weniger scharfsinnigen Beobachter als ihn durch ihre eigentümliche keltische Ausdrucksweise und ihren ungewöhnlichen Akzent leicht darüber hinwegtäuschen konnte.

Pech, daß diese nicht so ganz standesgemäße Frau die Mutter seiner geliebten kleinen Jill war. Aber Jill hatte sich als so gelehrig erwiesen, daß selbst ein Mann in seiner Position Ehre mit ihr einlegen konnte, und so hoffte er, ja, eigentlich war er fast sicher, daß seine Eltern bei näherem Kennenlernen seine Wahl gutheißen würden. Und sie wird die bei weitem hübscheste Ehefrau in unserer Clique sein, dachte er. George hob sein Glas (der Bordeaux war wirklich ausgezeichnet, und ihr Gaumen sollte allmählich fein genug sein, um Qualität zu erkennen) und murmelte: »Auf die Zukunft, Liebling!«

Wenn sie erst verheiratet waren, würde er schon dafür sorgen, daß Jills Leben nicht durch ihre Mutter belastet würde.

Viertes Kapitel

Eine Woche später hielten James, Dina und Jill ihrer Mutter eine Gardinenpredigt, deren Tenor streng, aber freundlich war – genau wie beim seligen Mr. Brown. Aber nun waren es drei statt nur einem, und Elsie hatte das Gefühl, sie stünde vor einem Geschworenengericht. Dabei war es nur ihr eigenes Gewissen, das sie dort hinstellte, weil ihre Kinder im Grunde sehr liebevoll waren und ihr noch nicht einmal Vorwürfe machten. Es würde sich schon alles wieder einrenken, trösteten sie, und eigentlich träfe sie (abgesehen vielleicht von dem Wagen, Cucullan und dem Laden) gar keine Schuld. Sie hätte sich so daran gewöhnt, daß Vater alles für sie erledigte, daß sie natürlich nicht fähig gewesen wäre, ihr Leben selbst zu organisieren, aber das wäre nun alles vorbei, und von jetzt ab nähme die Familie die Sache in die Hand.

Und sie fingen auch sofort damit an. James hatte sich zum Sprecher ernannt und war an diesem Tag dem teuren seligen Mr. Brown ähnlicher denn je. Erst hielt er ihr einen kleinen Vortrag über die Gefahren des Auf-zu-großem-Fuße-Lebens, und Elsie begriff, daß sie von nun an auf sehr winzigen Füßchen würde stehen müssen; dann sagte er: »So, und nun wollen wir die einzelnen Punkte durchgehen. Am allerwichtigsten ist, daß du dir den Rest deines Kapitals erhältst, und so haben wir drei beschlossen zusammenzulegen, um dir erst mal die Steuerbeamten vom Halse zu schaffen. Wir werden ihnen anbieten, deine Schulden in Raten abzuzahlen, und können nur hoffen, daß sie darauf eingehen.«

»Nein!« wehrte Elsie energisch ab und schüttelte vorwurfsvoll den Kopf über ihre lieben, großzügigen Kinder. »Es tut mir leid, daß ich dir gleich widerspreche, James, aber ich werde es auf gar keinen Fall zulassen, daß ihr auch nur einen Pfennig von eurem sauer verdienten Geld, das ihr wahrlich selbst braucht, dieser gierigen Behörde in den Rachen werft. Ha!« meinte Elsie herausfordernd. »Sollen sie doch kommen und mich ins Gefängnis stecken!«

»Das schlimme ist nur, Mammi, daß sie genau das tun werden«, prophezeite Dina. »Und stell dir vor, wie furchtbar peinlich das für uns alle wäre!«

»Ich glaube kaum, daß dies im Bereich des Möglichen liegt«,

ließ James sich vernehmen. »Trotzdem möchte ich dich bitten, uns weitere Diskussionen über dieses Thema zu ersparen.« Elsie preßte ihre Lippen aufeinander und begnügte sich damit, wieder leicht den Kopf zu schütteln. James fuhr mit monotoner Stimme fort: »Der Wagen muß natürlich um jeden Preis verkauft werden.«

»Aber das ist doch ganz sinnlos«, rief Elsie triumphierend, weil sie ganz sicher war, ausnahmsweise ein stichhaltiges Gegenargument zu haben. »Als ich ihn kaufte, hast du selbst gesagt, daß er nur Schrottwert hat.«

»Wenn man sich so nach der Decke strecken muß wie du, liebe Mutter, dann ist auch der Schrottwert Geld. Du kannst es dir einfach nicht leisten, einen Wagen zu halten, und ganz abgesehen davon, Mutter, bist du einfach eine sehr schlechte Autofahrerin.«

»Auch der beste Fahrer kann mal einen Unfall bauen, und ich bin sicher, daß mir dieses Mißgeschick mit etwas mehr Erfahrung ...«

»So viele Polizisten, wie du auf die Dauer umfahren würdest, kann sich kein Staat leisten, Mammi«, warf Jill ein, »entschuldige, aber es ist wahr.« Und dann alle im Chor: Polizisten wären vielleicht noch ersetzbar, aber ihre geliebte Mutter bestimmt nicht, was Elsie wieder stark an eine Bemerkung ihres Mr. Brown erinnerte. »Und vor allen Dingen«, ergriff James wieder gewichtig das Wort, so daß man den Eindruck hatte, er würde in großen Buchstaben reden, eine seltene Gabe, die auch Mr. Brown besessen hatte, »mußt du ›diesen Hund‹ loswerden.«

»James! Das ist nicht mehr sparsam, das ist einfach knauserig. Sein Futter kostet praktisch nichts.«

»Darauf kommt es nicht an, Mutter, aber ›dieser Hund‹ ist jetzt stadtbekannt für seine Bissigkeit. Jeder weiß, daß er ein gefährlicher Hund ist, und wenn er noch einmal beißt, wirst du auf Schadenersatz verklagt werden, und dann muß das Gericht sowieso anordnen, daß ›dieser Hund‹ unschädlich gemacht wird.«

Elsie starrte »diesen Hund«, der so ruhig in der Ecke lag, traurig an. Sie sagte unsicher: »James, bitte, er wollte mich doch nur verteidigen.« Dina meinte mitfühlend: »Ich weiß, Mammilein, aber du mußt zugeben, es war wirklich furchtbar blöd von ihm, sich gerade einen Polizisten dafür auszusuchen.« Cucullan streckte sich und legte den Kopf auf die Vorderpfoten. »Vielleicht genügt ein Maulkorb, James, glaubst du nicht?« schlug Jill vor und sah plötzlich sehr viel glücklicher aus. Cucullan schloß langsam und resigniert die Augen. Elsie rief: »Unmöglich!«

James ignorierte den Ausruf, sah aber selbst schon froher drein, als er zustimmte: »Das ist eine ausgezeichnete Lösung, und ich muß offen zugeben, daß sie mir nicht eingefallen ist. Gut, Mutter, da du an diesem Tier so zu hängen scheinst, kannst du es, wenn du diese Bedingung annimmst, behalten.«

»James, du verstehst Cucullan nicht, du kannst ihn nicht so vor den anderen Hunden bloßstellen, es würde ihm das Herz brechen.«

James schüttelte den Kopf mit einem leicht tadelnden und sehr überlegenen Lächeln.

»Liebe Mutter, es tut mir leid, aber er hat nur die Wahl zwischen einem gebrochenen Herzen und einem schnellen Tod.« Elsie schwieg. »So, und jetzt, nachdem wir die drei wichtigsten und dringendsten Fragen geklärt haben, können wir die Zukunft planen.«

Hätte ein Wahrsager gewagt, so eine Zukunft zu prophezeien, jeder Kunde hätte sofort sein Geld zurückverlangt. Er ermahnte sie zu äußerster Sparsamkeit, bis ihre Schulden abgezahlt seien und ihre Finanzen wieder auf einer gesunden Grundlage ständen. Cucullan stöhnte mehrere Male leise auf. Und wie recht hatte er! Aus war es mit dem Herumtollen in seinem geliebten Richmond Park. Aber auch ich werde nie mehr in hübsche Geschäfte gehen dürfen, dachte Elsie; das einzige, was man mir noch erlauben wird, sind diese Discountläden, wo man eine Riesenpackung Waschpulver mit einem Penny Rabatt kriegt. Elsie nickte ein paarmal mit dem Kopf, um zu zeigen, daß sie zuhörte. Zum Schluß sagte James: »Dein Kapital ist leider so zusammengeschmolzen, Mutter, daß dein Einkommen nie mehr so hoch sein wird, wie es war, aber das soll nicht heißen, daß du nicht genug zum Leben haben wirst – nur Luxus kannst du dir nicht mehr leisten.« Er lächelte aufmunternd. »Eric wird dir helfen, deine Ausgaben unter strenger Kontrolle zu halten.«

Es würde also wieder genauso sein wie zu Mr. Browns Zeiten. Jede Woche müßten die Haushaltsausgaben überprüft werden, und wie immer würde die Endsumme nicht stimmen – nur daß sie jetzt stimmen mußte, weil es keinen Mr. Brown mehr gab, der fünf gerade sein ließ und den Fehlbetrag ausglich. Nun, das würde sie schon allein hinkriegen! Sie bemerkte: »Ich werde mich nach einem Job umsehen, James. Das wird mir sehr helfen.«

Aus seinem Mienenspiel ging unmißverständlich hervor, daß er sich sofort an die Hüte und Blumenarrangements von Agnes

Trent erinnerte. Dann warfen sich alle drei Kinder Blicke zu, als ob sie sich fragten, was für eine Arbeit ihre arme alte Mammi denn bloß im Sinne haben könnte. James meinte entschlossen: »Nein, Mutter, das lassen wir für den Moment mal lieber sein.« Elsie dachte, vielleicht könnte ich Abendkurse nehmen und Spanisch lernen oder Tischlern oder sonst irgend etwas oder Vereinen zur Verhütung oder Förderung von ich-weiß-nicht-was beitreten. Andere Frauen in ähnlicher Lage schienen ihre Zeit doch billig und nutzbringend mit dergleichen auszufüllen. Aber selbst wenn sie ein echtes Interesse für eine von diesen sinnvollen, aber langweiligen Beschäftigungen verspüren würde, wäre das nicht der Augenblick, es zu sagen. Denn es war ganz klar, daß die Kinder ihr gerade noch zutrauten, daß sie im Hause keine weiteren Dummheiten anstellte – und sogar das nicht mal ganz.

Endlich hörten sie auf, über all diese unerfreulichen Sachen zu reden, und blieben noch eine Weile sitzen, sehr liebevoll und fröhlich. Ach, sie verdiente es wirklich nicht, solche guten Kinder zu haben – und sie tat ihr Bestes, auch fröhlich zu wirken, aber kaum waren sie aus dem Hause, sank sie in sich zusammen und fühlte sich sehr einsam und sehr verloren. Aber nicht für lange, denn Cucullan fing an, ärgerlich zu bellen, und sie richtete sich energisch wieder auf.

»Ein Maulkorb«, sagte sie entrüstet. »Kommt nicht in Frage!«

O nein, Cucullan und sie mußten sich ihre Freiheit erhalten, koste es, was es wolle! Sie sandte ein kurzes Gebet um Verständnis, eine wortlose Entschuldigung zum Himmel, zu ihrem lieben Mr. Brown. Denn eines war ihr klar: Selbst wenn sie ihre Geschäfte schlecht geführt hatte, war das noch lange kein Grund, sich von den eigenen Kindern am Gängelband führen zu lassen. Schön und gut! Aber was nun, Elsie Brown? Der Haken war natürlich diese verdammte Einkommensteuer. Wenn sie zuließ, daß die Kinder sie bezahlten, würde sie jedes moralische Recht verlieren, sich von ihnen unabhängig zu machen; wenn sie es aber nicht zuließ, bestand das Risiko – auch wenn James es als sehr unwahrscheinlich bezeichnete –, daß die wütenden Steuerbeamten dafür sorgen würden, daß sie auf sehr viel unangenehmere Art ihre Freiheit einbüßte. Es war wie die Wahl zwischen Teufel und Beelzebub; der Gedanke daran machte sie wieder ganz mutlos, doch plötzlich kam ihr die rettende Idee. Ihr Gehirn arbeitete jetzt auf Hochtouren. Ein Plan nahm feste Umrisse an – sehr verschieden von dem, den James für sie entworfen hatte.

Cucullan gab kehlige Laute von sich – bei einem gewöhnlichen

Hund hätte man gesagt, er knurre, aber bei ihm war es lediglich ein Zeichen seiner Konversationsbereitschaft.

»Sei mal einen Moment still, Cucullan«, sagte Elsie, »ich denke gerade nach.«

Am nächsten Freitag erinnerte Pamela James daran, daß Jill am Wochenende fort sei. James – ganz älterer Bruder – bemerkte, daß er diesen Dundon-Burschen eigentlich ganz gerne mal kennenlernen würde.

»Ja, komisch, daß Jill ihn so von allen fernhält«, überlegte Pamela, »aber vielleicht hält er sich von uns fern? Na, wie dem auch sei, eins ist mal sicher: Wenn aus dieser fabelhaften Freundschaft was wird, dann braucht deine kleine Schwester nicht am Hungertuch zu nagen. Doch im Augenblick habe ich eigentlich nicht so sehr an das junge Glück, sondern an deine Mutter gedacht. Ich habe Angst, sie fängt an zu grübeln, wenn sie so alleine gelassen wird.« James blickte sie erstaunt an. »Ich weiß, Liebling, daß sie eigentlich nicht dazu neigt – weiß Gott nicht –, aber ich dachte, ihre augenblickliche Lage könnte sie vielleicht doch auf trübe Gedanken bringen – meinst du nicht, sie würde ganz gerne zu uns kommen?«

»Wunderbare Idee!« stimmte James zu, dann runzelte er die Stirn. »Aber sie wird ›diesen Hund‹ mitbringen wollen, wenn das Haus leer ist.«

»Cucullan ist ein sehr gutmütiger Hund, und die Zwillinge vergöttern ihn.«

»Das letzte Mal, als er hier war, hat er meinen Füller geklaut und vergraben.«

»Aber deine Mutter hat ihn sofort wiedergefunden. Sie gibt sich solche Mühe, ihm seine Elsterallüren abzugewöhnen.«

»Dieser Hund hat derart viele Unarten, daß es eine Ganztagsbeschäftigung wäre, sie ihm alle abzugewöhnen. Aber laß nur, Pam, wenn Mutter kommt, nehm' ich sogar den Hund mit in Kauf. Übrigens glaub' ich nicht, daß du recht hast.« James lächelte nachsichtig. »Sie war gestern äußerst vergnügt, als ich ihr den Maulkorb für ›diesen Hund‹ brachte, und ganz erstaunt, daß ich für den Wagen ein, wenn auch sehr niedriges, Angebot habe. Verstehst du, sie ist einfach froh, daß sie sich jetzt keine Sorgen mehr zu machen braucht und wir ihr die ganze Verantwortung abgenommen haben.«

Pamela schwieg dazu. Nachdem James ins Büro gefahren war, nahm sie die Zwillinge und fuhr mit dem Bus zu ihrer Schwiegermutter raus. Der hellgelbe Wagen stand noch vor dem Haus. Er war sorgfältig gewaschen und poliert. Pamela blickte traurig auf den armen herausgeputzten alten Krieger. Die Zwillinge, wie immer begeistert, wenn sie ihre Lieblings-Großmutter und den Hund besuchen durften, schlugen mit den Fäusten an die Eingangstür wie betrunkene Landstreicher. Sie wurden von Elsie und einem maulkorblosen Cucullan begrüßt, beide lächelten fröhlich. Pamela blickte erleichtert auf Cucullan.

»Ja«, sagte Elsie, die sehr vergnügt aussah, aber mit einer seltsam tonlosen Stimme sprach, so, als ob sie etwas Auswendiggelerntes herunterleierte. »James meint, er braucht seinen Maulkorb nicht vor Montag zu tragen. Alles soll am Montag passieren.«

Pamela sagte – es rutschte ihr einfach heraus, ohne daß sie es wollte – »Ach Gott, du Arme!«

»I wo, aber vielleicht ist es besser, wenn ich mich möglichst oft daran erinnere.« Elsies Antwort klang heiter, aber irgendwie seltsam. Sie beugte sich zu den Zwillingen hinunter und gab ihnen die Hand. Elsie gehörte nicht zu den Frauen, die Kinder abküssen, sie behandelte sie mit derselben Höflichkeit wie Erwachsene. Doch die Zwillinge erdrückten sie fast, und sie mußte erst mal nach Luft schnappen, bevor sie beteuern konnte: »Es ist wirklich nett, euch zu sehen.«

Im Wohnzimmer beherrschten erst mal Ben und Susie das Feld, doch kaum waren sie müde, wurden sie von Cucullan abgelöst, der sich in die Mitte des Zimmers setzte und gnädigst gestattete, daß man ihn bewunderte.

»Gott sei Dank, jetzt ist mal für einige Zeit Ruhe«, stöhnte Pamela. »Ich bin gekommen, um dich fürs Wochenende abzuholen, Schwiegerma; ob ihr beide,Cucullan und du, es wohl bei uns aushalten könnt?«

»*Ich* schon«, Elsie beobachtete Cucullan, der mit schicksalsergebener Leidensmiene sein rechtes Auge aus dem Bereich der bohrenden Kinderfinger zu retten versuchte. Cucullan machte keinen Hehl aus seiner Verachtung für Menschenkinder, ertrug aber großmütig und mit überhündischer Geduld diese ermüdenden kleinen Kreaturen, die seine Herrin seltsamerweise und aus nur ihr bekannten Gründen so gern mochte. »Manchmal glaube ich fast, daß Cucullan im Grunde seines Herzens direkt auf Kinder wartet, weil er dann mit seinem guten Charakter angeben kann«, meinte Elsie und fuhr fort: »Nein, Pamela, so gerne ich sonst zu euch komme, aber dieses Wochenende vielleicht doch besser nicht.«

»Liebe Ma, ich dachte *gerade* dieses Wochenende! Ich hab' mir lauter lustige Sachen für dich ausgedacht, als Gegengift für den miesen Wochenanfang.«

»Nichts freut mich mehr als unsere sogenannten kleinen Orgien«, lächelte Elsie, »aber irgendwie nicht dieses Wochenende. Jills Abwesenheit gibt mir die Möglichkeit – nun, sagen wir, Zwiesprache mit mir selbst zu halten.«

»Ich wußte doch, daß ich ein besserer Psychologe bin als James! Ma, du wirst nur ins Grübeln kommen, und ich bin fest entschlossen, das nicht zuzulassen, und wenn ich dich an den Haaren von hier fortschleppen muß.«

»O nein, ich kann dir in die Hand versprechen, daß ich keineswegs die Absicht habe, hier wie ein Trauerkloß herumzusitzen«, sagte Elsie bestimmt. »Ich will einfach mal in Ruhe nachdenken. Es tut mir leid, wenn es unfreundlich klingt, und wahrscheinlich ist es für dich schwer zu verstehen und von mir sehr egoistisch gedacht, aber ich möchte dieses Wochenende ganz für mich alleine haben. Wenn du willst, nenn es eine Art von ungeistiger Klausur.« Der Satz schien ihr besonders gut zu gefallen. »Ja, ich glaube, so könnte man es nennen – in gewisser Weise.«

Pamela konnte trotz aller Aufmerksamkeit keinen Hauch von Rebellion im Verhalten ihrer Schwiegermama spüren – im Gegenteil, sie schien die Entscheidung, die man über ihren Kopf hinweg für sie getroffen hatte, fast mit der Ergebenheit einer Heiligen hinzunehmen. Oder spielte sie Komödie? Aber bevor Pamela sich eingestehen mußte, daß sie als Psychologin vollkommen versagt hatte, wagte sie noch einen letzten Vorstoß. Es würde zwar brutal klingen, aber es war gut gemeint: »Was für einen gepflegten Wagen der Käufer doch bekommt«, doch Elsie, ohne die geringste Trauer in der Stimme über den bevorstehenden Verlust, äußerte sich nur begeistert über das neuentdeckte Wagenputzmittel und pries seine Vorzüge in den höchsten Tönen.

Pamela konnte James nichts anderes berichten als: »Ja, eigentlich wirkte sie sehr zufrieden.« James beglückte sie daraufhin mit diesem gewissen männlich-überlegenen Lächeln, das auch die ergebenste Gattin in Rage bringen kann. Pamela meinte ärgerlich: »Ich sagte, *eigentlich* wirkte sie sehr zufrieden.« James lächelte wieder.

Dina war es auch schon ungemütlich bei dem Gedanken, daß Mammi gerade dieses Wochenende allein sein sollte. Eric und sie wollten sich Wohnungen und Häuser ansehen, und die entsprechenden Verabredungen waren schon getroffen.

»Wir können natürlich nicht alles absagen, aber ich würde

lieber bei Mammi bleiben. Vielleicht braucht sie gerade diesen Sonnabend und Sonntag ein wenig Ablenkung, wo doch am Montag der schreckliche alte Wagen verkauft werden soll. Arme Mammi, sie hat ihre Vergnügungsfahrten immer so genossen!«

Eric meinte, sie solle nicht soviel Theater um die Sache machen, vielleicht wären die Fahrten für ihre Mutter ein Vergnügen gewesen, aber für niemand anderen sonst – und überhaupt, *wenn* hier jemand aufheiterungsbedürftig wäre, dann er, denn er sei nahe daran, den Verstand zu verlieren, und das alles wegen ihrer Mutter, die die Ermahnungen der Bibel – sie säen nicht, sie ernten nicht, und euer himmlischer Vater nähret sie doch – zu wörtlich zu befolgen schien.

Dina erwiderte unzufrieden: »Ich möchte wirklich wissen, wie du es geschafft hast, Buchhalter oder Steuerberater oder was immer es ist zu werden! Na, egal, sie kann mit uns Wohnungen besichtigen, und nachts kann ich zu Hause schlafen.«

Doch Elsie lehnte den Vorschlag freundlich, aber bestimmt ab. Sie wollte auch keinesfalls, daß Dina zu Hause schlief.

»Na, siehst du«, sagte Eric, nachdem Elsie sie fortgeschickt und ihnen liebevoll und fröhlich nachgewinkt hatte. »Wie man sich so irren kann! Deine rätselhafte Mutter ist fest entschlossen, ihr Wochenende allein zu verbringen.«

Dina lachte.

»Ich glaube, ich weiß warum. Sie will nicht, daß wir denken, wir müßten Mitleid mit ihr haben, und das haben wir Gott sei Dank auch nicht. Ist dir aufgefallen, daß sie nicht mal mit der Wimper gezuckt hat, als wir vom Wagen sprachen?«

»Gelegentlich frage ich mich«, meinte Eric nachdenklich, »ob deine Mutter überhaupt je mit der Wimper zuckt.«

Jill kam von der Arbeit nach Hause und gönnte sich ein heißes Bad mit allem, was dazu gehört – Öl, Gesichtsmaske usw. Während sie dampfte, schwatzte sie mit ihrer Mutter, kaum, daß diese in Hörweite war. Als sie sich die Augen schminkte, traten bzw. sprangen Mutter und Cucullan in ihr Zimmer. Mammi setzte sich auf einen Stuhl und Cucullan aufs Bett. Mutter verjagte ihn sofort. Cucullan hopste ohne Zögern wieder hinauf.

»Macht nichts, Mutter«, sagte Jill, großzügig bereit, an diesem wichtigsten aller Tage Mammis schrecklichem Tier alles zu verzeihen. »Verdirb ihm nicht den Spaß, wahrscheinlich kommt er sich vor wie das Schoßhündchen von Ludwig dem XIV. Wie seh' ich aus? Ist mir der dezente ländliche Wochenendlook gelungen?«

»Wie wär's mit ein paar Strohhalmen im Haar?«

»O nein, Mammi, das wäre zu *bäuerlich!* Leicht sportlich angehaucht – scheint mir die richtige Masche. O Gott! Ich wünschte, ich müßte dich nicht allein zurücklassen.«

Elsie blickte sie an.

»Irgendwann werde ich mich wohl daran gewöhnen müssen, nicht wahr?«

»Vielleicht, aber ich seh' nicht ein, warum du damit anfangen sollst, bevor es nötig ist. Ich meine, du hast jedem von uns einen Korb gegeben an diesem Wochenende, gerade nachdem ...« Jill warf einen Blick nach unten auf die Straße, wo das scheußliche Auto stand. Mammi hatte wahrscheinlich den ganzen Morgen damit verbracht, es so schick herzurichten. Zum letztenmal! Nun, es war wirklich albern, sich Gewissensbisse darüber zu machen, weil man seine Mutter zu einem sicheren Fußgängerleben zwang, damit sie nicht die Statistik der tödlichen Unfälle bereicherte! Sie blickte auf Cucullan. Auch er hatte noch Glück gehabt! Statt zu seinen Hundevätern versammelt zu werden, brauchte er nur einen Maulkorb zu tragen! »Wirst du dich auch nicht so einsam fühlen, Mammi? Wir müssen uns wirklich ein Telefon anschaffen, dann können wir dich immer erreichen, egal, wo wir sind.«

Elsie sagte nachdenklich: »Euer Vater pflegte zu sagen, das Telefon sei in einem englischen Haus wie eine Art von trojanischem Pferd. Ich verstehe eigentlich erst jetzt, wie recht er damit hatte.« Sie lächelte vergnügt. »Ja, Liebling, sicher wäre es praktisch, ein Telefon zu haben – später einmal. Da ist Mr. Dundons Wagen, wenn ich mich nicht irre. Wir kennen doch sonst niemand, der einen Bentley fährt, nicht wahr?«

»Ach Mammi, was soll das – er heißt George!«

»Du weißt, wie altmodisch ich bin, ich kann nicht so schnell auf Vornamen umschalten. Und vergiß nicht, ich habe ihn erst einmal gesehen.«

»Vielleicht wäre es keine schlechte Idee«, sagte Jill gedehnt, »wenn du in diesem Fall deine altmodischen Vorurteile aufgeben würdest. Ich habe den Eindruck, daß du ihn bald ... häufiger sehen wirst.« Sie zögerte. »Ich hoffe, du hast nichts dagegen, Mammi?«

Auf ihre diplomatische irische Art beantwortete Elsie diese Frage mit einer Gegenfrage: »Warum sollte ich etwas gegen einen Mann haben, mit dem meine Tochter glücklich ist?«

»Offiziell hat er mir übrigens noch keinen Heiratsantrag gemacht.«

»Ich bin überzeugt, daß Mr. ... daß George einen wunderbaren Antrag machen wird.«

»Alles, was George macht, ist wunderbar.« Jills ehemalige Flirts, vorausgesetzt, daß sie stolze Besitzer eines Wagens oder Motorrads waren, hatten ihre Anwesenheit durch ein Hupkonzert bekanntgegeben, und Jill war daraufhin die Treppe hinuntergesaust. George jedoch läutete an der Tür. Sie wechselten ein paar freundliche Worte, bevor er die Wagentür für Jill öffnete – auch wieder ganz anders als die anderen! – und sagte: »Vielleicht kommen wir am Sonntag erst spät zurück, aber bitte, Mrs. Brown, seien Sie ganz unbesorgt, ich verspreche Ihnen, ich werde gut auf Jill aufpassen.«

Elsie antwortete: »Ja, ich weiß, daß Sie gut auf Jill aufpassen werden – George«, und sie sagte es auf so eine nette Art, daß Jill ganz froh ums Herz wurde – aber dann stieß Mammi einen leisen kleinen Seufzer aus, so einen einsamen kleinen Seufzer. Doch das letzte, was Jill von ihr sah, als sie fortfuhren, war, wie sie zwischen dem Wagen und Cucullan stand und ihnen nachwinkte.

»Ich liebe meine Mutter sehr«, verkündete Jill ganz zusammenhanglos. George lächelte leicht ironisch: »Ein sehr normales Gefühl, Liebling, aber doch kein Grund, so aggressiv zu sein.« Jill hatte nicht aggressiv klingen wollen; sie wußte selber nicht, was sie plötzlich dazu veranlaßt hatte, diese Erklärung abzugeben. Sie versuchte, die störenden Gedanken zu verscheuchen – schließlich verließ sie ja Mammi nur für drei Tage –, und hier war dieser wunderbare Abend, der prachtvolle Wagen und George, und vor ihr lag, wenn sie sich nicht sehr täuschte, ein außerordentlich bedeutsames Wochenende.

Es war ein sehr angenehmes Wochenende, und Jill gestand sich ein, daß sie diesen ersten Hauch von elegantem Leben sehr genoß. Sie wußte, daß sie zur Begutachtung vorgeführt wurde, aber man mußte gerecht sein: Hatte sie nicht auch George aus demselben Grund Mammi vorgestellt? Seine Eltern waren reizend zu ihr. Sein Vater, eine ältere Ausgabe von George, war der typische Landedelmann; seine Mutter war schlank, grauhaarig und gutaussehend. Und obwohl alle Menschen, die sie traf, anscheinend keine Ahnung hatten, daß sie im Zeitalter der klassenlosen Gesellschaft lebten, und Jill zu stolz war, um auch nur die geringste Anstrengung zu machen, sich ihrer neuen Umgebung bewußt anzupassen, merkte sie doch, daß all diese Monate, die sie mit George zusammen verbracht hatte, ihr sehr halfen, mühelos in diesen neuen Lebensstil zu gleiten.

Es war, als lebe man in den Seiten eines Romans der Jahrhundertwende. Jeden Morgen brachte ein Hausmädchen den Tee ans Bett, zum Frühstück stand auf der Anrichte eine reiche Auswahl von Gerichten, man spielte Krocket und Tennis, und am Schwimmbassin wurden Erdbeeren mit Sahne und eisgekühlte Getränke gereicht. Man ging über die Felder, machte einen kurzen Rundgang durch die Ställe, und bei Tisch bediente ein älteres Dienstmädchen, das mit dem Nachnamen angeredet wurde (scheinbar konnten sogar die Dundons sich keinen Butler mehr leisten!). Am Sonntag las George in der Kirche aus der Bibel vor. Danach traf man sich vor dem Mittagessen im Dorfkrug mit Georges Freunden. Seine Altersgenossen waren natürlich fast alle schon verheiratet, und anscheinend nahmen sie stillschweigend an, daß auch Jill und er bald heiraten würden. Es waren zivilisierte, liebenswürdige und ganz amüsante Menschen. Ihr Kreis in London würde wohl mehr oder weniger aus derselben Art von Leuten bestehen, dachte Jill. Alles in allem sprach vieles dafür, in den Seiten eines Romans der Jahrhundertwende zu leben!

Sie hatte auch den Eindruck, daß sie im großen und ganzen recht gut bei Georges Eltern abgeschnitten hatte, und als am Sonntag abend Mrs. Dundon ihr einen angedeuteten Kuß gab und murmelte: »Wir würden uns freuen, Sie recht bald wiederzusehen, mein Kind«, und Mr. Dundon mit einer nach Jills Gefühl etwas zu betonten Herzlichkeit sagte: »Kommen Sie bald wieder, und holen Sie sich Ihre Revanche im Krocket«, dachte sie leicht amüsiert: Nun, es sieht so aus, als ob das Entwarnungssignal gegeben ist.

Als George dann auf einen Parkplatz fuhr, während der Mond wie eine unreife Orange in der Krone einer Eiche hing, hörte sie mit demselben leichten Amüsement zu, wie er ihr gestand, daß er sie liebe, und sie bat, seine Frau zu werden. Alles schien etwas unwirklich; der Augenblick, wo er ihr den brillant-gefaßten Aquamarinring an den Finger steckte – ein reizendes Erbstück –, wie auch die Erinnerung an das Wochenende. Aber dann wurde alles sehr wirklich, als er sie küßte, was er – wie alles andere – wunderbar machte, und sie wußte, daß sie sehr glücklich war. Sie blieben eine ganze Weile auf dem Parkplatz stehen und sprachen über die Zukunft. (George wußte von einer Wohnung in Regents Park – oder hätte sie lieber ein Haus? Südafrika für die Flitterwochen? Vielleicht? – Das und vieles andere und alles so herrlich wie ein Traum.) Und dann fiel der Mond von der Eiche, sie fuhren weiter, und es war wirklich sehr spät, als George sie zu Hause absetzte. Das Haus lag natürlich im Dunkeln, aber sie würde Mammi wecken. Sie mußte ihr die Neuigkeit sofort erzählen und den unvergleichlichen Ring zeigen.

Aber da war keine Mammi, die hätte geweckt werden können, da war kein Hund, da war kein Wagen. Statt dessen lehnte am Teekessel, mitten auf dem Tisch in der Halle, ein Umschlag mit der Aufschrift: »An meine Kinder«, und alles im Haus deutete auf Flucht hin.

Fünftes Kapitel

Am nächsten Tag wurden Elsies Kinder zwischen Sorge und Ärger hin und her gerissen. Sie saßen alle drei, zwei von ihnen den Tränen nahe, in dem jetzt so trostlosen Haus, wo in der Leere jeder Fußtritt widerhallte. Gelegentlich warfen sie einen Blick auf die Straße, und hie und da meinten sie, die gespenstischen Umrisse eines hellgelben Autos zu sehen. Cucullans Nichtvorhandensein war in jedem Winkel des Hauses spürbar. Seit Stunden schon brüteten die drei Strohwaisen über dem Abschiedsbrief ihrer Mutter und suchten vergeblich nach irgendwelchen Anhaltspunkten, wo sie hingefahren sein könnte.

»Meine liebsten und besten Kinder, lieber lande ich im Gefängnis, als daß ich Euch erlaube, meine Einkommensteuer zu zahlen.«

»Wir haben sie verschreckt«, jammerte Dina. »Wir haben sie herumkommandiert«, klagte Jill gebrochen. »Ich hab' es doch gar nicht so streng gemeint«, sagte James bleich und bedrückt.

»Und so tue ich das einzige Vernünftige und gehe an einen Ort, wo die Steuerbehörde mich nicht fassen kann und wo ich Arbeit finde, damit ich meine Schulden selbst bezahlen kann.«

»Vernünftig!« Dina schob den Brief weg. »Selbst angenommen, Mammi *würde* eine Arbeit finden, so muß sie doch *wissen*, daß sie unfähig ist zu sparen. Also, warum hat sie uns das angetan?«

»Wir haben sie zu sehr gepiesackt«, behauptete Jill. »Wir haben sie ganz durcheinandergebracht. Ich meine, sie liebt uns, sie hätte uns das nie angetan, wenn wir sie nicht ganz verrückt gemacht hätten.«

James nahm den Brief in die Hand und konzentrierte sich zum x-tenmal auf seinen Inhalt.

»... wo die Steuerbehörde mich nicht fassen kann ...«

»Das heißt irgendwohin, wo sie *glaubt*, daß sie es nicht können. Also irgendein europäisches Land kommt da nicht in Frage, weil ... schaut euch mal das Postskriptum an!« Jedesmal, wenn sie es wieder lasen, gab es ihnen einen Stich ins Herz: *Cucullan möchte keinen Maulkorb tragen.* »Sie weiß, daß sie diesen schrecklichen Hund in Quarantäne geben müßte, wenn sie zurückkommt, und das würde sie ihm nie antun.« Dinas Stimme zitterte. »Das heißt, wenn sie überhaupt vorhat zurückzukommen.«

James reagierte scharf: »Also bitte, wir wollen jetzt mal mit *Vernunft* an die Sache herangehen!« Er klopfte mit dem Finger auf den Brief. »›Ich will erst mal von der Bildfläche verschwinden, um Euch zu beweisen, daß ich durchaus in der Lage bin, auf eigenen Füßen zu stehen, wenn es sein muß, und deshalb verrate ich Euch auch vorläufig meine Adresse nicht.‹ Du siehst also, sie *hat* vor zurückzukommen.«

»Das sagt sich so leicht«, rief Jill mit angstvoll aufgerissenen Augen, »aber ihr kennt doch Mammi, sie ist so vertrauensselig! Ich meine, sie freundet sich doch mit jedem gleich an, und sie ist schon seit Freitag abend fort. Stellt euch vor, was in der Zwischenzeit alles passiert sein kann! Vielleicht hat man sie verschleppt oder in kleine Stücke gehackt und in einen Koffer gepackt – oder in mehrere, was weiß ich – und sie bei der Gepäckaufbewahrung auf irgendeinem Bahnhof abgegeben?«

»O Gott«, stöhnte Dina. »Ich hab' dir doch gleich gesagt, James, du mußt sofort zur Polizei gehen!«

Mit einem betont geduldigen Tremolo in der Stimme, das noch viel mehr an Dinas Nerven zerrte als Jills morbide Phantasien, sagte James: »Wie oft muß ich euch eigentlich noch erklären, daß keine Polizei der Welt einen gesetzestreuen Erwachsenen dazu zwingen kann, in den Schoß der Familie zurückzukehren?«

»Also gut, aber ihr tut geradeso, als gäbe es keine Vermißtenanzeigen«, meinte Dina, »oder vielleicht könnten wir eine Suchaktion durchs Radio starten: Mrs. Elsie Brown, die wahrscheinlich im Wagen ... oh, irgendwo! ... unterwegs ist, möchte sich sofort bei der nächsten Polizeistation melden, wo eine dringende Nachricht auf sie wartet!«

»Zu einfach«, widersprach Jill. »Ich würde mich für Mammi schämen, wenn sie auf so'n dummen Trick hereinfiele.«

»Richtig«, stimmte James herablassend zu. »Abgesehen davon, wäre es von uns sehr unüberlegt gehandelt. Wir würden damit die Sache nur an die große Glocke hängen, was wir doch gerade vermeiden wollen. Ich persönlich vermute, daß Mammi nichts Schlimmeres zustoßen wird, als daß sie in irgendeiner gottverlassenen Gegend ohne Benzin steckenbleibt, sagen wir in Yorkshire ... oder vielleicht in Schottland.« Dann fügte er in einem äußerst schroffen und unangenehmen Ton hinzu: »Und recht würde ihr geschehen für soviel Falschheit und Hinterlist.«

Dinas Gesicht hellte sich auf.

»Ja, und weit wird sie mit der alten Kaffeemühle sowieso nicht kommen. Die bricht sicher schon nach ein paar Kilometern zusammen.«

»Genauso wird's sein, Gott sei Dank!« Jill lachte etwas unsicher. »Trotzdem ist es nicht leicht, so tatenlos herumzusitzen und auf sie zu warten.«

»Uns bleibt gar nichts anderes übrig«, resignierte James, »zum Glück wissen wir, daß sie dort, wo immer sie ist, nicht lange bleiben kann, weil sie nicht genug Geld bei sich hat.«

»Bitte, James, wenn sie zurückkommt, vielleicht fällt uns irgend etwas ein, damit Cucullan keinen Maulkorb tragen muß.«

James fuhr wütend auf: »Dieser verfluchte Köter ist wahrscheinlich die Ursache allen Übels.«

»An dem Wagen hängt sie auch.«

Plötzlich sah auch James etwas mutlos aus, sagte aber streng: »Wir dürfen über unseren augenblicklichen Sorgen nicht vergessen, daß Mutters pekuniäre und auch sonstige Lage unverändert geblieben ist. Ob sie will oder nicht, sie muß unsere Anweisungen genau befolgen, es gibt keine andere Lösung. Vermutlich hat sie schon jetzt ein schlechtes Gewissen, daß sie diesen Koller gekriegt hat, und ich bin sicher, sie wird in wenigen Tagen wieder hier auftauchen, wenn nicht schon früher ... oder sie wird uns Bescheid geben, damit wir sie holen kommen, weil sie weiß Gott wo gestrandet ist.«

»Ich könnte sie umbringen«, drohte Jill. »Das heißt – wenn sie überhaupt noch am Leben ist.«

Dina gab einen lauten trockenen Schluchzer von sich.

James bat sie kühl, sich doch bitte etwas zusammenzunehmen. Die beiden Schwestern fauchten wütend zurück, bereit, bei dem geringsten – oder auch ohne – Anlaß mit Streit anzufangen, weil die einzige Person, mit der sie sich gerne angelegt hätten, außer ihrer Reichweite war. James, der aus demselben Grund ziemlich angriffslustig war, brauchte seine ganze ihm zur Verfügung stehende männliche Disziplin, um geduldig abzuwarten, bis diese schrecklich gefühlsduseligen Weiber endlich stotternd verstummten. Dann ergriff er das Wort: »Da Mutter jeden Augenblick zurückkommen kann, müssen wir uns im voraus einigen, welche Haltung wir ihr gegenüber einnehmen wollen. Um weitere Peinlichkeiten zu vermeiden, wäre es wohl am besten, sie in dem Glauben zu lassen, daß wir diese kleine verrückte Eskapade nie ernst genommen haben und das Ganze als einen dummen und etwas geschmacklosen ...«, das Wort blieb ihm schier in der

Kehle stecken, aber er brachte es doch heraus, »... Streich betrachten, den sie uns weiß der Teufel warum gespielt hat.«

»Na ja, für sie ist wenigstens noch eine letzte, allerdings höchst überflüssige Spritztour dabei herausgesprungen – aber eigentlich haben wir ja etwas Ähnliches erwartet«, sagte Jill.

»Also gut, wollen wir das als allgemeine Richtlinie im Auge behalten.«

Dina blieb skeptisch: »Meinst du wirklich, James, daß sie jeden Moment zurückkommen kann?«

James schüttelte liebevoll und mitleidig den Kopf über die verrückten Einfälle seiner Mutter. »Sie hat gar keine andere Wahl.«

Das war ein äußerst beruhigender Gedanke, und die frühere Entschlossenheit der drei kehrte wieder zurück. Es war fast so, als hätten sie ihre vagabundierende Mutter schon wieder am Gängelband und könnten ihr taktvoll und feinfühlig wie immer jegliche Sorgen abnehmen. Jill verlieh den Gefühlen aller Ausdruck: »Natürlich wird alles gut ausgehen, aber ich würde doch viel drum geben, wenn ich wüßte, wo diese verrückte Person in diesem Moment steckt.«

Obwohl es den Browns als Gruppe gelungen war, ihr seelisches Gleichgewicht mehr oder minder wiederherzustellen, überfielen jeden einzelnen, kaum daß sie sich getrennt hatten, neue Zweifel und Sorgen. James, der als Ehemann mit Recht auf das Verständnis seiner Frau hoffte, wurde bitter enttäuscht. Pamelas einziger Kommentar: »Ich habe schon oft von Kindern gehört, die ihren Eltern fortlaufen, aber der umgekehrte Fall ist mir ganz neu.«

James fand die Bemerkung äußerst fehl am Platze. Er erwiderte streng: »Mutters seltsames Benehmen kann nur die Folge ständiger Überforderung sein. Ich fürchte, wir haben nicht früh genug gemerkt, wie sehr sie mit den Nerven herunter ist.«

»Und *als* du es merktest, James, hast du sie da nicht vielleicht mit allzu großer Strenge ein wenig verschreckt?«

Jetzt fühlte James sich wirklich verletzt.

»Ich habe dir doch genau auseinandergesetzt, wie die Dinge liegen. Kannst du mir vielleicht sagen, welche andere Lösung wir hätten finden können?«

»Ich weiß, Liebling«, gab Pamela reumütig zu, »die blutrünstigen Steuerbeamten und all das. Auf der anderen Seite ... ich meine, wenn jemand wie deine Mutter in ihrem Alter zum erstenmal tun kann, was *sie* will, statt immer nur zu tun, was *andere* wollen, dann kann man verstehen, daß ihr das ein wenig zu Kopf gestiegen ist und sie diese Freiheit um keinen Preis mehr aufgeben will, komme, was da wolle.«

James fand, dieses konfuse Gerede sei keiner Antwort wert. Er wollte schließlich von seiner Frau *beruhigt* werden, und so meinte er: »Sie kann nicht lange fortbleiben, höchstens eine Woche.«

Pamela legte ihm liebevoll den Arm um die Schultern und stimmte ihm zu: »Ach, höchstens, armer Schatz!« James fühlte sich irgendwie getröstet, war aber nicht ganz sicher, wem der »arme Schatz« wohl gegolten hatte.

Eric kam Dina gerade recht. Sie brach sofort einen Streit mit ihm vom Zaun.

»Das nennt sie also ein ruhiges Wochenende!« spöttelte er.

»Willst du damit etwa sagen, daß Mammi gelogen hat?«

»Liebes Kind!« wehrte Eric diese Unterstellung entsetzt ab.

»Was soll es *dann* heißen? Hatte sie ein ruhiges Wochenende nötig, ja oder nein?«

Eric konnte seine Bewunderung nicht verbergen: »Donnerwetter, das hast du geschickt hingedreht.«

»Ist das alles, was dir zum Verschwinden von Mammi einfällt? Und vielleicht ist sie nicht nur fort ... sondern ... o Gott!«

»I wo, sie ist sicher putzmunter. Ich bin erstaunt, daß wir noch nichts von ihr gehört haben. Der komische Wagen und der komische Hund und deine ... Mutter *können* gar nicht vermeiden aufzufallen, ganz egal wo.«

»Wenn du denkst, du kannst das alles mit einem Lachen abtun, dann bist du gefühlloser, als ich dachte.«

»Hör zu!« lenkte Eric ein und gab sich innerlich einen Ruck, weil er fand, Dina hätte ein Recht darauf, daß er ihr jetzt hilfreich zur Seite stand, »ich weiß schließlich besser als jeder andere, daß deine Mutter bald zurücksein *muß!* Sie hat Freitag einen Scheck ausgeschrieben und damit ihr Konto beträchtlich überzogen – und das für lange Zeit, dagegen hilft auch ein kleiner Flirt mit dem Bankdirektor nichts mehr.«

»Wenn du damit sagen willst, daß meine Mutter ...«

»Gott bewahre! Wenn ich etwas über deine Mutter sagen will, sage ich es direkt ... und mache keine Anspielungen. Natürlich würde sie nicht wissentlich mit einem ungedeckten Scheck zahlen, aber meistens hat sie keine Ahnung, wie ihr Konto aussieht. Ich versuche ja nur, dir zu erklären, daß der freundliche Bankdirektor, der deine Mutter so verehrt, zu seinem größten Bedauern dazu gezwungen war, ihr mitzuteilen, daß ihre Schecks von nun an wegen ungenügender Deckung retourniert werden, was ihrem Vagabundieren ein jähes Ende setzen wird.«

Vagabundieren war kein Ausdruck, den Dina in Verbindung mit ihrer Mutter gerne hörte, aber um ehrlich zu sein, war es genau das, was sie tat, und abgesehen davon klangen Erics Ausführungen sehr vernünftig und flößten ihr Zuversicht ein. Sie überlegte: »Wäre es nicht wunderbar, Liebling, wenn du alle ihre Geldsachen geklärt hättest, bevor sie zurückkommt? Dann wüßte sie genau, wie sie dasteht, und könnte ein ganz neues, vernünftiges Leben anfangen!«

»Der Computer, der die finanziellen Angelegenheiten deiner Mutter in so kurzer Zeit zu lösen imstande wäre, ist leider noch nicht erfunden«, frotzelte Eric, und schon war der Streit wieder in vollem Gange.

Jill hatte seltsame Hemmungen, mit George über ihre Mutter zu reden. Nicht etwa, weil sie dem Mann, den sie liebte, etwas verheimlichen wollte, aber Georges Mutter war so ganz anders als Mammi, und es würde ihm vielleicht schwerfallen, zu verstehen, *wie* verschieden sie waren. Sie entschloß sich, das ganze als eine Art Ulk aufzuziehen.

»Erinnerst du dich, ich hab' dir doch mal von Mammi und dem Hund, der einen Maulkorb tragen muß, und dem Auto und so weiter erzählt?«

»Ja«, sagte George.

»Stell dir vor, sie ist über alle Berge.« Jill gelang es, ein fröhliches Lachen zustande zu bringen. »Wahrscheinlich hat sie's nicht übers Herz gebracht, sich so schnell von dem Auto zu trennen. Und sie hat es ganz raffiniert angefangen. Als ich am Sonntag zurückkam, war sie schon fort, und ich konnte ihr nicht mal unsere Verlobung mitteilen, Liebling.«

George lächelte sie an: »Was machst du denn für ein trauriges Gesicht, Liebling, du kannst ihr die große Neuigkeit schließlich auch schriftlich mitteilen.«

Sie wußte, es wäre geschickter, sich jetzt aus der Gefahrenzone zu begeben und zu schweigen, aber das wollte sie nun auch wieder nicht. Darum fuhr sie fort: »Ja, natürlich, bloß daß wir nicht wissen, wo sie ist.«

»Wenn man auf Reisen geht, sollte man immer eine Adresse hinterlassen, an die die Post nachgesendet werden kann«, meinte George tadelnd.

Jill gab es auf.

»Oh, gewiß doch, aber du weißt ja, sie ist so unbekümmert, die Idee als solche liegt ihr ganz fern.«

In der Hoffnung, daß seine künftige Schwiegermutter nur im Hinterlassen von Adressen unzuverlässig war, wechselte George das Thema und sprach von anderen Dingen, hauptsächlich davon, wie sehr er Jill liebte und wie glücklich sie zusammen sein würden. Jill gelang es nicht, so glücklich zu sein, wie sie gerne gewollt hätte, denn die Sorge um ihre Mutter ließ ihr keine Ruhe, und sie empfand es als große Ungerechtigkeit, daß ihr eines Elternteil so wider die Natur handelte und fröhlich durch die Lande kariolte, ohne sich um den Seelenfrieden der eigenen Kinder zu scheren.

Es gelang ihr, dieses Gefühl von gerechter Empörung noch einige Tage aufrechtzuerhalten, aber dann wurde ihre Angst um die Mutter so groß, daß sie auf Georges Liebkosungen nur noch wie ein Holzklotz reagierte, und so erzählte sie ihm kurz entschlossen die ganze Wahrheit.

George enthielt sich jeglichen Kommentars und bemerkte nur trocken: »Was für ein abwegiges Benehmen für eine Mutter!« Jill schwieg. Die Abwegigkeit war leider nicht zu leugnen, sie hoffte bloß, er würde nicht auf die Abscheulichkeit des ganzen näher eingehen. Es würde ihr nämlich schwerfallen zu schweigen, wenn George Mammi zu kritisieren anfinge, obwohl diese es mehr als verdient hatte. Aber er schwieg und strich ihr nur, ohne ein tadelndes Wort zu sagen, zart über die Wange.

»Kein Wunder, daß du so bleich und teilnahmslos bist; aber mach dir nur keine unnötigen Sorgen. Von nun an werde ich mich um dich kümmern.«

Jill fühlte sich erleichtert, aber auch etwas beschämt, weil sie nicht fest genug an die Tiefe seiner Gefühle geglaubt und ihm deshalb nicht gleich die ganze Wahrheit gesagt hatte. Durch ihren Mangel an Vertrauen sah es jetzt so aus, als ob sie ihn weniger lieben würde als er sie – was natürlich nicht stimmte. Sie saßen auf einer Bank in der Sonne nahe der St.-Pauls-Kathedrale. Sein rechter Arm lag auf der Rückenlehne der Bank, und sie schmiegte sich mit einem reumütigen kleinen Lachen an ihn.

»Ach, was für Illusionen man sich doch macht; ich hab' mir immer eingebildet, recht selbständig zu sein, aber wenn es hart auf hart kommt, brauchen wohl alle Frauen einen Mann, an den sie sich anlehnen können. Ach, George, Liebling, ich bin ja so glücklich, daß ich dich habe! Ich sorge mich so schrecklich um Mammi.«

»Aber, Liebes, deine Mutter war verärgert und ist fortgefahren, um euch eine Lektion zu erteilen. Sie wird zurückkommen, wenn und wann sie es für richtig hält. Wie dein Bruder so treffend bemerkte: Sehr lange kann es nicht mehr dauern.«

Da George Mammi nicht genügend kannte, konnte man ihm unmöglich zum Vorwurf machen, daß er nicht verstand, in welchen Gefahren sie schwebte. Jill versuchte, es ihm zu erklären.

»Es ist nicht Mammis Art, uns eine Lektion zu erteilen. Sie würde nie jemand *bestrafen* wollen. Aber sie ist so hilflos, sie hat nie gelernt, auf eigenen Füßen zu stehen. Ich wage gar nicht, daran zu denken, was ihr in der Zwischenzeit alles zugestoßen sein könnte.«

George schloß das Thema kurz und bündig ab: »Wenn ihr wirklich was zugestoßen wäre, hättet ihr es längst erfahren. Die Personalien deiner Mutter sind durch das Auto und den Führerschein leicht festzustellen. Und nun, Jill, mußt du aufhören, dich wie ein dummes kleines Mädchen zu benehmen, weil du mich sonst zwingst, *dir* eine ernste Lektion zu erteilen.«

Er blickte sie liebevoll, aber vielleicht mit einem Anflug von Erstaunen und Enttäuschung an. Jill riß sich sofort zusammen und versuchte, vernünftig zu sein. Auch sie war zuerst etwas enttäuscht gewesen über seine Reaktion, aber jetzt verstand sie, daß er ihr etwas sehr viel Wirkungsvolleres als das erhoffte Mitleid gegeben hatte: Er hatte ihr bittere Medizin verabreicht statt der erwarteten Lutschbonbons, und natürlich war alles, was er gesagt hatte, vollkommen richtig. Sie zwang sich, diese dummen Klein-Mädchen-Unarten abzustreifen, für die er keinerlei Verständnis aufbrachte, und auf die fröhliche, disziplinierte Jill umzuschalten, die er bewunderte.

Aber als ein Tag nach dem anderen ohne ein Lebenszeichen von Elsie verging, verzagte selbst das härteste Herz der drei verlassenen Brown-Kinder (im Grunde war keines je besonders hart gewesen), und James ließ sich dazu herbei, seinen jetzt völlig verzweifelten Schwestern recht zu geben, daß es vielleicht doch besser sei, Erkundigungen einzuziehen. Denn alle Hoffnungen, daß ihre Mutter pennylos mit einem verhungerten Hund und einem kaputten Wagen ohne einen Tropfen Benzin im Tank demütig zu ihnen zurückkehren würde, hatten sich ganz zweifellos als trügerisch erwiesen. James machte noch einen letzten schwachen Versuch, sein Gesicht zu wahren, indem er sagte, daß eine Frau, ein Hund und ein Wagen doch nicht einfach vom Erdboden verschwinden könnten, gab sich aber schließlich geschlagen, als seine Schwestern ihn wütend anfuhren: »Nun gut, aber *wo* sind sie?«

Elsie Brown, ihr Hund und ihr Auto waren in Dooneen, in Irland.

Elsie hatte genug Zeit zum Nachdenken gehabt, während sie darauf wartete, daß Jill nach Sussex abfahren und das Feld räumen würde, und je länger sie sich ihren Plan hatte durch den Kopf gehen lassen, desto genialer war er ihr vorgekommen: Die Irische Republik war natürlich an und für sich schon der ideale Zufluchtsort für Elsie Brown, geborene O'Leary – es war Ausland, ohne das Unheimliche und Erschreckende eines fremden Landes zu haben. Aber in ihrer augenblicklichen Lage hatte ihr Geburtsland noch einen anderen unbezahlbaren Vorteil: Sie war dort vor der englischen Steuerbehörde sicher.

Sie hatte in den letzten fünfundzwanzig Jahren nicht viele Gedanken an ihre Heimat verschwendet, doch jetzt wuchs sie ihr täglich mehr ans Herz. Es war ein so praktisches kleines Land, und der praktischste Ort für sie hieß natürlich Dooneen. Obwohl ihre Großeltern schon lange tot waren und das Hotel in anderen Händen, mußten noch Menschen dort leben, die sie von früher her kannten, und das würde ihre Arbeitssuche wesentlich erleichtern, weil das lästige Getue mit den Empfehlungsschreiben fortfiel, das anderswo eine so große Rolle spielte. Und wenn sie erst mal Arbeit hätte – und sie konnte sich nicht vorstellen, daß eine reife, gesunde Frau, die bereit war zuzupacken, so nutzlos, so ein Hemmschuh sein sollte, wie ihre Kinder ihr weismachen wollten –, wäre alles weitere nur ein Kinderspiel. Sie würde in Dooneen bleiben und nicht einen Pfennig von ihrem Gehalt ausgeben (außer natürlich für Hundefutter und Benzin), bis sie genug gespart hatte, um alle ihre Schulden auf Heller und Pfennig zu begleichen. Und dann, wenn sie ihnen gezeigt hätte, *wie* fest sie auf eigenen Füßen stehen konnte, würde sie nach London zurückkehren, um dort bis an ihr seliges Ende frei, aber sehr vernünftig zu leben.

Sie hatte keine Minute an der Richtigkeit ihres Vorhabens gezweifelt und gewußt, daß sie die ideale Lösung all ihrer Schwierigkeiten gefunden hatte – und trotzdem, als es dann soweit war und sie den Abschiedsbrief an den Teekessel lehnte, wurde ihr doch etwas mulmig zumute. Denn ganz gleich, wie oft sie sich auch sagte, daß ihre Kinder sich um sie keine Sorgen zu machen brauchten, wußte sie genau, daß sie es doch tun würden.

Und natürlich mußte der melodramatische Abgang, zu dem sie gezwungen war, alles noch verschlimmern. Die Kinder würden sie für noch närrischer halten, als sie es sowieso schon taten, und ganz aus dem Häuschen geraten. Aber ihr blieb gar keine Wahl. Wenn die Familie von ihrem Plan Wind bekäme, würde sie ihn liebevoll, aber energisch vereiteln; wenn sie ihren Aufenthaltsort wüßten, würden sie sie zurückholen und sie liebevoll, aber energisch für den Rest ihres Lebens bevormunden. Jedes ihrer Kinder führte, was auch ganz richtig war, sein eigenes Leben, und was sie jetzt tat, würde keinem weh tun; für sie aber war es die letzte Chance, ihr Leben selbst in die Hand zu nehmen. Und so sehr sie ihre Kinder auch liebte, war ihr der Gedanke, von ihnen für die nächsten dreißig Jahre so liebevoll, aber energisch herumkommandiert zu werden, einfach unerträglich. Dies war, kurz zusammengefaßt, ihr Problem, und sie wiederholte sich immer wieder, daß sie im Recht war – was aber nicht ausschloß, daß sie sich schuldig und einsam fühlte.

»Ich kann ihnen nicht mal schreiben, weil die irische Briefmarke mich verraten würde«, sagte sie traurig zu Cucullan. Cucullan bellte. »Ja, du hast recht, wenn wir in Dooneen Erfolg haben, dann können wir es riskieren, dann kann ich mich eher zur Wehr setzen – obwohl, selbst dann wird es nicht leicht sein.«

Cucullan bellte aufgeregt. Er fühlte, sie würden gleich Auto fahren, was er ebenso genoß wie sie, und er fand, es sollte nun endlich losgehen. Obwohl Cucullan ein ganz besonders intelligenter Hund war und eine Menge Sachen wußte – eins wußte er nicht, nämlich, daß ein erniedrigendes Marterwerkzeug in Gestalt eines Maulkorbs in einer Schachtel auf dem Küchenregal für ihn bereit lag und daß er ihn eigentlich schon tragen müßte, wenn James ihm nicht bis Montag Aufschub gewährt hätte – allerdings sehr ungern und nur, weil Elsie ihn kniefällig darum gebeten hatte. Der Gedanke an Cucullans tragisches Los, wenn er Montag noch in London wäre, gab Elsie den nötigen Mut, das Haus zu verlassen. Und kaum saß sie im Wagen, fühlte sie sich noch viel mutiger. Auch für das arme Auto wäre Montag ein schicksalsschwerer Tag. Es würde in neue und sicher weniger liebevolle Hände überwechseln. Und so fuhr Elsie mit Cucullan und dem Auto ohne allzu große Gewissensbisse der Freiheit entgegen.

Als sie von der Rooslare-Fähre herunterkamen und die Wexforder Uferstraße entlangfuhren in Richtung Dooneen, wichen ihre letzten Bedenken wie die Nebelschwaden, die sich jetzt am Horizont verzogen. Das Meer glitzerte in dem frühmorgendlichen Sonnenschein, der Wagen benahm sich tadellos, und Cucullan, dem die Seereise nicht besonders gefallen hatte, schlief friedlich neben ihr. Der Morgen war heiter und die Seebrise erfrischend, und Elsie hatte das Gefühl, daß mit jedem Kilometer, der sie näher an die Stätte ihrer Kindheit brachte, die Jahre eins nach dem anderen von ihr abfielen, bis sie fast den Eindruck hatte, sie sei wieder siebzehn und stünde am Anfang des Abenteuers, das man Leben nennt. Einige Male rief sie sich selbst streng zur Ordnung, indem sie sich vorhielt, daß sie in Wirklichkeit eine verschwenderische Großmutter sei, die von nun an im Schweiße ihres Angesichts ihr täglich Brot verdienen mußte – aber es war alles umsonst. Sie konnte nur nicht singen, weil sie Angst hatte, Cucullan zu wecken, aber in ihrem Inneren klang eine Melodie.

Als sie die Felsenstraße nach Dooneen hinunterfuhr, dessen Häuser sich um den kleinen Hafen gruppierten, schien ihr alles unverändert, aber als sie in den Ort hineinkam, machte er einen sehr viel wohlhabenderen Eindruck auf sie als früher. Vor fünfundzwanzig Jahren war es selbst im Sommer hier ziemlich ruhig gewesen, doch nun sah sie ein kleines Kasino, Eisbuden, sogar ein Tanzcafé und ein paar ziellos herumwandernde Gestalten, die unverkennbar Touristen waren. Dooneen hatte also offensichtlich den Ehrgeiz, ein Ferienkurort zu werden. Und so war sie auch nicht weiter erstaunt, als sie entdeckte, daß man das kleine, aber ehrlich gesagt etwas schmuddelige »O'Learys Familien-Hotel« vergrößert, modernisiert und in »Dooneener Hof« umbenannt hatte.

Sie hatte sich eigentlich vorgenommen, erst mal ein paar Tage auszuruhen und alte Bekanntschaften wieder aufzufrischen, bevor sie sich auf Arbeitssuche begab, aber sie hatte nicht vorausgesehen, daß sie diese Tage in einem Fast-Luxus-Hotel verbringen müßte. Doch als sie ins Hotel hineinging, spürte sie sofort, daß die alte freundliche O'Leary-Familienhotel-Atmosphäre trotz all der Neuerungen – Nußbaumimitationen, große Plastiklüster und eine schwarzgekleidete Empfangsdame, genauso wie in London, wo man sie offenbar in Serie herstellt – dieselbe geblieben war. Der Besitzer und seine Frau standen zufällig beide an der Rezeption, und irgendwie kamen sie sofort ins Gespräch – genau wie zu Omas und Opas Zeiten.

Die Blaneys hatten das Hotel erst nach Elsies Heirat übernommen, und so war sie ihnen fremd, aber sie freuten sich ganz offensichtlich, als sie erfuhren, wer sie war. Ja, natürlich hätten sie viel von dem Engländer gehört, der die kleine Elsie O'Leary den einheimischen Jungen weggeschnappt hatte, bevor die überhaupt den Mund hätten aufmachen können. Na ja, wer zu langsam ist, hat eben das Nachsehen, obwohl sie gewissermaßen mehr Anrecht auf die kleine Elsie gehabt hätten, schlossen die Blaneys befriedigt und sorgten dafür, daß sie eins der besten Zimmer nach vorne heraus bekam.

»Das kleine Zimmer über der Küche war meins«, erinnerte sich Elsie, »ist es trotz des Umbaus noch da?« – »Ja, natürlich«, anworteten sie ihr, zur Zeit schliefe der Barkeeper dort. Sie schaute sich um. »Die Bar – war irgendwo da!« meinte sie und wies mit dem Finger in die entsprechende Richtung. »Ich habe in der Bar serviert, aber auch gelegentlich im Speisesaal ausgeholfen. Der ist dort – nicht wahr?«

»Ach, die guten alten Zeiten«, seufzte Mr. Blaney, »doch man muß sich anpassen, heutzutage ist Tourismus Trumpf! Ich bin sicher, Ihre Großeltern hatten nicht soviel Ärger mit dem Personal wie wir jetzt. Nehmen Sie nur mal unseren Barkeeper! Er wäre unser bester Kunde, wenn er zahlen würde! Im Vertrauen gesagt: Wir sind froh, wenn er am Abend noch auf den Beinen steht. Aber was sollen wir machen? Man kriegt eben kein Personal mehr – weder für Geld noch für gute Worte.«

»Und es wird immer schlimmer.« Mr. Blaney blickte mißtrauisch auf die Serien-Empfangsdame, als ob sie ihm jede Sekunde abspenstig gemacht werden könnte. »Wahrscheinlich ist das der Preis, den wir für den Fortschritt zahlen müssen!« Elsie warf dazwischen, daß der aber überall zu zahlen sei. »Ja, und das ist erst der Anfang!« prophezeite Mr. Blaney. »Sie werden Bauklötze staunen, wenn Sie erst von unseren Zukunftsplänen hören!« Seine Frau lachte. »Ja, meine Liebe, es dauert nicht mehr lange, und Dooneen wird die Riviera überflügelt haben.«

Jetzt lenkte Cucullan die allgemeine Aufmerksamkeit auf sich, indem er auf einen Sessel sprang. Elsie nahm ihn sofort wieder herunter. Sie sagte etwas nervös: »Ich hoffe, Sie haben nichts gegen Hunde. Er ist wirklich sehr gehorsam – na, sagen wir: ziemlich gehorsam –, und ich kann Ihnen versprechen, daß er vollkommen stubenrein ist.« Die Blaneys starrten ihn wortlos an. Komisch, aber die meisten Leute schienen nicht recht zu wissen, was sie sagen sollten, wenn sie Cucullan zum erstenmal sahen. »Er hat einen wunderbaren Charakter«, versicherte Elsie. Der schlaue Cucullan streckte eine Pfote vor und gab sich redlich Mühe, wie ein Schoßhündchen auszusehen. Mr. Blaney grinste. »Liebst du mich, dann lieb' auch meinen Hund, nicht wahr, so heißt es doch? Nein, nein, wir werden ihn nicht vor die Tür setzen, das könnten wir Ihnen ja gar nicht antun, Mrs. Brown.«

Elsie verabschiedete sich mit vielen Dankesbezeugungen, als andere Gäste hereinkamen, deren die Blaneys sich annehmen mußten. Ein kleiner Page – ein Hotelpage in Dooneen! – führte sie und Cucullan auf ihr Zimmer. Cucullan sprang sofort aufs Bett – aber auch der gescheiteste Hund braucht schließlich ein oder zwei Tage, um ein tadelloser Hotelhund zu werden! Elsie scheuchte ihn schnell wieder herunter – und der nette kleine Page tat, als ob er nichts gesehen hätte, und verließ sie mit einem verschwörerischen Grinsen auf den Lippen.

Endlich in Sicherheit! Elsie holte tief Atem und blickte sich im Zimmer um, dann ging sie zum Fenster, schaute auf das glitzernde Meer und schließlich auf Cucullan.

»Im sicheren Hafen nach stürmischer Fahrt«, sagte sie dankbar.

Sechstes Kapitel

Als Elsie mit Cucullan wieder in die Hotelhalle kam, war ihr, als schritte sie schnurstracks in die Vergangenheit, denn die ersten, auf die sie dort traf, waren die beiden Fräulein Bradshaw aus dem Glebe-Haus – vor fünfundzwanzig Jahren schon ältlich, jetzt alt und ein wenig verhutzelt, wirkten sie ansonsten völlig unverändert. Die beiden erkannten sie auch sofort wieder, und Miß Caroline rief: »Elsie O'Leary!« Und Miß Bessie sagte: »Liebe, kleine Elsie!« – »Elsie Brown, schon seit geraumer Zeit«, verbesserte Elsie sie lächelnd, und Miß Caroline erinnerte sich: »Ach ja, natürlich, Sie haben doch diesen netten Engländer geheiratet!«, und Miß Bessie fügte in einem liebevollen Befehlston hinzu: »Nun setzen Sie sich mal hin, Kind, und erzählen Sie uns, wie es Ihnen ergangen ist.«

Sie war immer ein besonderer Liebling der Fräulein gewesen. Das Glebe-Haus war von »O'Learys Familien-Hotel« nur durch eine Ligusterhecke getrennt, und wenn man die Stimme erhob, wurde man auf der anderen Seite gehört. Als Kind hatte Elsie oft hinübergerufen, um zu fragen, ob sie für die Fräulein Bradshaw irgend etwas besorgen könne, und die beiden hatten sie gelegentlich lautstark zu einem Plauderstündchen oder zu einer Tasse Tee eingeladen. Die Bradshaws aus dem Glebe-Haus waren seit Generationen die wichtigste Familie in Dooneen, doch zu Elsies Zeiten gab es nur noch diese zwei verarmten, unverheirateten Schwestern, die in dem verwitterten Haus in karger Vornehmheit lebten. Als Elsie mit ihrem Lebensbericht fertig war – sie hatte natürlich einiges ausgelassen –, vernahm sie zu ihrer Freude, daß die Lage der beiden alten Fräulein sich mittlerweile sehr verbessert hatte.

»Wir sind richtige Kapitalisten geworden«, sagte Miß Caroline. Sie zog ihren lavendelfarbenen Spitzenschal enger um die schmalen Schultern und kicherte schelmisch. »Dooneen ist zum Eldorado Südirlands geworden, und der Goldrausch hat uns alle gepackt.«

Und dann erfuhr Elsie, wieso Dooneen demnächst sogar die Riviera in den Schatten stellen würde. Das hatte man alles einem gewissen Konrad Radokov zu verdanken, der zur Zeit in diesem Hotel mit seiner Frau Zilla residierte. »Er ist das, was wir einen Mitteleuropäer nennen«, erklärte Miß Bessie, »ein äußerst kosmopolitischer und kultivierter Mann. Er steht im Ruf, ein Multimillionär zu sein, auf jeden Fall ist er sehr reich, daran gibt es keinen Zweifel.« – »Sicher Erdöl oder Stahl oder so was«, bemerkte Miß Bessie seltsam vage. »Er ist erst kürzlich zum erstenmal nach Irland gekommen, hat aber sofort mit scharfem Blick die großen touristischen Möglichkeiten Dooneens erkannt. Nun ist er zurückgekehrt, um hier einen Teil seines Geldes zu investieren, und mit Hilfe dieses energischen und klugen Geschäftsmannes wird Dooneen sicher bald der berühmteste Badeort Irlands sein.« – »Angesichts seiner weitläufigen, weltumspannenden Interessen«, ergriff Miß Caroline jetzt das Wort, »ist dieses Projekt für ihn wahrscheinlich nur ein netter Zeitvertreib, aber für unsere kleine Stadt und für das ganze Land ist sein Vorhaben natürlich ungeheuer wichtig. Ich könnte mir vorstellen, daß er irgendeinen schöpferischen Drang in sich verspürt, dem er hier freien Lauf läßt. Die Geschäfte mit Erdöl und Stahl sind sicher sehr prosaisch.«

Dooneen sollte eine richtige Sehenswürdigkeit werden. Die großzügig konzipierten Baupläne seien im Rathaus ausgestellt, so daß sie sich jeder ansehen könne. »Luxushotels!« betonte Miß Bessie und schlug staunend die Hände zusammen. »Arkaden! Gärten! Kasinos! Schwimmbäder und Saunas! Ach, man kann es gar nicht alles aufzählen!« Miß Caroline kicherte. »Kurz gesagt, Dooneen ist ›in‹, ich glaube, so nennt man das heutzutage.« Beide Fräulein Bradshaw erklärten ihr weiter, daß die irische Regierung sehr großzügig im Gewähren von Krediten und Steuererleichterungen sei, um ausländischen Industriellen, die die Entwicklung des Landes fördern könnten, einen Anreiz zu bieten, und auch Mr. Radokovs Pläne unterstütze sie sehr. Man munkele sogar, daß der Präsident selbst bei der Grundsteinlegung des ersten Bauwerks mit einem Silberspaten den symbolischen ersten Spatenstich tun werde. »Einige Leute haben natürlich immer zu meckern«, fuhr Miß Bessie mit einem listigen Augenzwinkern fort, »sie meinen, unsere Regierung sei *zu* großzügig, und in gewisser Hinsicht haben sie recht: Manche Ausländer sind ganz einfach große Halunken – erst streichen sie die Regierungsgelder ein und leben auf großem Fuß, bis die steuerfreie Periode zu Ende ist, und dann verschwinden sie sang- und klanglos. Aber bei unserem Mr. Radokov kommt so etwas natürlich nicht in Frage!«

Er sei ein ganz uneigennütziger Mann, erzählten sie Elsie, und deshalb wären die Aussichten für die Einwohner von Dooneen auch ganz wunderbar und einzigartig. Mr. Radokov habe bei einer offiziellen Sitzung in Gegenwart von zwei Regierungsmitgliedern erklärt, daß er es nur gerecht fände, wenn die Bevölkerung nicht nur indirekt, sondern auch direkt an dem bevorstehenden Wohlstand beteiligt würde, und habe sofort unter starkem Applaus eine Genossenschaft zur Förderung der Dooneener Interessen ins Leben gerufen, in die jeder Geld einzahlen könne, und er selbst habe sich netterweise als Vorsitzender zur Verfügung gestellt.

»Und jeder hat natürlich die großartige Gelgenheit wahrgenommen«, lächelte Miß Bessie, »sogar die Kinder verzichteten auf ihre Süßigkeiten, um aus ihrem Taschengeld Zinsen zu schlagen.«

»Und um sich in der glorreichen Zukunft an zu vielen Bonbons den Magen zu verderben«, fügte Miß Caroline trocken hinzu. »Sie sehen, meine Liebe, die Segnungen der Konsumgesellschaft werden auch uns bald zuteil werden.« Dann lachte sie herzlich. »Aber es liegt mir fern, mich darüber zu beklagen! Man sagt schon nicht zu Unrecht, daß die Begüterten sehr schnell bei der Hand sind, vor den Gefahren des Wohlstands zu warnen, sobald er in die Reichweite der Minderbemittelten kommt.«

»Ich glaube, reich zu sein wäre einfach himmlisch«, sagte Elsie mit einem Seufzer.

»Es ist sehr angenehm«, Miß Bessie strahlte ihre Schwester an, »nicht etwa, daß Caroline und ich es sind, natürlich nicht, aber dank Mr. Radokov stehen wir jetzt viel besser da, als wir es uns je hätten träumen lassen. Er hat uns das Glebe-Haus abgekauft, und zwar zu einem äußerst anständigen Preis.«

Mr. Radokov und seine Frau waren von Irland anscheinend so begeistert, daß sie beschlossen hatten, sich hier niederzulassen. Natürlich würde er wegen seiner weitverzweigten Geschäftsinteressen häufig längere Zeit abwesend sein, aber seinen ständigen Wohnsitz wollte er von nun an in Dooneen haben.

»Für uns ist es natürlich eine Ideallösung«, meinte Miß Caroline zufrieden, »wir wohnen jetzt hier im Hotel, aber das liebe alte Haus ist ja nur ein paar Schritte entfernt, und Mr. Radokov hat uns versichert, es stünde uns immer offen, auch in Zukunft, wenn er es renoviert hat und dort eingezogen ist. Zur Zeit benutzt er nur das kleine Wohnzimmer als sein Privatbüro. Das restliche Haus ist geschlossen, er ist so ein netter Mensch!« Und Miß Bessie fügte hinzu: »In unserem Alter ist es eine große Erleichterung, sich nicht mehr um einen Haushalt kümmern zu müssen. Wir sind sehr glücklich im Hotel, und Mr. und Mrs. Blaney sind beide äußerst freundlich und zuvorkommend. Ach, meine Liebe, Sie glauben gar nicht, was für schrecklich verwöhnte und verhätschelte alte Damen wir geworden sind!«

Elsie lächelte über die beiden rührenden alten Fräulein, die wie Tauben gurrten und gar nicht genug Gutes über ihren Wohltäter sagen konnten; aber gleichzeitig hielt sie ein wachsames Auge auf Cucullan, der die Halle genau durchforschte und überall herumschnüffelte, was er immer tat, wenn er sich auf fremdem Territorium befand. Doch plötzlich ließ ihn ein Ausruf von Miß Caroline schuldbewußt hochfahren.

»Bessie! Ist es möglich, daß dieser seltsame Hund mit deiner Handtasche spielt?«

Miß Bessie tastete auf dem Boden hinter dem Sessel nach ihrer Petit-Point-Handtasche – sie war verschwunden. »O je, das tut mir aber leid!« rief Elsie erschrocken, lief in die Ecke, wo Cucullan saß, und zog vorsichtig die Handtasche aus seiner Schnauze. Die Fräulein Bradshaw richteten sich steif in ihren Sesseln auf, als Elsie mit dem schwanzwedelnden und zähnebleckenden Cucullan zurückkam. »Das ist seine Art zu lächeln«, erläuterte sie, wie sie das immer in solchen Fällen tun mußte. »Er ist sehr gutmütig und hätte Ihre Handtasche sicher nicht kaputt gemacht.« Aber sie vielleicht vergraben, dachte Elsie. Zu Hause tat er das besonders gern, doch da war es nicht so schlimm, weil der Garten ziemlich klein war, aber hier ... Sie blickte besorgt auf die ausgedehnten Parkanlagen draußen. »Es ist eine kleine Unart von ihm, die ich ihm fast schon abgewöhnt habe, aber vielleicht ist es doch ratsamer, nichts in seiner Reichweite liegenzulassen, bis er sich wirklich wie ein guterzogener Hund benimmt und nicht wie eine diebische Elster.«

Cucullan setzte sich, wedelte mit dem Schwanz und lächelte die Fräulein Bradshaw an, die ihn ungläubig anstarrten. Wie allen schien auch ihnen diese erste Bekanntschaft mit Cucullan die Sprache zu verschlagen. Schließlich sagte Miß Caroline zögernd: »Ich dachte, es wäre ein streunender Hund, der zufällig mit Ihnen hereingekommen ist, meine Liebe.« Aber dann entschlossen sie sich, gute Miene zum bösen Spiel zu machen. »Ja, mhm, ja, ein bemerkenswerter kleiner Hund.« Und Miß Bessie fügte liebenswürdig hinzu: »Und wie erstaunlich, daß er lächeln kann, bestimmt ist er sehr gutmütig.«

»O ja, doch«, beteuerte Elsie – etwas unsicher in Erinnerung an den Polizisten. »Eigentlich ist er ein Wachhund, doch im Grunde ist er lammfromm.«

Cucullan strafte sie sofort Lügen, indem er hochfuhr und das Paar, das eben in der Tür erschien, wütend anbellte. Es war ein hochelegantes Paar; der Mann groß und gutaussehend mit einem rötlich-blonden Vollbart, der jedem stolzen Wikinger zur Ehre gereicht hätte; die Frau hochgewachsen, dunkelhaarig und mit ebenmäßigen Zügen. Elsie vermutete sofort, daß es die Radokovs waren, aber sie mußten erst warten, bis Cucullan sich beruhigt hatte. Erst dann war es möglich, sich miteinander bekannt zu machen, und sogar jetzt knurrte er noch weiter. Und es war nicht etwa Cucullans übliches, kommunikationsheischendes Knurren, sondern ein böses, stoßweises Hofhundknurren. Elsie konnte nicht verstehen, was ihn so ärgerte, vielleicht der Vollbart. Er war nicht an Vollbärte gewöhnt. Zilla Radokov nahm ihre Entschuldigungen mit einem etwas verächtlichen Lächeln entgegen.

»Kleine Hund sein oft laut und dumm, das sein zu erwarten, wie kleingewachsene Menschen. Ich nicht haben Angst vor kleine Hund, Mrs. Brown, auch nicht vor große.«

Ihre lohfarbenen Augen funkelten. Ihrem Aussehen nach zu urteilen, war ihr Angst so unbekannt wie einem schwarzen Panther. Konrad Radokov machte eine ruckartige Verbeugung aus der Hüfte, nahm Elsies Hand und führte sie an die Lippen.

»Habe die Ehre.«

Seine hellblauen Augen – in dem linken war ein kleiner Fleck – schauten tief in die ihren. Elsie glaubte, ein kurzes Aufblitzen der lohfarbenen Augen neben ihm erhascht zu haben. Du liebe Zeit, wenn die Pantherin so eifersüchtig war, dann war sie dümmer als jeder kleine Hund oder »kleingewachsene« Mensch! Miß Caroline bemerkte: »Wir haben unserer lieben Elsie schon alles über Sie erzählt, Mr. Radokov.«

»Alles?« – die Zähne, die durch den Wikinger-Vollbart blitzten, waren so vollkommen wie die von Cucullan –, »wie schrecklich! Die arme Mrs. Brown. Sie werden schon ganz gelangweilt sein von mir.«

»Im Gegenteil«, stellte Elsie sachlich fest, »es hat mich alles sehr interessiert.«

»Ach, wirklich? Also nicht ganz gelangweilt? Aber ich vergessen, Sie sein die zurückgekehrte Emigrantin, ja? Und auf der anderen Seite vom Meer haben Sie lange und lieb gedacht an Smaragdinsel und an kleine Stadt?«

»Eigentlich nicht, Mr. Radokov, wenigstens nicht bis vor kurzem. Aber natürlich bin ich entzückt, von all den großen Dingen zu hören, die hier geplant werden.« Die beiden kleinen alten Damen hatten rote Bäckchen vor Aufregung und himmelten Mr. Radokov an. Und Elsie war ihm plötzlich sehr dankbar. Im allgemeinen machte sie sich nicht viel aus diesem Schau-mir-tief-in-die-Augen-Trick, aber man durfte schließlich nicht vergessen, daß Ausländer ja manchmal sehr eigenartige Manieren haben, und wenn Mr. Radokov auch nicht ganz ihr Typ war, so war er zweifelsohne ein sehr vornehmer Mann. Sie sagte aufrichtig: »Ich finde Ihre Pläne für Dooneen einfach großartig.«

Die Zähne der Pantherin, übrigens auch schneeweiß, blitzten. Sie stieß ein abruptes, heiseres Lachen aus. Mr. Radokov verbeugte sich wieder und lächelte freundlich: »Ich danke Ihnen!« Dann setzten sich die Radokovs zu ihnen, und Cucullan benahm sich sogar anständig, obwohl seine Ohren herunterhingen, was bei ihm immer ein Zeichen von Mißbilligung war. Elsie fand es sehr nett, daß ein derart beschäftigter Mann sich die Zeit nahm, mit zwei alten Damen und einer unwichtigen und auch nicht mehr ganz jungen Frau so liebenswürdig zu plaudern. Mrs. Radokov sagte zwar nicht viel, wirkte aber auch recht freundlich, und außerdem war es ein Vergnügen, sie anzuschauen. Als die Radokovs sie verließen – Konrads Gang hatte etwas leicht Militärisches, was ihm gut stand, und Zillas Bewegungen waren von einer graziösen Lässigkeit –, fragte Miß Caroline vertraulich: »Nun, meine Liebe, was halten Sie von den beiden?«

Elsie blickte Cucullan an; jetzt, wo die Radokovs fort waren, standen sein Ohren wieder aufrecht. Also schien er sie nicht zu mögen, aber jeder, sogar Cucullan, konnte sich mal in der Beurteilung von Menschen irren. Auf jeden Fall, egal, ob Cucullan sich nun geirrt hatte oder nicht, äußerte sich Elsie ausgesprochen zurückhaltend: »Sie sind das bestaussehende Paar, das mir je begegnet ist.«

Es war fast ein Wunder, wie die Vorsehung es vom allerersten Tag an mit Elsie Brown gut zu meinen schien. Die Hotelgäste waren herzlich, und Cucullan und sie freundeten sich schnell mit ihnen an. Und wenn sie in die Stadt ging, um alte Freundschaften zu erneuern, waren die fünfundzwanzig Jahre wie weggeblasen. Und manchmal kam es ihr selbst fast so vor, als sei sie noch dieselbe Elsie O'Leary und nie fort gewesen, und nur der Gedanke an ihre besorgte Familie brachte sie wieder in die Wirklichkeit zurück. Abgesehen davon hatte sie auch mal wieder finanzielle Sorgen. Die Hotelpreise waren auf der »grünen Insel, dem Traumland aller Touristen«, wie es so schön in den Prospekten heißt, steil in die Höhe geschnellt, und sie wußte, daß der Tag immer näher rückte, an dem sie ihr Luxusleben aufgeben und die Schulden von Elsie Brown abarbeiten mußte. Und der Tag kam schneller, als sie gehofft hatte, aber wiederum hatte ihr die Vorsehung bereits alle Hindernisse aus dem Weg geräumt. Sie brauchte nicht einmal Arbeit zu suchen, weil die ideale Stellung sich direkt anbot. Eines Abends kippte der unzuverlässige Barkeeper völlig betrunken hinter seiner Theke um und war am nächsten Morgen nach einem stürmischen Auftritt mit den Blaneys spurlos verschwunden. Elsie bat sofort um die freigewordene Stelle.

»Ich kann nicht weiter so tun, als ob ich zum Jetset gehöre, verstehen Sie«, erklärte sie Mr. Blaney.

»Aber Elsie ...«, die Blaneys und sie nannten sich schon längst beim Vornamen, »wir wären nur zu glücklich gewesen, Ihnen einen Vorzugspreis zu machen, wenn wir gewußt hätten ...«

»Das ist sehr lieb von Ihnen, aber es hätte meine Entscheidung nur ein bißchen hinausgezögert. Ich bin nicht direkt pleite«, erläuterte Elsie; schließlich hatte James gesagt, sie hätte genug zum Leben, wenn ihre kleinen finanziellen Unebenheiten wieder ausgebügelt sein würden, »aber wenn ich in Dooneen bleiben will, brauche ich Arbeit. Und ich will bleiben.« Die Blaneys blickten sie unsicher und etwas besorgt an. »Ich hätte Sie nie darum gebeten, wenn ich nicht wüßte, daß Sie dringend jemanden an der Bar brauchen; bitte, versuchen Sie es doch mit mir, Sie können mir ja jederzeit kündigen, wenn ich nichts tauge, aber ich hoffe, daß ich mich nach wenigen Tagen wieder eingearbeitet habe. Ich kenne natürlich all diese neumodischen Cocktails nicht, aber diese Bildungslücke läßt sich bestimmt rasch schließen ...«

»Es ist nicht das«, wehrte Mrs. Blaney ab, »es ist ... nun, Sie sind ein Gast unseres Hotels.«

Sie zögerte verlegen. Elsie dachte, sie wüßte warum.

»Sie meinen wohl, es wäre mit peinlich, Barmädchen zu spielen. Aber Mrs. Blaney, wie können Sie nur so was denken! Schließlich fang' ich doch bloß da wieder an, wo ich vor fünfundzwanzig Jahren aufgehört habe!« Und dann fügte sie, um ihre letzten Zweifel zu zerstreuen, sehr förmlich hinzu: »Und Sie brauchen keine Angst zu haben, daß ich als Barmädchen nicht den richtigen Ton beim Umgang mit den Gästen treffe.«

»Ach, Sie alberne Person!« rief Mr. Blaney, und er und seine Frau fingen an zu lachen. »Also gut, versuchen Sie's für eine

Woche, wenn Sie wollen! Eins ist auf jeden Fall mal sicher, während dieser Woche werden wir uns rühmen können, das beliebteste Barmädchen ganz Irlands zu haben.«

»Vielen Dank, Mr. Blaney.« Er zog die Augenbrauen hoch. »Ich danke Ihnen, Mr. und Mrs. Blaney«, wiederholte Elsie, um ihnen zu zeigen, daß sie nicht nur die notwendige Distanz zu den Gästen, sondern auch zu ihren Arbeitgebern zu wahren wußte.

Mr. Blaney lachte wieder.

»Aha, Sie haben sich also entschlossen, uns die kalte Schulter zu zeigen, na gut, wenn es Ihnen Spaß macht!«

»Und könnte ich bitte in mein altes Zimmer über der Küche ziehen, wo der Barkeeper gewohnt hat?«

»Paß auf!« warnte Mr. Blaney augenzwinkernd seine Frau, »sie wird uns noch die Leitung des ganzen Hotels aus den Händen nehmen!«

Am Nachmittag desselben Tages war Elsie schon in ihrem alten Zimmer und in ihrem alten Job. Nach Ablauf der Probewoche erklärte Mr. Blaney, daß sie für den »Dooneener Hof« ihr Gewicht in Gold wert sei und er sogar bereit wäre, sich, solange sie nur versprechen würde zu bleiben, mit Cucullan abzufinden. Er konnte sich diesen Scherz nicht verkneifen, obwohl er Cucullan längst ins Herz geschlossen hatte – wie alle Gäste übrigens auch, die ihn so liebten, daß sie ihm sogar seine Elster-Allüren verziehen, die er sich leider doch nicht so rasch, wie Elsie gehofft hatte, abgewöhnen ließ. Aber meistens konnte sie die weggeschleppten Gegenstände retten, noch bevor sie vergraben wurden, und wenn nicht, war es ihr bisher noch immer gelungen, seine Verstecke aufzustöbern und das Diebesgut wieder auszubuddeln. Cucullan hatte auch schon seinen Stammplatz hinter der Theke und war mittlerweile zu einem gewieften Barhund geworden. Seine größte Sympathie schien einem ruhigen Mann um die fünfzig zu gelten, der fast jeden Abend kam, um sein Bier zu trinken, und der Mann schien ihn auch zu mögen.

Sie hatte es also geschafft! Sie war eine richtige berufstätige Frau geworden und hatte bewiesen, wie ausgezeichnet sie auf eigenen Füßen stehen konnte, und Cucullan bewies, was für ein harmloser, wohlerzogener Hund er im Grunde war, und sogar der Wagen, dem man in London nachgesagt hatte, daß er schrottreif sei, bewies, daß er auf den relativ leeren Wexforder Straßen noch sehr nützlich sein konnte. Er hatte nur einen leichten Zusammenstoß mit einem Eselskarren gehabt und einen winzigen Kratzer von einer Lehmmauer abbekommen, und ein paarmal hatte man ihm die Kupplung nachstellen müssen. (Der ruhige Mann, der sich mit Cucullan angefreundet hatte, riet ihr daraufhin, auf den schmalen, gewundenen Landwegen ein wenig vorsichtiger zu fahren.) Das einzige, was sie ein wenig beunruhigte – aber es war wirklich nicht der Rede wert –, war das Benehmen von Konrad Radokov. Zuerst hatte sie seine übergroße Liebenswürdigkeit damit erklärt, daß er ein Ausländer sei, und Ausländer hätten nun mal seltsame Manieren, aber bald mußte sie feststellen, daß er ein ganz gewöhnlicher Feld-Wald-und-Wiesen-Don-Juan war, der sie in ihrer jetzigen Stellung als Barmädchen als Freiwild betrachtete – natürlich nur, wenn Zilla nicht in der Nähe lauerte.

Jedes Barmädchen muß harmlose kleine Flirts nun mal in Kauf nehmen, doch mit Mr. Radokov war das etwas ganz anderes! Er blickte sie bedeutungsvoll aus seinen hellblauen Augen an oder flüsterte ihr schmeichelhafte Belanglosigkeiten ins Ohr, in die er plötzlich sehr zweideutige Bemerkungen einflocht, deren Doppelsinn Elsie mit gutgespielter Treuherzigkeit einfach überhörte. In seine hellblauen Augen trat dann jedesmal ein amüsiertes Glitzern, und das virtuose kleine Geplänkel wurde fortgesetzt. Er war zweifellos ein sehr erfahrener und selbstsicherer Verführer.

Oft kam er in die Bar, wenn sie leer war, und dann wurde er zudringlich. Elsie versuchte, der Sache die Spitze abzubrechen, indem sie sich dumm stellte, was jedem Durchschnittsmann den Wind aus den Segeln genommen hätte – aber Mr. Radokov leider nicht. Was immer man von ihm halten mochte, durchschnittlich war er gewiß nicht. Ihre Unterhaltungen verliefen meist ungefähr so:

»Ach, und kleines Hund teilen Zimmer mit Ihnen?« Breites Lächeln für Cucullan, der beim Anblick des Wikinger-Vollbartes sofort mürrisch die Ohren hängen ließ, im übrigen aber eine ebenso bewundernswerte Selbstbeherrschung bewies wie seine Herrin. »Das sein kein gute Art, Langeweil zu vertreiben!«

»Oh, Cucullan langweilt sich nie.«

Bei solchen Antworten zuckte es immer spöttisch um Mr. Radokovs Mundwinkel.

»Ich nicht sprechen von ihm. Er sein frei, er nicht haben diese stupide Konventionen, die Menschen immer stehen im Wege. Einigen Menschen! Ich nicht können glauben, Mrs. Brown, daß Sie wie indische Witwe sein und sich haben verbrennen lassen auf

Scheiterhaufen von Mr. Brown. Auch wenn Mr. Brown sehr hochgeschätzter und vielgeliebter Gatte war.«

Elsie, nun ganz das naive Landpomeränzchen, rief fröhlich: »O ja, davon hab' ich gehört, so eine schreckliche Sitte, nicht wahr?«

Aber Mr. Radokov ließ sich nicht so leicht hinters Licht führen und war auch leider gar nicht abzuwimmeln. Eines Tages, als sie wieder mal versuchte, ihn mit irgendwelchen nichtssagenden Plattheiten abzuspeisen, lachte er plötzlich laut auf.

»Mrs. Brown, ich glauben, Sie sich langweilen selbst zu Tode mit solchen Reden. Bitte, Sie nicht dürfen das tun, es ist Eigen-Tortür, und es auch nicht sein komisch. Aber ich bewundern trotzdem Ihr Theaterspiel.« Elsie brach in ein helles Lachen aus, als sie sich so durchschaut sah. »Aha«, nickte Mr. Radokov zufrieden, »eins für mich, ja?«

»Und Sie«, meinte Elsie, noch immer lachend, »langweilen mich zu Tode ohne jedes Theaterspielen, und das finde ich auch nicht komisch.«

Mr. Radokov schüttelte vorwurfsvoll den Kopf.

»Eine Frau nicht sollen Tiefschlag versetzen, das sein höchst unfair.«

»Das kann Ihnen nur guttun«, erwiderte Elsie mit einem anzüglichen Lächeln, das dem seinen in nichts nachstand. »Und im übrigen, wenn Ihnen Ihre eigene schöne Frau nicht ausreicht, dann gibt es genug hübsche Mädchen ...«, es klang zwar ein bißchen nach einer Aufforderung, alle jungen Mädchen im Umkreis zu vernaschen, aber da Mr. Radokov solche Aufforderungen offensichtlich sowieso nicht brauchte, konnte man es ruhig sagen, »... bei denen Sie Ihr Glück versuchen können, also lassen Sie gefälligst die *Großmütter* in Ruhe. Aber vielleicht mache ich mir Illusionen, vielleicht benützen Sie mich nur als Versuchsobjekt, um nicht aus der Übung zu kommen.«

Mr. Radokov schüttelte wieder den Kopf.

»Die schöne Ehefrau, die hübschen Mädchen, die reife, heißblütige Frau ... jede auf andere Art begehrenswert.«

»Für einen so vielbeschäftigten Mann sind Sie wirklich gut in Form, aber ich kann Sie nur warnen: Sie verlieren Ihre Zeit mit mir. Denn abgesehen von allem anderen habe ich sehr altmodische Ansichten, die ich nicht gewillt bin zu ändern. Warum können Sie den Unsinn nicht lassen? Dann wären Sie nämlich ganz nett, und ich würde mich bestimmt gerne gelegentlich mit Ihnen unterhalten.«

Aber Mr. Radokov lächelte und schüttelte zum drittenmal den Kopf. »Ich verlieren nie meine Zeit.«

Cucullan knurrte und ging hinaus. Elsie wäre ihm gefolgt, wenn ihre Pflicht sie nicht daran gehindert hätte. Radokovs Benehmen war einfach beleidigend, aber abgesehen davon ging es ihr auch gegen den Strich, daß seine lüsterne Phantasie sich an einem so ungeeigneten Objekt, wie sie es war, entzündete. Als biedere reife Frau sollte sie eigentlich nicht mehr in Betracht kommen. Und es war noch nicht mal ein besonderes Kompliment, seine Aufmerksamkeit zu erregen, weil es ganz klar war, daß er jeder Frau nachstieg, die noch nicht mit einem Bein im Grabe stand. Und sogar eine Frau, die auf Mr. Radokov scharf war, dachte Elsie, während sie – passenderweise – einen Cocktail für Zilla Radokov mixte, wäre schlecht beraten, auf Mr. Radokovs Annäherungsversuche einzugehen, angesichts dieser Pantherin, die, nach allen äußeren Anzeichen zu schließen, nur zu bereit war, jede Rivalin mit ihren Krallen in Stücke zu reißen.

Glücklicherweise war die Pantherin noch nicht auf den Gedanken gekommen, daß Elsie als Rivalin in Frage kommen könnte. Sie sah in ihr nichts weiter als eine getränkespendende Maschine, und das war auch gut so. Doch heute schien sie aus irgendeinem Grund, vielleicht, weil niemand anders ihr zuhörte, ausnahmsweise zu merken, daß ein menschliches Wesen hinter der Bar stand – zumindest menschlich genug, um als Empfänger einiger unzufriedener, gelangweilter Worte zu dienen.

»Der Tag gehen so langsam vorbei.« Mr. Radokov war geschäftlich in Dublin. Elsie fragte, warum Mrs. Radokov nicht mit ihm gefahren sei? »Ja, Dublin besser, aber wenig besser. Nicht sich lohnen anstrengende Reise, weil er geht und kommt alles an einem Tag.« Sie stieß einen gutturalen Ton aus, der einem tiefen Knurren glich, so daß Cucullan erstaunt aufblickte, um zu sehen, welches freche Tier es gewagt hatte, in sein Gebiet einzudringen. »Ich sein nicht gewöhnt an langsame Tage, ich finden schrecklich.« Ihr Blick streifte Elsie mit einem verächtlichen Bedauern. »Sie gewohnt sein an langweilige Tage, Mrs. Brown. Sie nicht finden schrecklich, ja?«

»Oh, meine Tage sind nicht langweilig. Ich mag meine Arbeit. Ich liebe es, Menschen zu treffen.«

Die Pantherin musterte flüchtig die anderen Bargäste.

»Ach! Aber nicht so Menschen!«

»Ich kann verstehen, daß Dooneen für einen Großstadtmenschen langweilig sein muß, aber ich bin hier geboren. Ich dachte,

Sie und Mr. Radokov lieben Dooneen?« fragte Elsie etwas erstaunt.

Zillas angeekelter Gesichtsausdruck verschwand im Nu, und sie reagierte scharf: »Sie irren, was ich sagen. Dooneen wir beide mögen sehr. Die Schönheit, der Friede, das liebe Glebe-Haus!« Ihr Blick ruhte jetzt fast zärtlich auf den Anwesenden. »Die guten, lieben, einfachen Menschen!« Ihr tiefes, schnurrendes Lachen ließ Cucullan zum zweitenmal fragend aufblicken. »Ich sein nur unzufrieden, weil ich sein ohne mein Konrad«, erklärte seine Gattin und strafte Elsie wegen ihres Mangels an Verständnis mit einem zornigen Blick; dann zog sie sich in ihren Dschungelbau zurück.

Die unangenehmen kleinen Wortgefechte mit Mr. Radokov blieben ihr erspart, wenn der ruhige Mann – es war der hiesige Arzt – in der Nähe war. Und irgendwie schien er neuerdings immer in der Nähe zu sein, so daß Mr. Radokov keine Gelegenheit mehr hatte, richtig zudringlich zu werden. Dr. McDermott sprach selten, aber sein Schweigen war geselliger als das Plaudern vieler anderer. Er schien zu der Sorte von Männern zu gehören, die Frauen gegenüber schüchtern sind, wahrscheinlich war er deswegen noch unverheiratet.

Und so ging das Leben in Dooneen weiter, und jeder Tag schien – soweit das überhaupt möglich war – noch besser als der vorhergehende zu sein, und der einzige Schatten, der auf Elsies Glück fiel, war der unnütze Kummer, den sie ihren Kindern machte. Aber das war leider nicht zu ändern, und wenn sie erst erführen, wie gut sich ihre Mutter, Cucullan und sogar der Wagen in der Fremde bewährten, würden sie schon einsehen, daß sie sich ganz grundlos Sorgen gemacht hatten.

Im Augenblick waren sie zwar noch auf der Verliererseite, aber später würden sie das Ganze als Gewinn verbuchen. Und dann machte die Vorsehung, die doch alles so unerhört passend eingefädelt hatte, plötzlich einen ganz scheußlichen Fauxpas. Cucullan biß zum zweitenmal, wodurch sein eigener und Elsies Aufenthalt in die ganze Welt hinausposaunt wurde.

HUND EINES BARMÄDCHENS BEISST BRITISCHEN MINISTER IM URLAUB, verkündeten die Schlagzeilen der Londoner Abendzeitungen, und drei Telefone schrillten.

»Hast du gelesen?« fragten James und Dina und Jill einander überflüssigerweise. »Es ist grauenvoll!« Darüber waren sie sich einig. »Aber endlich haben wir sie«, setzten sie erleichtert hinzu.

Als die drei dann zusammensaßen, sagte James: »Wir müssen

sofort handeln und sie überrumpeln, bevor sie merkt, daß die Bombe geplatzt ist, denn sonst entwischt sie uns vielleicht ein zweites Mal.« Als Familienoberhaupt wäre es selbstverständlich seine Pflicht, diese heikle Mission zu übernehmen, fuhr er fort, aber leider müßte er im Moment zwei Beamte vertreten, die auf Urlaub seien. Und so würde er vorschlagen, daß Jill anstatt seiner führe, da in ihrem Schreibbüro zur Zeit Flaute herrsche und sie deshalb am leichtesten abkömmlich sei. James gab seiner jüngeren Schwester genaue und ausführliche Instruktionen. »Bitte packe gleich deine Sachen und nimm entweder ein Fluzeug oder ein Schiff nach Irland, was immer dich am schnellsten hinbringt. Und ich verlange von dir, daß du mit Mutter energisch umgehst. Sie muß sofort, versteht du, Jill, *sofort* nach London zurückkommen.«

»Sie wird zurückkommen, das verspreche ich dir, und wenn ich Gewalt anwenden muß«, versicherte Jill grimmig.

»Ich glaube, dein unerwartetes Auftauchen wird schon genügen, um sie zur Vernunft zu bringen.« James schloß verzweifelt die Augen, um den Zeitungsartikel nicht mehr sehen zu müssen. Er fing an, eine ausgesprochene Abneigung gegen die Presse zu entwickeln. »Was sollen wir um Himmels willen unseren Bekannten sagen? Wie können wir ihnen erklären, daß unsere verwitwete Mutter ein Barmädchen ist.«

»Wir können es nicht erklären«, grinste Dina zufrieden, »wir sind für alle Zeiten als Rabenkinder gebrandmarkt, die ihre alternde Mutter ins Armenhaus geschickt haben, aber das soll mir egal sein, solange ich Mammi unversehrt zurückbekomme.«

Jill meinte besänftigend: »Wenn du dir die Sache in Ruhe überlegst, James, mußt du zugeben, daß wir alle noch mit einem blauen Auge davongekommen sind.« Und obwohl James' düstere Miene sich nur um ein weniges erhellte, nickte er doch langsam und zustimmend mit dem Kopf, was ihn aber natürlich nicht daran hinderte, sich weiter Sorgen zu machen. Die peinlichen Konsequenzen, die sich noch aus dem Verhalten ihrer Mutter ergeben konnten, waren schließlich schier unübersehbar, und er fand die Reaktion seiner eigenen Frau einfach unverständlich. Pamela machte doch weiß Gott den Eindruck, als ob diese ganze schmachvolle und verrückte Affäre sie amüsierte, und als sie erfuhr, daß ihre Schwiegermutter stante pede nach London zurückverfrachtet werden sollte, seufzte sie unerklärlicherweise: »Ach je, der arme liebe Schatz!«

Dina ärgerte sich nicht minder über ihren Bräutigam, der

spöttelte, er hätte nie gedacht, daß Cucullan ein so politisch engagierter Hund sei. Sie fand den Scherz höchst unangebracht und reagierte eisig. »Verzeih mir, Eric, aber ich bin noch nicht imstande, die komische Seite der Sache zu sehen. Der Gedanke, daß die arme Mammi sich allein in der Fremde versucht durchzuschlagen, ist mir einfach entsetzlich.« Sie war ganz zerknirscht. »Na, aus Schaden wird man klug. Von nun an werden wir sie wie ein rohes Ei behandeln und furchtbar taktvoll mit ihr umgehen.«

Jills Bräutigam dagegen benahm sich tadellos, wie auch nicht anders zu erwarten. Jill war etwas nervös, als sie ihn anrief, um ihm mitzuteilen, daß sie sofort nach Dooneen abführe.

George Dundon enthielt sich jeglichen Kommentars am Telefon, aber er dachte sich seinen Teil. Wenn es nach ihm ginge, so konnte diese unmögliche Person sich zu einem Barmädchen und zu noch was Schlimmerem erniedrigen, solange nur das Irische Meer zwischen ihm und ihr lag. Er beruhigte sich damit, daß weder seine Eltern noch seine Freunde diese peinliche Zeitungsnotiz mit seiner künftigen Schwiegermutter in Verbindung brachten. Er würde Jill warnen müssen, diskret zu sein, aber jetzt, wo das weichherzige Mädchen so begeistert war, seine Mutter wiedergefunden zu haben, war nicht der richtige Augenblick dazu. Er begnügte sich mit den Worten: »Natürlich mußt du fahren, Liebling.« Jill seufzte erleichtert auf und sandte ihm einen Kuß durchs Telefon. »George, Liebling, ich rufe dich gleich morgen an, sobald ich mit Mammi wieder da bin.«

Elsie, Cucullan zu ihren Füßen, wusch die Gläser in der leeren Bar ab, als ihr Nesthäkchen theatralisch hereingestürzt kam – aber sie zerbrach nicht mal ein Glas. Entgegen James' Erwartungen war Elsie nämlich auf das Erscheinen von einem oder von allen dreien ihrer Kinder durchaus vorbereitet. Ein gebissener Minister kann unmöglich der Aufmerksamkeit der Presse entgehen, besonders nicht in der Sauregurkenzeit. Jill rannte auf sie zu, umarmte sie so stürmisch, daß ihr fast die Luft wegblieb, und rief: »Oh, du verrückte kriminelle Mammi! Wir waren absolut außer uns deinetwegen. Beeile dich und pack deine Sachen.«

Elsie war gerührt: »Mein geliebtes Nesthäkchen!« und umarmte sie ebenfalls kräftig. Doch keins ihrer drei kostbaren Kinder hätte es fertiggebracht, Elsie Brown zu überreden, Dooneen zu verlassen, denn das Ungewöhnlichste, das Wunderbarste war geschehen: Elsie hatte sich verliebt.

Siebentes Kapitel

Elsie Brown war natürlich in den ruhigen Mann verliebt, der sich mit Cucullan angefreundet hatte. Ja, mehr noch, sie wußte jetzt, daß er ihr schon vom ersten Tag an sehr gefallen hatte. Er kam fast jeden Abend und trank immer am selben Ecktisch in der Bar seine Flasche Bier. Nachdem sie sich über ihre Gefühle klargeworden war, begriff sie auch, daß die Vorsehung eigentlich gar keinen Fauxpas begangen hatte. Ganz im Gegenteil, die Vorsehung hatte Cucullan nur dazu benutzt, sie mit diesem Mann zusammenzubringen. Denn ohne Cucullans Angriff auf den britischen Minister hätte Owen McDermott wahrscheinlich nie seine Schüchternheit überwunden, und sie hätte nie ihre selbstauferlegte Zurückhaltung aufgegeben, und so hätten sie sich wohl nie richtig kennengelernt.

Aber es wäre für den klügsten Menschen schwer gewesen, die guten Absichten der Vorsehung gleich zu erkennen, denn kaum hatte Cucullan den Minister gebissen, war die Hölle los. An dem bewußten Abend war die Hotelbar bumsvoll gewesen, weil jeder einen Blick auf das hohe Tier werfen wollte, und das hohe Tier war ein großer Erfolg. Der Minister erzählte, daß seine Vorfahren aus der Grafschaft Cork stammten, und jetzt, nachdem er Irland gesehen hätte, bedaure er, daß sie nicht in Cork geblieben seien. In Irland gäbe es sehr viel Schönes zu sehen, fuhr er fort, wobei er Elsie zuzwinkerte (er war ein wenig angeheitert, aber nicht weiter schlimm), und damit meine er nicht nur die Landschaft. Dann legte er seinen Arm um Elsies Taille – oh, wirklich nur ganz harmlos schäkernd –, aber Cucullan sprang wütend hoch und biß ihn.

Und dann brach die Hölle los! Die Gäste fluchten und stießen mit dem Fuß nach Cucullan, der jaulend aus der Tür schoß – gerade in dem Augenblick, als die Blaneys in die Bar gelaufen kamen. Sie stürzten sich mit solcher Vehemenz auf das hohe Tier, daß es zusätzlich zu seiner Verletzung auch noch fast erstickt worden wäre. Und dann trat Dr. McDermott in Aktion, und alles beruhigte sich.

»Nun wollen wir uns erst mal die Hand ansehen!« sagte er. Der Minister nahm das Taschentuch fort, das er bis jetzt auf die Wunde gepreßt hatte. Elsie bereitete sich innerlich schon auf den Anblick einer schrecklich zerrissenen, blutenden Hand vor, und ihr fiel ein Stein vom Herzen, als sie nur einen Kratzer ungefähr von der Größe, wie man ihn sich beim Brombeerpflücken holt, auf dem Handrücken sah. »Nicht lebensgefährlich, wie ich sehe«, lächelte Dr. McDermott, »aber wir werden trotzdem einen Verband anlegen.« Das hohe Tier protestierte, das sei doch gewiß nicht notwendig, worauf Dr. McDermott erwiderte, daß es – ganz abgesehen von allen medizinischen Erwägungen – einfach die Ehrenpflicht jedes irischen Arztes sei, alles Menschenmögliche zu tun, um zu vermeiden, daß ein britischer Minister einen frühzeitigen Tod durch den mörderischen Biß eines Hundes in der Freien Republik erleide. Mrs. Blaney ging und holte ihren Erste-Hilfe-Kasten. Mr. Blaney klopfte Elsie beruhigend auf die Schulter. Elsie hatte ein wirklich schlechtes Gewissen ihren Arbeitgebern gegenüber. Sie ging auf das hohe Tier zu und sagte: »Es tut mir sehr leid.« Er blickte sie fragend an. »Es war nämlich mein Hund.«

Ein junger Mann mit krausen Haaren, der eifrig Notizen machte, grinste sie beide an. Elsie sah die Kurzschriftkrakel und wußte sofort, was für einen Beruf er ausübte und daß ihr Aufenthalt in Dooneen nun nicht mehr lange geheim bleiben würde. Dann sagte der junge Mann zu dem Minister: »Noch was zu sagen, Sir?«, und der Minister lachte und meinte: »Nur, daß es ein Vergnügen ist, von dem Hund einer so reizenden Lady gebissen zu werden, und es ist mir egal, ob Sie das publik machen oder nicht.«

Elsie wäre gern bereit gewesen, von Tür zu Tür in einem Schneesturm Stimmen für diesen Politiker zu werben, der Cucullans Fehltritt so großzügig verzieh. Dr. McDermott verband jetzt die Hand, was nicht sehr lange dauerte, und dann stellten sich der Arzt und das hohe Tier an die Bar und unterhielten sich mit ihr. Der Minister blieb noch eine Weile – nur, um mich zu beruhigen, dachte Elsie, und als Cucullan kleinlaut angeschlichen kam, ließ er es nicht zu, daß man ihn wieder vor die Tür setzte. Er versuchte sogar, sich mit ihm anzufreunden, worauf Cucullan leider sehr mürrisch reagierte. In der Bar herrschte wieder eitel Freude und Sonnenschein. Doch gleich nachdem der Minister in den Wagen gestiegen und nach Waterford abgefahren war, ging Elsie mit vor Angst klopfendem Herzen zu Mr. und Mrs. Blaney. Aber die beiden hatten sich mittlerweile beruhigt. Man würde Cucullan noch eine Chance geben. (Elsie tat ihrem Gewissen und ihrer Zunge Zwang an und verriet nicht, daß es schon Cucullans zweite Chance war.) »Ehrlich gesagt – eigentlich hat er für den ›Dooneener Hof‹ eine Riesenreklame gemacht«, bemerkte Mr. Blaney geschäftstüchtig.

Bevor sie schlafen ging, führte Elsie den begnadigten Hund noch einmal ins Freie. Dr. McDermott stand an seinem Wagen. Er kam zu ihr herüber und tröstete sie: »Machen Sie sich keine zu großen Sorgen um den kleinen Kerl. Ich bin überzeugt, die Blaneys kennen die Regel, daß jeder Hund das Recht hat, einmal in seinem Leben zu beißen.« Elsie nickte und sagte, ja, genau das hätten die Blaneys offenbar auch gefunden, aber dann sprudelte sie zu ihrer eigenen Überraschung heraus, daß es gar nicht der erste Biß gewesen sei, und Dr. McDermott meinte, daß man die Regel vielleicht etwas großzügiger auslegen könnte, zum Beispiel: pro Land – ein Biß, woraufhin Elsie bedrückt antwortete, daß es fast so aussähe, als ob sie von nun an von Land zu Land reisen müsse, damit Cucullan ja nicht seine Quote überschreite. Dr. McDermott blickte sie an. »Ich hoffe, das wird nicht nötig sein.« Dann fragte er, ob er vielleicht als Mittel gegen menschliche und Hunde-Sorgen eine Spazierfahrt unter nächtlichem Sternenhimmel die Küstenstraße entlang verschreiben dürfe? Und Elsie antwortete, sie hielte das für einen ganz ausgezeichneten ärztlichen Ratschlag. Cucullan saß zwischen den beiden auf dem Sitz. »Deine irische Quote ist jetzt verbraucht«, warnte ihn Dr. McDermott. Leicht beschwingt vom Mondschein – und, na, lassen wir es beim Mondschein – entfuhr es Elsie: »Oh, Ihnen gegenüber wird sich Cucullan nie schlecht benehmen, er liebt Sie nämlich.« Dr. McDermott bemerkte rätselhaft, er freue sich, dies zu hören, denn damit sei die Schlacht schon halb gewonnen.

Noch bevor sie ins Hotel zurückkehrten, wußte Elsie schon, daß sie liebte – und zwar zum ersten, zum letzten, zum einzigen Mal in ihrem Leben. Ihr jetziges Gefühl ließ sich mit der tiefen Zuneigung, die sie vor fünfundzwanzig Jahren irrtümlicherweise für Liebe gehalten hatte, nicht vergleichen. Sie sandte noch eine kurze flehentliche Bitte um Verständnis zum Himmel, zu ihrem lieben, dahingeschiedenen Mr. Brown, doch dann lag sie fast die ganze Nacht wach und konnte nur an Owen denken. Alles, was sie sich von der Zukunft erhoffte, war die Möglichkeit, ihn weiterhin zu sehen. Natürlich würde der kraushaarige Reporter über den Hund, der das hohe Tier gebissen hatte, einen Artikel schreiben und damit ihren Aufenthaltsort verraten, aber komme, was wolle: Dooneen würde sie nicht mehr verlassen. Und dann kam der nächste Tag, und plötzlich sah es so aus, als ob die Zukunft Hoffnungen erfüllen wollte, die ihre kühnsten Träume weit übertrafen. Denn so unglaublich es klingen mochte, es sah wirklich so aus, als ob Owen McDermott für sie dasselbe empfand wie sie für ihn.

Elsie hatte den Nachmittag frei und eigentlich vorgehabt, ihre Fahrkünste zu vervollkommnen. Aber Owen holte sie in seinem Wagen ab. »Um der Behandlung von gestern abend etwas nachzuhelfen«, erklärte er und warf einen prüfenden Blick auf ihr Auto. Elsie meinte, es sei typisch männlich, auf das Aussehen eines Wagens soviel Wert zu legen, immer müsse es das letzte Modell sein. Frauen dagegen seien viel realistischer, sie verlangten von einem Auto nur, daß es fahre – und damit basta. Owen erwiderte, es sei ein wahres Wunder, daß ihr Wagen das könne, aber daß er persönlich beruhigter wäre, wenn er es nicht könnte, da er, Owen, den verständlichen Wunsch habe, seine Freunde möglichst lange am Leben zu sehen. Elsie dachte im stillen, daß in jedem Mann ein kleiner Mr. Brown stecke. Und sie beschloß, die Mr.-Brown-Seite von Anfang an energisch unter Kontrolle zu halten – bis ihr plötzlich einfiel, daß ihre Gedanken der Wirklichkeit weit vorauseilten.

Oder vielleicht doch nicht? Owen sagte nämlich gerade, er habe einige Patienten zu besuchen und müsse erst nach Hause, um seine Instrumententasche zu holen. »Aber auch«, fuhr er fort, »um Sie mit meiner Schwester bekannt zu machen.« Das bedeutsame Lächeln, das diese Worte begleitete, war einfach nicht mißzuverstehen. Elsies Herz schlug höher.

Es war ein solides Haus mit einem gepflegten Rasen davor, der von keinem einzigen Gänseblümchen verunziert wurde. Das Innere war blitzsauber und wirkte fast feindlich, überall roch es nach Lavendelbohnerwachs. Owen rief: »Harriet! Wir sind da!« Und Miß McDermott kam in die Halle. Cucullan sprang ihr schwanzwedelnd entgegen, glitt auf dem blitzenden Parkett aus und schlidderte vor ihre Füße. Miß Harriet McDermott war älter als ihr Bruder; eine große, griesgrämige Bohnenstange, deren eisgraues Haar straff aus dem strenggeschnittenen Gesicht gekämmt war. Sie wirkte so feindlich und steinern wie das Haus, das sie für ihn seit zwanzig Jahren führte. Sie begrüßte Elsie mit einem leichten Neigen des Kopfes und einem kühlen »Guten Tag«. Dann blickte sie ausdruckslos auf Cucullan herunter. Das gewinnende Lächeln, das um seine Hundeschnauze gespielt hatte, verschwand, seine Ohren hingen herunter, er trat behutsam den Rückzug über die trügerische Oberfläche an. Elsie versuchte, ihr eigenes gewinnendes Lächeln irgendwie festzuhalten. Sie konnte beim besten Willen keine Kratzer- oder Pfotenspuren auf dem Parkett entdecken, aber mit Rücksicht auf all die mühevollen Stunden und die vielen Dosen Bohnerwachs, die nötig gewesen waren, um diese spiegelartige Wirkung zu erzielen, sagte sie: »Vielleicht sollte ich lieber meinen Hund draußen lassen, er ist im Wagen gut aufgehoben.«

Owen lachte.

»Fragt sich nur, ob der Wagen bei ihm gut aufgehoben ist. Cucullan ist ein Hund, den ich lieber nicht aus den Augen lasse.« Seine Stimme schien Cucullan zu beruhigen, denn er fing sofort wieder an, mit dem Schwanz zu wedeln. »Aber mach dir keine Sorgen, Harriet, er hat ausgezeichnete Manieren.« Harriet neigte wieder den Kopf mit einem Minimum an Höflichkeit. »Ich dachte, wir können noch schnell eine Tasse Tee trinken, bevor ich meine Runde antrete.«

»Da ich euch erwartet habe, steht natürlich alles schon bereit, ich brauche nur noch den Tee aufzugießen.« Harriet ging zum Tisch in der Halle, auf dem ein Notizblock lag. »Mrs. O'Meara hat wieder angerufen. Sie sagt, es sei dringend.«

»So dringend wird es nun auch wieder nicht sein. Mir ist jedenfalls noch kein Patient an Hexenschuß gestorben.«

»Sie sagt, sie hätte größere Schmerzen als sonst. Aber wie du meinst. Wärst du bitte so nett, Mrs. Brown ins Wohnzimmer zu führen.«

Auf einem kleinen Tisch standen zwei Teller, auf dem einen lagen hauchdünne Brotscheiben mit Butter, auf dem anderen ein paar Kekse – alles sehr korrekt, aber auch gerade das Minimum! Elsie fragte sich, ob speziell sie hier unerwünscht sei oder überhaupt jeder Besucher. Wenn der Haushalt zum Selbstzweck wird, dann ist jeder Gast ein lästiger Eindringling. Sogar die Rosen in der Kristallvase waren so makellos, daß sie fast künstlich wirkten. Elsie beobachtete voller Unruhe Cucullan, der wie üblich seine neue Umgebung einer genauen Prüfung unterzog, und dann merkte sie, daß Owen sie betrachtete.

»Mein liebes Mädchen« – (natürlich nur eine Redensart, aber es war nett, so tituliert zu werden!) – »bloß keine Aufregung! Zu meines Vaters Zeiten war dieses Haus voll von Hunden.«

Elsie sprang auf und ergriff Cucullan, bevor er auf den Sessel, den er sich bedächtig ausgewählt hatte, heraufspringen konnte.

»Ein sehr schöner Raum.«

»Ja, nicht wahr? Meine eigenen Zimmer liegen nach hinten raus, mit Blick auf den Garten. Einige der Stühle sind allerdings ein wenig durchgesessen, aber ich hoffe, daß Cucullan großzügig darüber hinwegsehen wird.«

Elsie mußte Cucullan zum zweiten Mal verscheuchen, dann antwortete sie: »Da bin ich gar nicht so sicher. Er scheint ein Sheraton-Liebhaber zu sein.«

Sie lachten noch beide, als Harriet auf einem Silbertablett eine silberne Teekanne und einen Krug mit kochendem Wasser hereinbrachte. Das Eingießen des Tees und das Anbieten der Brötchen und Kekse half, das Stocken der Unterhaltung zu überbrükken, die sowieso hauptsächlich Owen in Gang hielt. Einmal wurde ihm eine ziemlich scharfe Rüge zuteil, als er Asche auf den Teppich fallen ließ; er nahm sie aber ruhig und gut gelaunt hin, und Elsie fragte sich, ob Harriet vielleicht mehr an ihrem Haus als an ihrem Bruder lag. Sie schien unter einem wahren Sauberkeitsfimmel zu leiden! Elsie bemerkte die schnellen Blicke, die sie von Zeit zu Zeit Cucullan zuwarf, der jetzt zum Glück ruhig *unter* und nicht *auf* einem Sessel lag. Aber nun bestand natürlich die Gefahr, daß er Haare auf dem kostbaren, frisch gesaugten Teppich hinterließ. Elsie dachte fast mitleidig, daß die vielen Hunde ihres Vaters wahrscheinlich eine wahre Tortur für diesen Ausbund an Vollkommenheit gewesen sein mußten. Doch obwohl die jetzige Tortur nicht so groß und auch zeitlich begrenzt war, ernteten Herrin und Hund nur eisige Blicke. Owen erhob sich und sagte, daß er im Konsultationszimmer noch etwas nachzusehen habe – offensichtlich, um den beiden Frauen Gelegenheit zu geben, allein zu sein und sich besser kennenzulernen. Cucullan stöhnte auf, als er ging. Elsie hätte es ihm gerne gleichgetan. Harriet fragte: »Möchten Sie noch Tee haben?«

»Nein, vielen Dank.«

Harriet begann, alles säuberlich auf das Tablett zu stellen.

»Mein Bruder erzählte mir, daß Sie hier geboren sind, Mrs. Brown. Ich glaube, ich kann mich noch vage an Sie erinnern. Sie haben als Kind doch immer für die Fräulein Bradshaw die Besorgungen gemacht, nicht wahr?« Ihr Tonfall beschwor geschickt die Vorstellung eines kleinen schmuddeligen Waisenkindes herauf, das versucht, sich ein paar zusätzliche Pennies zu verdienen.

»Ihre Großeltern hatten ...«, hier machte sie eine Pause, um Elsies niedrige Herkunft zu unterstreichen, »eine Kneipe irgendwo, nicht wahr?«

»Ein kleines Hotel.«

»Ach, wirklich? Ich habe sie nur hie und da getroffen. Aber mein Vater wird sie höchstwahrscheinlich gekannt haben, er behandelte ja alle möglichen Leute in Dooneen, genau wie mein Großvater.«

Der hatte die Großeltern bestimmt gekannt. Elsie erinnerte sich sogar noch, daß der alte Doktor nicht zuletzt für seine große Trinkfestigkeit von jedermann hochgeachtet wurde. Sie lächelte: »Ihr Vater behandelte mich einmal, als ich Masern hatte.«

»Was Sie nicht sagen! Ja, Sie waren lange fort, Mrs. Brown. Vermutlich fällt es Ihnen schwer, sich wieder an Dooneen zu gewöhnen?«

Mit anderen Worten: Mrs. Brown, Sie scheinen vergessen zu haben, daß mein Bruder sozial weit über Ihnen steht. Elsie erwiderte: »Nein, ich bin hier genauso gern wie früher.«

»Ach, wissen Sie, unsere begabtesten jungen Leute wandern nach England aus, um dort ihr Glück zu machen. Man kann es ihnen natürlich nicht verdenken, denn die meisten bringen es zu etwas ...« Ganz im Gegensatz zu Ihnen, Mrs. Brown! Sie haben es noch nicht mal nach fünfundzwanzig Jahren fertiggebracht, sich in London eine gesicherte Existenz aufzubauen! Elsie war amüsiert und sprachlos über Miß McDermotts Fähigkeit, nichts direkt zu sagen, aber alles durchblicken zu lassen ... »Aber wir Zurückgebliebenen haben unter dieser Emigration zu leiden. Zum Beispiel ist es heutzutage fast unmöglich, in Dooneen ordentliche Dienstboten zu finden. Wir haben nur eine Zugehfrau zweimal in der Woche und einen Gelegenheitsgärtner. Natürlich habe ich meinem Bruder immer in der Praxis geholfen, so daß wir wenigstens diesbezüglich nie Sorgen hatten.« Harriet lachte trocken. »Aber sogar wenn wir das nötige Personal hätten, würde mein Bruder es nie zulassen, daß jemand anders diese Pflichten übernimmt oder gar für ihn kocht.«

Womit Harriet, wiederum ohne ein direktes Wort zu sagen, Elsie klarmachen wollte, daß eine andere Frau und besonders ein verwitwetes Barmädchen nur über ihre Leiche in dieses Haus einziehen würde. Was sie allerdings nicht wissen konnte, war, daß all diese finsteren Andeutungen Elsie überglücklich machten. Es war so ermutigend, daß Harriet es für nötig hielt, ihr diese Warnungen zukommen zu lassen! Sie wußte nicht, ob Owen enttäuscht war, als er sah, daß seine Schwester und sie nicht gerade Busenfreundinnen geworden waren, aber wenn ja, dann zeigte er es auf jeden Fall nicht, sondern forderte Elsie und Cucullan fröhlich auf, ihn auf seiner Runde zu begleiten. »Ich bin immer dafür, die Konventionen einzuhalten«, bemerkte er undurchsichtig, als alle drei zufrieden im Wagen saßen. »Und nun vorwärts zu Mrs. O'Mearas Hexenschuß!« Elsie bewunderte sein ausgeglichenes Temperament. Denn auch wenn diese Xanthippe nur die Schwester war, so konnte es doch nicht leicht sein, sich an ihrer Seite die gute Laune zu bewahren.

Der Rest des Tages war paradiesisch, und sie begegneten keiner Schlange mehr. Am Abend hatte Elsie das merkwürdige Gefühl, Owen schon ein Leben lang zu kennen. Sie fühlte sich so *geborgen* in seiner Gegenwart; vielleicht war das kein sehr romantisches Gefühl, doch wenn man so alt war wie sie, wußte man, daß es für die Dauerhaftigkeit einer Liebe wichtiger ist als Rosensträuße und Sinnentaumel. Sie sandte wieder ein Gebet zum Himmel, zu Mr. Brown, der ja wohl inzwischen wußte, wie es um sie stand, und ihr höchstwahrscheinlich längst verziehen hatte. Es war natürlich nicht sein Fehler gewesen – aber bei dem lieben, netten Mr. Brown hatte sie sich nie so ganz geborgen gefühlt.

Und dann, am nächsten Tag, kam Jill. Aber nun konnten weder Gott noch der Teufel Elsie dazu bewegen, Dooneen zu verlassen.

Jill war über die Halsstarrigkeit ihrer Mutter ganz entgeistert. Mammi weigerte sich ganz einfach, nach Hause zu kommen. Sie sagte, vielleicht später, denn nun sei es ja nicht mehr so eilig, weil ihre Kinder zum Glück wüßten, daß sie in Dooneen sei, und keiner sich mehr Sorgen zu machen brauche. »Aber wir *machen* uns Sorgen«, rief Jill ärgerlich. Mammi war völlig durchgedreht, sie schien offensichtlich auch noch stolz zu sein auf ihren völlig unpassenden Job. Keine Kosten scheuend, rief Jill zuerst James und dann Dina an, um ihnen von ihrem Mißerfolg zu berichten. »Ich glaube, die Unabhängigkeit ist ihr zu Kopf gestiegen«, sagte sie zu James. »Am besten, ich bleibe hier und warte, bis sie zur Besinnung kommt, sonst macht sie noch was *ganz Verrücktes*!« James gab ihr recht. Ja, es wäre am besten, dazubleiben, bis er sich in der nächsten Woche freimachen könnte, um Mutter eigenhändig nach London zu expedieren. Jill lachte bitter. »Ich werde ehrfürchtig vor dir den Hut ziehen, geschätzter Bruder, wenn du das zustande bringst.« James erwiderte ruhig: »Wir werden ja sehen.« Dina, die liebe Schwester, bemerkte nur: »Na, das hast du ja ganz schön verpatzt.« Das war zuviel! Jill knallte den Hörer auf die Gabel.

Dann mußte sie ihn wieder aufnehmen, um George zu erklären, warum sie vorläufig noch nicht nach London zurückkäme. Wenn man selbst weder ein noch aus weiß, dann ist es keine große Hilfe, wenn der Bräutigam, statt was zu sagen, nur schwer ins Telefon atmet. Jill vermutete schon seit einiger Zeit, daß Mammi bei George nicht sehr hoch im Kurs stand, und seine Reaktion zeigte jetzt, daß ihre Aktien weiter im Fallen waren. Aber als er dann endlich sprach, klang seine Stimme ruhig und vertraut: »Mein armer Liebling, das alles muß sehr unangenehm für dich sein.« – »Es ist einfach scheußlich!« rief Jill, »aber du verstehst doch, George, daß ich hierbleiben muß?« Nach einer weiteren, noch längeren Pause stimmte er ihr zu: »Ja, natürlich, doch wenn wir erst mal verheiratet sind, Liebling, wirst du sehen, daß solche Dinge sich ganz von selbst regeln.« In der letzten Minute des Anrufs tauschten sie noch höchst angenehme und beruhigende Liebesbeteuerungen aus. Aber kurz darauf betrat sie mit bitterböser Miene die Bar, um sich in bewußt selbstquälerischer Absicht dem unerträglichen Anblick auszusetzen, ihre Mutter Betrunkene und Grobiane bedienen zu sehen.

In Wirklichkeit saßen weder Betrunkene noch Grobiane an der Theke, sondern nur ein gesetzter grauhaariger Herr, ein junger Mann mit unordentlichem Haar und einige bürgerlich aussehende Paare, die untereinander und mit Mammi plauderten. Der schreckliche Hund fleezte sich auf dem Boden mitten im Raum und wedelte mit seinem lächerlichen Schwanz, als ob er kein Wässerchen trüben könnte. Jedes normale, anständig geführte Hotel hätte das gräßliche Tier sofort vor die Tür gesetzt. Jill suchte sich einen Ecktisch aus, um alles genau beobachten zu können und damit noch mehr Salz in ihre Wunden zu streuen. Aber Mammi rief: »Was möchtest du haben, Liebling? Es geht auf Rechnung des Hauses!« Jill hätte am liebsten geschrien: »Nichts!«, weil ihr dieser Barmädchen-Jargon unerträglich war, doch man konnte unmöglich seine Mutter vor anderen Leuten bloßstellen, und so antwortete sie höflich: »Eine Coca-Cola, danke schön.«

Sie ging nicht an die Theke, sondern blieb an ihrem Tisch sitzen. Wenn Mammi partout ein Barmädchen sein wollte, nun, bitte sehr, dann sollte sie auch gefälligst an den Tisch kommen und ihre eigene Tochter bedienen! Aber es war der junge Mann mit dem unordentlichen Haar, der die Coca brachte. Cucullan kam auch, um sich bei ihr einzuschmeicheln. Sie trat mit dem Fuß nach ihm. Er schlich sich fort und spielte das verstoßene Hündchen, so wie er es immer tat, wenn er nicht mit Liebe und Zärtlichkeit überschüttet wurde.

»Ich wette, er geht gleich zum Tierschutzverein, um sich über

Sie zu beklagen«, lachte der junge Mann. Er war groß, schlank und etwas schlampig und sah aus, als ob er noch in dem Alter sei, wo man aus seinen Kleidern herauswächst. Sein Gesicht unter dem dunklen Haarschopf war irgendwie lustig häßlich. Er grinste breit. Jill starrte in ihr Glas. »Menschen mögen Sie wohl auch nicht sehr im Moment, was?« fragte dieser freche Junge. »Sie steh'n sich selbst im Licht, glauben Sie mir. Lachen Sie, und die Welt wird mit Ihnen lachen ...«

»Würden Sie bitte die Güte haben, mich allein zu lassen. Mir ist nicht nach Lachen zumute, allerdings auch nicht nach Weinen.«

»Wenn ich's mir recht überlege, seh'n Sie auch viel zu mies gelaunt zum Weinen aus, Miß Brown.« Mit diesen Worten setzte er sich unverschämterweise neben sie. Jills Blicke hätten jeden empfindsamen jungen Mann verjagt, aber dieser fuhr sich nur gleichmütig mit den Fingern durchs Haar, wodurch sie auch nicht gerade ordentlicher wurden. »Nein, ich will nicht mit Ihnen poussieren, Miß Brown, nichts liegt mir ferner! Wenn ich das wollte, dann würde ich das raffinierter anfangen, Miß Brown. Nein, ich unterhalte mich bloß mit Ihnen, weil Ihre Mutter Sie mir per Distanz vorgestellt hat, Miß Brown.«

»Hören Sie doch schon um Gottes willen auf, mich ›Miß Brown‹ zu nennen, und gehen Sie endlich fort«, zischte Jill.

»Also gut: Jill – das ist wirklich nett von Ihnen; hübscher Name übrigens.«

»Das Ende vom Satz haben Sie wohl *nicht* gehört?«

»Aber, aber, wer wird denn gleich so kratzbürstig sein. Oder sind Sie so altmodisch, daß Ihnen die Vorstellung nicht formell genug war?«

Er hätte ganz amüsant sein können, wenn er weniger frech und aufdringlich gewesen wäre. »Gestatten, daß ich mich vorstelle: Mr. O'Rahilly, Starreporter. Aber Sie, Jill, dürfen mich natürlich Fergus nennen.«

Jill starrte ihn mit der ganzen Wut und Verachtung an, deren sie fähig war.

»Dann waren also *Sie* es ...«

»Kein anderer! Gehört zu meinen erfolgreichsten Erstmeldungen.« Sie hätte sich gleich denken können, daß Wut und Verachtung an jeden Zeitungsreporter verschwendet waren, aber an diesen anscheinend ganz besonders. »Um der Wahrheit die Ehre zu geben«, fügte er bescheiden hinzu, »gelingt es mir nicht oft, in der englischen Presse abgedruckt zu werden.«

»Ja, das kann ich mir lebhaft vorstellen.« Natürlich war er

dickfelliger als jeder Elefant, aber irgendwo mußte er doch eine schwache Stelle haben, an der man ihn treffen konnte. »An welcher Zeitung sind Sie denn Starreporter, Mr. O'Rahilly?«

»Fergus, bitte! Am ›Dooneener Wochenblatt‹. Genauer gesagt, ich bin der einzige Reporter und damit automatisch der beste. Aber trotz dieser einzigartigen Stellung, die ich bei unserem Lokalblatt bekleide, will ich Ihnen nicht verschweigen, daß ich sie nur als erste Stufe auf der Leiter des Erfolges betrachte. Vielleicht sehe ich nicht so aus, aber ich bin der typische, rücksichtslose, ehrgeizige Vertreter der Leistungsgesellschaft.«

»Für mich sehen Sie noch nicht mal wie der Reporter eines Käseblättchens aus, sondern eher wie ein hochaufgeschossener Schuljunge.« Jill konnte ganz schön grausam sein.

»Verzeihen Sie, wenn ich das sage, aber abfällig über Dinge zu urteilen, die man nicht kennt, verrät eine sehr kleinbürgerliche Denkweise. Wir gehen freitags in Druck, und dann werde ich Ihnen unsere nächste Nummer mitbringen.« Er strich sich übers Kinn. »Und was mich betrifft, so sind Sie doch sicher klug genug, um zu begreifen, daß mein engelsgleich unschuldiger Gesichtsausdruck und mein offener Blick mir in meinem Beruf ungemein nützlich sind?« Jill, die schon seit einigen Minuten ein Lachen nur mühsam unterdrückt hatte, platzte jetzt los. Fergus freute sich: »Sehen Sie, so gefallen Sie mir schon viel besser. Schließlich sind Sie doch noch ziemlich jung und sehen auch ganz passabel aus . . .«, Jill ignorierte lächelnd diese nicht sehr schmeichelhaften Komplimente, ». . . und dies ist Ihr erster Ferientag in dem schönen und bald berühmten Seebad Dooneen, und statt vergnügt zu sein, machen Sie ein Gesicht wie sieben Tage Regenwetter. Also, nun mal raus mit der Sprache, wo drückt der Schuh? Vertrauen Sie dem lieben Onkel Fergus, und Sie werden sehen, alles ist gleich wieder gut.«

»Damit der liebe Onkel Fergus es in seinem Käseblättchen auswalzen kann?«

»Haben Sie so was Tolles angestellt? Na, das glaub' ich nicht. Sie sehen mir gar nicht nach einer Massenmörderin aus, aber selbst wenn Sie es wären – ich schwöre Ihnen: Ihre Geheimnisse sind mir heilig!« Dann blickte er sie stirnrunzelnd an. »Also, wenn ich denke, daß ich meine ganze Sippe ohne mit der Wimper zu zucken für einen Zeitungsartikel über die Klinge springen ließe, dann frage ich mich, warum ich so sicher bin, daß ich das bei Ihnen nicht tun würde. Das scheint mir doch *sehr* eigentümlich.« Er schüttelte ungläubig den Kopf. »Ich fürchte, ich habe gerade einen schwachen Punkt bei mir entdeckt. Ein großer Fehler in meinem Beruf, der sofort ausgemerzt werden muß.«

Jill zögerte. War es ein zu großes Risiko? Aber was blieb ihr denn anderes übrig? Hier saß sie mutterseelenallein in diesem gottverdammten Nest, und bis James kam, ruhte die ganze Verantwortung für Mammi auf ihr. *Natürlich* würde es helfen, wenn sie sich mit jemand aussprechen könnte, und dieser komische Jüngling sah jetzt, wo er nicht mehr so angab, wirklich ganz vertrauenserweckend aus – aber er hatte sie gewarnt, daß dieser offene Blick zu seinen Berufstricks gehörte. Trotzdem wäre sie irgendwie schrecklich enttäuscht, wenn er sie reinlegen würde. Außerdem war die Mammi-Geschichte, obwohl für alle Beteiligten sehr aufregend, für eine Zeitung keine Sensation. Und so erzählte sie ihm alles. Er ließ sie ausreden und machte keine einzige schnöde Bemerkung, erst zum Schluß erkundigte er sich: »Wollen Sie meine ehrliche Meinung hören?«

»Was anderes wäre Zeitverschwendung, nicht wahr?« Aber dann überlegte Jill, daß es vielleicht ratsam wäre, ihn etwas zu bremsen, denn schließlich wäre es ungehörig, *zu* offen mit einem Fremden über Mammi zu sprechen. Sie sagte: »Selbstverständlich lieben wir Mammi alle sehr!«

»Also los! Ich finde, daß Ihre Mutter eine der reizendsten Frauen ist, die ich je getroffen habe, und wenn die anderen Familienmitglieder genauso spießig und versnobt sind wie Sie, dann wundert es mich gar nicht, daß sie euch fortgelaufen ist.«

Jill erhob sich zitternd vor Wut.

»Ich habe doch noch nie in meinem Leben jemanden getroffen, den ich so auf Anhieb nicht leiden konnte.«

»Wie komisch, ich empfinde nämlich genau das Gegenteil für Sie.«

Wenn sie allein gewesen wäre, hätte sie ihm ohne weiteres einen harten Gegenstand an den Kopf geworfen, aber da dies hier nicht gut möglich war, ging sie würdevoll aus dem Raum. Am nächsten Tag begegnete sie ihm wieder auf der Seepromenade, und er war einfach nicht abzuschütteln. Was soll ein Mädchen schon machen, wenn ein junger Mann nicht von ihrer Seite weicht? Das einzige, was es tun kann, ist, einen Polizisten um Hilfe zu bitten, doch in diesem erbärmlichen Nest war es durchaus möglich, daß dieses Ekel mit dem Polizisten auf du und du stand. Eine Menge Leute grüßten Fergus.

»Die Macht der Presse«, erklärte er ihr. »Jeder einzelne von ihnen kann unter Umständen den Wunsch haben, in unserem

Wochenblatt erwähnt zu werden – oder auch nicht, wie sich's halt trifft.« Er nickte herablassend einer dicken, strahlenden Frau zu. »Diese Dame zum Beispiel ist eine Brautmutter, deren entzückendes braunrotes Kleid ich letzte Woche beschrieben habe.« Er nickte wieder. »Und dieser Herr hat gerade eine saftige Geldstrafe aufgebrummt bekommen, der Richter konnte sich gar nicht beruhigen, bla, bla, bla.« Er seufzte. »Ich trage eine große Verantwortung.«

»Sie sagten doch, Sie wären Reporter und nicht Redakteur, nicht wahr?«

Das Nicken, mit dem Fergus einen anderen Bekannten belohnte, war fast königlich.

»Starreporter.«

Jill meinte von oben herab in einem langgezogenen, amüsierten Tonfall: »In so einem kleinen Ort kennt vermutlich jeder jeden.«

Ein rothaariges Mädchen ging vorbei.

»Das«, bemerkte Fergus, »war meine vorletzte Flamme. Meine letzte – bis gestern – war eine Blonde. Ich liebe die Abwechslung.« Er grinste anzüglich. »Von uns trinkfesten, hartgesottenen Zeitungsleuten erwartet man eben, daß wir unsere Hand überall im Spiel haben.«

Jill blieb an einer Straßenecke stehen.

»Wohin gehen Sie?«

»Da, wo Sie hingehen.«

»Ich wünschte zu Gott, Sie würden sich trollen und spielen gehen.«

»Hab dich nicht so, Mädchen!« sagte Fergus. »Es ist doch stinklangweilig, sich ganz ohne Begleitung in Dooneen herumzutreiben. Jetzt geh'n wir erst mal zum Schwimmen, und dann hol' ich mein Motorrad und zeige Ihnen alle nichtexistierenden Sehenswürdigkeiten der Gegend.«

Na ja, vielleicht war das wirklich besser als allein sein. Am nächsten Tag fragte er: »Sie sind schon vergeben, was?« Er blickte auf ihren Ring. »Ist ja ein ganz schöner Klumpen – oder ist es Tinnef?«

Um ihn in seine Schranken zu weisen, erzählte ihm Jill von George. Aber es war unmöglich, Fergus in seine Schranken zu weisen, weil er nicht wußte, daß es so etwas überhaupt gab. Dazu kam noch, daß er, obwohl zwei Jahre älter als sie, für seine einundzwanzig Jahre sehr unreif war und so typisch irisch-kleinstädtisch, daß er Georges Stellung in der Londoner City und in der Gesellschaft gar nicht beurteilen konnte. Trotz seiner Angeberei war er im Grunde nur ein frecher dummer Junge, den man nicht beeindrucken konnte, weil er so furchtbar provinziell war. Mit George verglichen war er noch ein richtiges Kind. Dann, nach ein paar weiteren Tagen, die sie zusammen mit ihm verbracht hatte – schließlich war alles besser, als rumzuhocken und Däumchen zu drehen –, stellte Jill zu ihrem Erstaunen fest, daß sie sich selbst irgendwie jünger fühlte. Nicht etwa, daß sie sich in Georges Gesellschaft alt fühlte, natürlich nicht – aber mit ihm kehrte sie mehr ihre erwachsene, intellektuelle Seite heraus, weil sie wußte, daß ihm das gefiel, und es machte ihr auch keine Mühe, erwachsen und intellektuell zu wirken. Aber im Moment machte sie einfach Ferien von ihrem erwachsenen Ich, und das genoß sie sehr. Sie hatte schon fast vergessen, wie lustig es war, herumzualbern oder auf dem Rücksitz eines knatternden, stinkenden alten Motorrads zu hocken und die Gegend unsicher zu machen. Es war einfach herrlich, mal wieder Felsen hinaufzukraxeln oder sich mit Fischern zu unterhalten, Brot und Käse auf hohen Klippen zu essen und Unsinn zu quatschen, weil es dem anderen nichts ausmachte, und überhaupt sorglos und lustig zu sein, so, als seien dieser Junge und sie zwei Kinder, die am Meer miteinander spielten. Sie konnte ihre Mutter schon etwas besser verstehen. Mammi war eben auch der harten Wirklichkeit für eine Zeitlang entflohen. Aber das würde natürlich ihnen beiden bald über werden, und dann würden sie dankbar in ihre jeweiligen stabilen Welten zurückkehren.

Jill schrieb gewissenhaft Berichte über die Mutter nach London, aber ihre heitere Sorglosigkeit kam, ohne daß sie es merkte, auch in ihren Briefen zum Ausdruck. Dina sagte ganz erstaunt zu ihrem Verlobten: »Jill scheint ganz begeistert zu sein von Dooneen.« Eric meinte, daß vielleicht ihre wahre irische Natur endlich durchbräche, worauf Dina erwiderte, daß Jill eigentlich wenig typisch Irisches an sich hätte. »Sie steht mit beiden Beinen auf der Erde, mein Lieber, Beweis: George Dundon. Womit ich nicht sagen will, daß sie ihn nicht liebt, o nein, aber sie gehört zu der Sorte Menschen, für die Geld kein Hindernis darstellt.« Eric bemerkte selbstgefällig, wie erfreulich es doch sei, auf diese Weise zu erfahren, daß er um seiner selbst willen geliebt würde. Dina berichtigte diesen Irrtum sofort: Sie wüßte einfach, daß er eines Tages das Rennen machen und Teilhaber in seiner Steuerberatungsfirma werden würde. Eric stöhnte: »Bei Steuern fällt mir wieder deine Mutter ein, und wenn sie sich einfallen läßt, noch lange in Irland zu bleiben, dann habe ich nicht nur die englische, sondern bald auch noch die irische Steuerbehörde ihretwegen auf dem Hals.« – »Mammi wird es wahrscheinlich nicht mehr lange dort aushalten, obwohl sie wirklich recht eigensinnig zu sein scheint. Was hältst du eigentlich von der Idee, unsere Ferien in Dooneen zu verbringen? Es scheint ein netter Ort zu sein, Eric, und keiner von uns war je in Irland. Außerdem«, fügte Dina ein wenig traurig hinzu, »habe ich Sehnsucht nach Mammi.« Woraufhin Eric schmeichelhafterweise antwortete, daß jeder Ort, wo er mit seiner Dina zusammen wäre, nur das Paradies sein könnte.

Auch James hatte schon mit dem Gedanken gespielt, seinen Urlaub in Dooneen zu verbringen, und nachdem er die so erstaunlich begeisterten Berichte von Jill gelesen hatte, stand sein Entschluß fest. Obwohl er seiner jüngeren Schwester versichert hatte, er würde es schon schaffen, Mutter zu überreden, nach London zurückzukehren, kamen ihm jetzt, angesichts der verschiedenen Jill-Berichte, doch Zweifel, ob ihm das bei einer bloßen Stippvisite gelingen würde. Aber wenn er drei Wochen Zeit hätte, so müßte das genügen, um auch die bockigste Mutter zur Vernunft zu bringen. Außerdem würde Dooneen gerade der richtige Urlaubsort für Pamela sein. Obwohl Pamela alles hatte, was eine Frau braucht – einen liebenden Gatten, zwei gesunde

Kinder und ein hübsches Zuhause –, war sie in letzter Zeit merkwürdig rastlos und unzufrieden. Frauen sind wirklich komische Geschöpfe, dachte James mit jener freundlichen Toleranz, die ausgeglichene Ehemänner für die Gefühlsschwankungen ihrer geliebten Frauen übrig haben.

Pamela schien nicht besonders entzückt, als sie von seinen Urlaubsplänen hörte. »Du brauchst etwas Abwechslung«, meinte James. Mit einem kurzen, freudlosen Auflachen antwortete Pamela: »Schon möglich, aber ich kann mir was Besseres vorstellen als ein gottverlassenes irisches Kaff.« James erklärte ihr geduldig, daß es gerade für einen Londoner keine größere Abwechslung gäbe als ein irisches Dorf, aber Pam blieb hart. »Nicht für eine Mutter von Zwillingen, die in einem Londoner Vorort lebt.«

»Wart's ab!« versprach James triumphierend, »und glaub mir, es wird ein richtiger Urlaub werden. Du brauchst den ganzen Tag nichts zu tun, als dich zu amüsieren.« Und dann erzählte er ihr von seinem Plan, die Kinder zur Großmutter (zu der anderen, vernünftigen) zu schicken, die sich schon jetzt riesig darauf freue, sie bei sich zu haben. Unverständlicherweise erklärte Pam, daß sie um nichts in der Welt dazu bereit sei, sich drei Wochen lang von den Zwillingen zu trennen, aber jetzt blieb James hart. Pams Mutter und er waren schon längst der Meinung, daß Pam mal richtig ausspannen müsse. »Du wirst sehen, Schatz«, sagte James und lächelte sie an, »es wird wie eine zweite Hochzeitsreise sein.« Schließlich lächelte auch Pam und erwiderte leise: »Ach, James, Liebling!« Und von dem Tag an war sie wieder fast so fröhlich und optimistisch wie früher – bis zum Vorabend ihrer Abreise nach Irland. Da sah sie, wie er die Lehrbücher für seinen Universitätskursus einpackte. Sie starrte die Bücher an, als ob sie ihren Augen nicht trauen würde. »Sie werden nicht viel Platz einnehmen«, beruhigte er sie. Pam wandte ihren ungläubigen Blick von den Büchern ab und ihm zu. »Sie werden den ganzen Platz einnehmen, James.« (Ein typischer Fall von weiblicher Unlogik – der Koffer war schließlich noch halbleer.) »Auf deiner ersten Hochzeitsreise hast du keine Lehrbücher mitgenommen, James!« Sie sah aus, als ob sie gleich die Nerven verlieren würde oder ihr seelisches Gleichgewicht, oder was immer Frauen verlieren, wenn ihnen irgend etwas fehlt. Um sie aufzuheitern, erinnerte er sie gut gelaunt: »Vergiß nicht, Schatz, daß ich bei unserer ersten Hochzeitsreise keine zwei reizenden kleinen Anhängsel hatte, die mich zur Arbeit anspornen und für die ich sorgen muß.« Sie brach in ein hysterisches Lachen aus. »Ach, James, wie wahnsinnig komisch. Stell dir vor, du hättest *damals* deine Lehrbücher mitgenommen, dann hätten deine reizenden kleinen Anhängsel nicht mal die Chance gehabt, dir jetzt Sorgen zu machen.«

Aber schon auf der Reise wurde sie wieder vergnügter, und als sie an einem schönen sonnigen Morgen in Dooneen ankamen, schien es ihnen beiden, als hätte Jill nicht zuviel versprochen. Der »Dooneener Hof« erwies sich allerdings als luxuriöser, als James erwartet hatte, aber solange Pam sich hier wohl fühlte, war das nicht weiter tragisch; im übrigen war es ein äußerst bequemes Hotel. James erkannte sehr schnell, daß es reine Zeitverschwendung war, sich auf lange Diskussionen mit seiner Mutter einzulassen. Sie war im Moment vernünftigen Argumenten einfach nicht zugänglich. Er machte ihr sogar das großzügige Angebot, bis zu seiner Abreise als Gast im Hotel wohnen zu bleiben, wenn sie sofort kündigte, aber als sie auch das ablehnte, gab er's auf. Es war klar, daß seine Autorität in ihrem augenblicklich etwas verwirrten Gemütszustand ebensowenig galt wie Jills. Er beschränkte sich darauf, ihr ruhig, aber energisch klarzumachen: »Also gut, Mutter. Aber eines möchte ich festhalten: Wenn mein Urlaub zu Ende ist, kommst du mit mir nach London zurück, und da gibt es keine Widerrede.« Und sie antwortete mit einer Nachgiebigkeit, die ihm sehr zu denken gab: »Sicher doch, mein Lieber.«

Jill meinte spöttisch: »Nun siehst du's selbst, mein ach so kluger Bruder, ich hab' dir's ja gleich gesagt, daß du nicht mehr ausrichten wirst als ich.«

James zählte wortlos bis zehn.

»Ich glaube, allein die Tatsache, daß ich meinen Urlaub hier verbringe, sollte jedem denkenden Menschen beweisen, daß ich mit der Möglichkeit gerechnet habe, daß man Mutter eine Galgenfrist gewähren muß.«

»Ach, wirklich?« spöttelte Jill. »Also, deine Briefe klangen ganz anders. Vor allem, daß sie die Galgenfrist in dieser Saufbude verbringen darf, wundert mich doch sehr!« Diesmal zählte James schon zähneknirschend bis fünfzehn, aber bevor er noch antworten konnte, fuhr Jill erbarmungslos fort: »Natürlich, ich bin ja nur die doofe kleine Schwester, und zuerst habe ich dasselbe gedacht wie ihr, aber jetzt weiß ich es besser. Mammi ist hier zufrieden. Sie ist bei den Kunden wahnsinnig beliebt, und jeder ist nett zu ihr. Sie liebt ihre Arbeit.«

James erwiderte kurz angebunden: »Das ist ein Fehler.«

»Es ist doch nur für ein paar Wochen.« Jills Stimme hatte einen seltsam sehnsüchtigen Unterton. »Sie wird nach London zurückgehen und sich wieder an ihr altes Leben gewöhnen, so wie wir es alle tun müssen.«

Zu Pamela sagte James ganz verzagt: »Ich fürchte, wir haben nie ganz begriffen, was für ein willensstarker Mann unser Vater war.« Pamela versuchte, ihn wiederaufzurichten: Für einen Ehemann sei es viel leichter, Autorität zu haben, als für einen Sohn, auch wenn er noch so energisch sei, und daß er die Zügel jetzt ein wenig schleifen ließe, wäre eine sehr kluge und geschickte Taktik. »Glaub mir, am Ende unseres Urlaubs wird sie mehr als genug haben von ihrem komischen Job und auch von Dooneen. Im Winter muß es hier trostlos sein.« Pamela lächelte James an. »Übrigens, Liebling, ich nehme alles zurück und behaupte das Gegenteil. Die Felsen und Dünen hier sind einfach himmlisch, und dazu das weite, offene Meer! Wie geschaffen für romantische Mondschein-Spaziergänge. Ich könnte mir denken, für eine zweite Hochzeitsreise bietet Dooneen geradezu ideale Möglichkeiten.«

Sie begannen auch gleich, die idealen Möglichkeiten zusammen auszukundschaften. James war glücklich, seine Pamela bei sich zu haben, weich und liebevoll und so fröhlich wie früher. Man sah, die Abwechslung tat ihr schon jetzt gut. Sie schlenderten ein wenig am Kai entlang und stiegen dann auf eine der Klippen. Es war nur ein schmaler, steiniger Pfad mit duftendem Ginster, bunt blühenden Strandnelken, Heckenrosen und verschiedenen anderen wilden Blumen, die James nicht kannte. Sie kamen an einen Abhang, und Pamela schaute hinunter und bemerkte lachend, dort unten gäbe es eine ganz verborgene bemooste Mulde, nur für das Meer und die Möwen sichtbar, so, als hätte die verständnisvolle Natur sie speziell für Liebespaare geschaffen. Sie wollte hinuntersteigen, um das Versteck in Augenschein zu nehmen, aber James hielt sie zurück. Er müsse leider wieder ins Hotel, denn er habe sich vorgenommen, jeden Nachmittag zwei Stunden zu arbeiten.

Pamela war auf dem Rückweg sehr schweigsam. Wahrscheinlich war sie nach dem langen Spaziergang in der frischen Seeluft einfach müde. Aber als sie ins Zimmer kamen und James ihr vorschlug, sie möge sich ein wenig hinlegen, während er arbeitete, antwortete sie barsch: »Nein!« Sie sah wieder mißmutig aus, was bedauerlich war, aber schließlich konnte man von Dooneen keine Wunder erwarten. Er dachte, es wäre unklug, sie zum Ausruhen zu zwingen, obwohl es ihr natürlich gut getan hätte, und meinte aufmunternd: »Nun, Schatz, du wirst dich ja zwei Stunden selbst beschäftigen können, nicht wahr? Ich habe einen Arbeitsplan gemacht, den ich unbedingt einhalten muß, doch mir bleibt trotzdem genug Zeit, um auch gemeinsam mit dir was zu unternehmen. Schließlich sind wir ja im Urlaub.« Pamela sagte, sie habe gedacht, das sei der Sinn der ganzen Reise. Er drückte ihren Arm. »Meinst du, ich würde nicht auch lieber ganz ausspannen, aber wenn man als Gasthörer ein Examen ablegen will, muß man sich schon selbst disziplinieren, weil es kein anderer für einen tut.« Pamela gab klein bei: »Natürlich, Liebling.« Ihre Nachgiebigkeit klang genauso unglaubwürdig wie bei seiner Mutter, und er blickte besorgt hoch, aber alles, was er sah, war ihr Rücken, da sie schon zur Tür hinausging. Er legte seine Bücher, Hefte und den Kugelschreiber auf den Tisch.

Pamela zog die Tür betont leise hinter sich zu. Aber solche Gesten wie auch jede Anspielung waren bei James verlorene Liebesmüh. Sie schlenderte trübsinnig durchs Hotel. Es war schlimm genug, zu Hause vernachlässigt zu werden, aber hier, in ihren sogenannten Ferien, würde es ganz unerträglich sein. Keiner wollte im Urlaub allein sein – sogar Jill hatte sich zum Zeitvertreib diesen krausköpfigen Jungen angelacht –, und früher wäre auch sie nicht einsam und verlassen durch die Gegend geschlichen; aber Mrs. James Brown konnte ja nicht mehr herumflirten. Mrs. James Brown hatte schließlich einen Ehemann. Ha! Ha!

Dieses armselige Nest war wirklich nur wegen Schwiegermama erträglich, die wenigstens immer nett zu einem war. Pamela entschloß sich, in die Bar zu gehen, wo sie Elsie und Cucullan allein vorfand. Sie sagte bewundernd: »Ihr beide seid noch zäher, als ich es für möglich gehalten habe.«

Elsie schüttelte den Kopf.

»Ach Gott! Ich hasse es, James zu widersprechen. Ist er sehr verärgert?«

Pamela musterte sie neugierig.

»Er war auf kleine Anfangsschwierigkeiten mehr oder minder gefaßt, also mach dir deswegen keine Sorgen. Im Gegenteil, wenn du gleich nachgegeben hättest, dann wäre das für ihn nur eine fabelhafte Ausrede gewesen, seinen Urlaub abzukürzen, um dich sofort in Sicherheit zu bringen. Du siehst, du tust ihm sogar einen Gefallen, wenn du hier bleibst – natürlich nur die nächsten drei Wochen«, fügte sie hastig hinzu. Denn bei allem Verständnis für Elsies Rebellion gegen die liebe besitzergreifende Familie war es für Pamela genauso unvorstellbar wie für James, daß Elsie nach ihrer beider Abreise in Dooneen bliebe. Vor allem jetzt, wo sie Elsie hinter der Theke sah, konnte Pamela die Gefühle ihres Mannes bis zu einem gewissen Grad sogar verstehen. »Eins kann James natürlich schwer verwinden«, erklärte Pamela, »und ich eigentlich auch. Sag mal, macht es dir wirklich so einen großen Spaß, Bierhähne zu öffnen?«

»Was das angeht, könnte ich vielleicht mit James einen Kompromiß schließen.« Elsie überlegte. »Nein, doch nicht. Wenn ich mich James widersetze, muß ich selber Geld verdienen. Außerdem«, fügte sie hinzu, wobei sie eine gewisse Genugtuung nicht verbergen konnte, »bin ich hier im Augenblick unersetzlich, ob du's glaubst oder nicht. Die Blaneys halten mich für ein erstklassiges Barmädchen.«

»Wirklich? Na, dann beweis das mal.«

Es war amüsant, Elsie gewichtig mit den Flaschen herumhantieren zu sehen, wie eine Hexe, die ihre Tränkchen mixt. Sie braute irgendein seltsames hellgrünes Gemisch zusammen und goß es in ein hohes Glas mit Zuckerrand.

»Ausgezeichnet!« Pamela hob das Glas. »Auf dein Wohl, und ich hoffe, daß du aus den nächsten drei Wochen das Beste für dich herausholst, meine furchtlose Schwiegermutter!«

Elsie murmelte nachdenklich: »Drei Wochen?« und fügte mit einem seltsamen kleinen Lächeln hinzu: »In drei Wochen kann vieles geschehen!«

In diesem Moment kam ein gutaussehender bärtiger Mann herein. Pamela hatte schon von der Existenz eines mitteleuropäischen Millionärs in Dooneen läuten gehört, und hier war er nun. Er machte einen sehr kultivierten und äußerst zuvorkommenden Eindruck, bestimmt nicht der Typ, den man in einem gottverlassenen irischen Nest anzutreffen vermutet; Pamelas Laune besserte sich zusehends. Er beugte sich tief über ihre Hand, hob fragend die Augenbrauen in Elsies Richtung und sagte: »Man würde denken, Schwägerinnen, was anderes will nicht in Verstand.« Elsie erwiderte kurz: »Ich wundere mich immer, daß Leute nicht verstehen, wie furchtbar ungalant so eine Bemerkung sein kann – für die eine wie für die andere ...« Pamela hatte sich gleich gedacht, daß es nicht leicht sei, Mr. Radokov kleinzukriegen, und war daher über seine schlagfertige Antwort nicht erstaunt. Er lächelte sie bedeutungsvoll an: »Eine englische Rose nicht brauchen Komplimente.«

Eins zu null für Mr. Radokov. Pamela zwinkerte Elsie verstohlen zu. Elsie tat, als ob sie es nicht bemerkt hätte, was Pamela in ihrem ersten Eindruck bestärkte, daß Schwiegerma aus irgendeinem Grunde Konrad Radokov nicht leiden konnte. Sie hatte offensichtlich gezögert, sie miteinander bekannt zu machen, aber jetzt, nach seiner geschickten Anknüpfung, wäre es direkt unhöflich gewesen, es zu unterlassen. Elsie schüttelte mit einer geradezu wütenden Energie den Mixer und sah dabei so streng und zurückhaltend aus, als ob sie plötzlich auch eine Abneigung gegen starke alkoholische Getränke hätte. Es war das erstemal, daß Pamela ihre Schwiegermutter als Spielverderberin empfand.

Aber zu Pamelas Vergnügen übersah Konrad Radokov souverän Elsies eisige Ablehnung und teilte weiterhin seine Aufmerksamkeit gerecht zwischen ihnen beiden auf. Er fragte: »Kann ich die Ehre haben, Ihnen diese Stadt zu zeigen?« Pamela erwiderte: »Ich habe schon mit meinem Mann die Gegend ein wenig ausgekundschaftet.« Er blickte ihr lächelnd in die Augen. »Aber das schließen nicht aus, daß die Stadt auch angesehen werden kann mit mir, oder?« Dieses Spiel mitzumachen war natürlich nicht ganz richtig, aber wenn James darauf bestand, sich oben in seine dummen alten Bücher zu vergraben, durfte er sich nicht wundern, wenn seine Gattin ihr geknicktes Selbstbewußtsein ein wenig aufrichtete und das Angebot eines attraktiven Mannes annahm, der sich um sie bemühte und sie fühlen ließ, daß sie eine begehrenswerte Frau war.

Der zweite Rundgang durch die Stadt war wirklich sehr interessant. Mr. Radokov brachte sie ins Rathaus, wo sein Entwicklungsplan für Dooneen gerahmt und hinter Glas eine ganze Wand einnahm. »Ich sehe schon, Dooneen soll ›reich über Nacht‹ werden«, meinte Pamela lachend, »jetzt, wo ich sehe, was für wunderbare Ideen Sie haben, tut es mir direkt leid, daß ich nicht auch Geld zum Investieren besitze wie all die anderen glücklichen Leute.« Daraufhin erwiderte Konrad Radokov, auch lachend: »In meiner Eigenschaft als Gründer und Vorsitzender der Entwicklungsgesellschaft für Dooneen erklären ich Sie hiermit zum Ehrenaktionär.« Er hörte plötzlich auf zu lachen und blickte sie abschätzend an. »Wenn man so aussehen wie Sie, man immer was haben zu investieren!«

Aber abgesehen von solchen Bemerkungen, die man ihm weniger übelnahm als anderen Männern, weil er schließlich ein Ausländer war, bei dem solche Sprüche einfach dazugehören, war Konrad Radokov ein anregender und lebhafter Gesellschafter. Außerdem tat seine offene Bewunderung ihrem angeknacksten Selbstbewußtsein ungemein wohl. Doch als er murmelte: »Eine angenehme kleine Ausflug, nicht wahr? Wann wird folgen nächste?«, lächelte ihn Pamela nur verbindlich an. Sie hatte zwar schon fast die Hoffnung aufgegeben, ihren sturen James von der Arbeit wegzulotsen, aber vielleicht erinnerte er sich doch plötzlich daran, daß dies eigentlich ihre zweite Hochzeitsreise werden sollte, und dann kämen weitere Ausflüge mit Mr. Radokov natürlich nicht mehr in Frage. In diesem Vorsatz wurde sie noch bestärkt, als sie bei der Rückkehr zu ihrer Überraschung eine sehr schöne und äußerst mißgelaunte Mrs. Radokov vorfand, die innerlich vor Wut zu kochen schien.

Sie lag in einem schwarzen, gürtellosen Leinenkleid und dunkler Sonnenbrille graziös hingegossen in einem Liegestuhl vor dem Haupteingang. Als ihr Ehemann und Pamela näher kamen, blieb sie unbeweglich liegen wie eine schöne Statue in Schwarz und Bronze. Sie bewegte sich auch nicht, als Konrad vor ihr stehenblieb. Mit einer formellen, ruckartigen Verbeugung stellte er vor: »Mrs. Brown, darf ich mir erlauben, Ihnen vorzustellen meine Frau Zilla, das sein Mrs. Brown, Schwiegertochter von Mrs. Brown.«

»Von wem, sagst du, Konrad?« Zillas edel geschwungener Mund verzog sich zu einem angedeuteten Lächeln. »Ach ja! Die Getränke-Dame! Sie hart arbeiten! Sie kommen, um sie zu helfen, Mrs. Brown?«

»Nein, mein Mann und ich sind hier auf Urlaub.«

Zilla nahm ihre Sonnenbrille ab. Zwei große Katzenaugen musterten Pamela abschätzend. »Ich hoffen, es Ihnen gefallen.« Sie streckte Konrad einen Arm entgegen, damit er ihr beim Aufstehen behilflich sei. »Faul, faul! Aber was tun hier, nur können faulen! Laß uns Wagen fahren spazieren, Konrad! Gute Änderung zu faulen auf anderen Ort.«

Konrad verbeugte sich höflich vor Pamela und ging mit seiner Frau fort. Jedesmal wenn sich Pamela und Mrs. Radokov danach zufällig trafen, wurde Pamela nur eine äußerst formelle Begrüßung zuteil. Zilla Radokov war wahrscheinlich die schönste, aber bestimmt auch die hochnäsigste Frau, die Pamela je getroffen hatte. Doch Pamela hatte sich schon vom ersten Tag an in eine zwielichtige Lage gebracht und konnte die fehlende Zuvorkommenheit von Mrs. Radokov darum schlecht kritisieren. Eines

Morgens blieb Zilla vor ihr stehen und sagte: »Schwiegermutter und Ehemann, beide so beschäftigt. Sie sich langweilen in Dooneen, ja?«

Pamela wußte nicht, ob Zilla ahnte, wie eifrig Konrad bemüht war, ihr die Langeweile in Dooneen zu vertreiben. Nur wenige Männer hätten es gewagt, eine Frau wie Zilla links liegenzulassen. Ihr Blick aus den zusammengekniffenen Katzenaugen sprühte Haß, ihre Lippen waren zornig zusammengepreßt, aber Konrad schien sich einen Teufel darum zu scheren. Pamela hatte bisher gedacht, oder besser, sie hatte es sich als bequeme Ausrede für ihr Tun so zurechtgelegt, daß die beiden wahrscheinlich eine Art Abkommen auf gegenseitige Freiheit getroffen hatten, aber wenn das der Fall sein sollte, so zeigte Zillas Gesichtsausdruck jetzt, daß dieses Abkommen eher einseitig war. Pamela sagte ausdruckslos: »O nein, Dooneen ist sehr nett.«

Die bernsteinfarbenen Augen glitzerten.

»Das sein gut. Langeweile sein gefährlich. Weil aus Langeweile machen die Menschen sehr oft große Dummheit, und große Dummheit richten an großen Schaden, und hinterher sie haben große Bedauern, aber hinterher sein zu spät.« Zilla trat zurück. »Ich mich freuen, daß Dooneen für Sie nicht große Langeweile sein, Mrs. Brown, und ich wünschen Ihnen gute und nicht gefährliche Ferien.«

Wahrscheinlich trägt sie einen blutbefleckten Dolch in ihrer Strandtasche, dachte Pamela, aber der schlechte Witz hinterließ nur einen faden Geschmack im Mund. So übertrieben Zilla sich auch benehmen mochte, eines stand fest: Sie war völlig im Recht, ihrem Mann übelzunehmen, daß er einer anderen Frau nachstieg. Aber so eine prachtvolle Kreatur wie sie sollte doch weiß Gott fähig sein, ihren eigenen Mann bei der Stange zu halten! Aber was ging das sie, Pam, eigentlich an? Schließlich lief Konrad *ihr* hinterher. Und wer war schuld daran, daß sie in diese schiefe Situation geraten war? Nur James natürlich! Nie wäre dergleichen passiert, wenn er sich wenigstens gelegentlich daran erinnert hätte, daß sie eine *Frau* war und nicht nur ein Heimchen am Herd und Mutter seiner Kinder!

Aber nein! Er führte sie zwar pflichtbewußt aus Gesundheitsgründen spazieren – ähnlich wie Schwiegerma es mit Cucullan tat –, doch im Grunde interessierte er sich nur für sein Fortkommen in dem blöden Londoner Bezirksamt. Er nahm seine Frau als so selbstverständlich hin, daß er noch nicht mal fragte, was sie eigentlich tat, wenn sie nicht mit ihm zusammen war. Pamela fühlte sich so vernachlässigt, daß sie jetzt ärgerlich dachte: Also gut, zum Teufel mit James und Zilla, wir wollen doch mal sehen, wer hier den kürzeren zieht, und das Spiel mit dem Feuer nahm seinen Fortgang.

Eines Tages, als Jill von einer Klippe aus die Gegend durch einen Feldstecher betrachtete, sah sie plötzlich ihre Schwägerin, die gerade vor dem Hotel in Radokovs Sport-Daimler stieg. Sie rollte sich vom Bauch auf die Seite und sagte zu Fergus, der neben ihr lag: »Wenn mich nicht alles täuscht, ist unser bärtiger Krösus auch ein Blaubart.«

»Welcher Mann wäre das nicht?« erwiderte Fergus grinsend.

»Blauflaum!« schnaubte Jill verächtlich und rollte zufrieden wieder auf den Bauch. Es war einfach herrlich, von der Klippe herunterzublicken wie die Götter vom Olymp und die menschlichen Ameisen zu beobachten. Eigentlich sollte sie natürlich nicht hier, sondern vielmehr bei George in Sussex sein, aber nachdem sie den Rest ihres Lebens mit ihm verbringen würde, war es wirklich egal, ob sie ihm nun die paar Tage abknapste. Sie hatte ihre etwas fadenscheinige Entschuldigung, daß sie in Dooneen bleiben müsse, um James zu unterstützen, mit einem besonders liebevollen Brief wettgemacht. Sie griff wieder zum Feldstecher. Der Daimler war nicht mehr zu sehen. »James«, meinte sie, »ist ein Esel.«

Fergus grunzte.

»Ich dagegen werde ein sehr strenger, altmodischer Ehemann sein. Allerdings werde ich auch nicht dieselben Probleme haben wie James. Ich heirate einen Durchschnittstyp.«

Jill sagte eindringlich: »Halten Sie den Mund.« Sie schob ihm den Feldstecher zu. »Betrachten Sie mal das Glebe-Haus! Da, auf der Hotelseite. Sehen Sie auch, was ich sehe?«

»Cucullan, meiner Treu!« rief Fergus.

Sie rissen sich gegenseitig den Feldstecher aus den Händen und beobachteten, wie Cucullan versuchte, sich durch den schmalen offenen Spalt eines Schiebefensters zu winden. »Ich glaube, das ist das Zimmer, das Mr. Radokov als Büro benutzt«, sagte Jill. Cucullan befreite endlich seine Hinterpfoten und setzte sich auf den Fenstersims, um sich von der Anstrengung zu erholen. »Oh, Fergus, er hat was im Maul! Er kann sich das Klauen einfach nicht abgewöhnen.« Cucullan sprang herunter. Er verschwand aus ihrem Gesichtsfeld, aber nur für einen Moment, dann kroch er unter der Ligusterhecke hervor, die das Glebe-Haus vom »Dooneener Hof« trennte und lief an der Hecke entlang vom

Hotel fort. »Wir müssen ihn weiter beobachten und uns die Stelle merken, wo er stehenbleibt; da wird er sein Diebesgut vergraben, das tut er immer.« Jill stöhnte. »Es ist schon schlimm genug, daß er im Hotel stiehlt, aber auch noch Hauseinbrüche, verdammte ...!« Sie schluckte. »Ihnen fehlen die Worte?« fragte Fergus mitfühlend. »Sie fehlen mir nicht, aber sie sind für jugendliche Ohren ungeeignet. Ach, lassen Sie mich, mir ist gar nicht zum Spaßen zumute. Diesmal kann es Cucullan wirklich an den Kragen gehen. Ich meine, mir wär' es schnurzegal, aber Mammi würde es das Herz brechen, wenn sie ihn nicht mehr hätte. Da, bitte, Fergus, er bleibt stehen! Er fängt an zu graben. Kommen Sie!«

Zehn Minuten später erreichten sie atemlos die Stelle und ertappten Cucullan in flagranti. Er setzte sich sofort mit großer Geistesgegenwart auf seine Beute und schaute unschuldig in die Gegend. Jill ergriff ihn und fing an, mit ihrem Taschentuch die Spuren des Verbrechens zu verwischen, während Fergus die Beute prüfte. »Böser Hund!« rief Jill und versetzte Cucullan einen wohlverdienten Klaps. »Fort mit dir, du verfluchter Kleptomane!« Cucullan zog gekränkt und würdevoll von dannen. Jill blickte mit Entsetzen auf die Brieftasche mit den goldenen Initialen K.R., die ihr Fergus hinhielt. Sie schnappte nach Luft.

»Genau das«, nickte Fergus zustimmend. »Ich fürchte, nicht mal Cucullan kann ungestraft Brieftaschen großer Finanziers klauen. Wenn das rauskommt, gibt es Mord und Totschlag. Also los, wir reinigen das Ding fein säuberlich, schmuggeln es wieder an seinen richtigen Platz zurück, und Schwamm drüber. Aber wir gehen lieber auf die andere Seite der Hecke, wo man uns vom Hotel aus nicht sehen kann.«

Sie gingen durch das Gatter aufs Gelände vom Glebe-Haus und hockten sich hinter die Hecke. Die Tasche, stellte sich heraus, war nicht nur außen, sondern auch innen verschmutzt; es würde also einige Zeit dauern, bis wieder alles gesäubert war. Sie beschlossen, Stück für Stück vorsichtig herauszunehmen, abzuputzen und dann wieder ordentlich in der alten Reihenfolge zurückzulegen. Obwohl Jill wußte, daß niemand im Hause wohnte und Konrad Radokov fort war, ihr Treiben also unmöglich von seinem Bürofenster aus beobachten konnte, fühlte sie sich trotzdem eingeschüchtert und schuldig, wie Cucullan sich eigentlich hätte fühlen müssen. Sie gaben sich alle Mühe, keinen Blick auf die persönliche Korrespondenz von Mr. Radokov zu werfen, weil es sogar Fergus unangenehm war, durch die

Privatbriefe eines Fremden zu gehen. Aber dann flatterte ihm ein Stück Papier aus der Hand. »Verdammt!« sagte er laut und hob es auf. Er wollte es schon wieder zu den übrigen legen, zögerte aber plötzlich und fing zu Jills größter Empörung an zu lesen. Er sah auf und begegnete ihrem tadelnden Blick.

»Wir müssen alle Moral beiseite lassen, Jill!« Es war ein ihr bislang unbekannter, todernster Fergus, der das sagte. »Wie unangenehm es auch sein mag, aber wir müssen beide vergessen, daß wir wohlerzogene Kinder unserer Zeit sind. Es ist unbedingt notwendig, daß wir den Inhalt von Mr. Radokovs Brieftasche genau prüfen, denn wenn mich nicht alles täuscht, soll Dooneen ganz fürchterlich reingelegt werden! Was ist, Mädchen?«

Jill starrte ihn verständnislos an.

»Zum Schockiertsein haben wir jetzt keine Zeit«, drängte Fergus energisch. »Also, auf los geht's los!«

Selbst wenn man die edle Absicht hat, einen Schwindel aufzudecken, ist es doch ein höchst peinliches Gefühl, in der Tasche des Schwindlers herumzuschnüffeln. Nachdem Jill und Fergus ihre unangenehme Aufgabe erledigt hatten, hockten sie sich auf ihre Absätze und starrten sich an.

»Ich kann es einfach nicht glauben, daß Konrad Radokov ein Schwindler ist.« Sie nahm wieder das Stück Papier in die Hand, das Fergus' Aufmerksamkeit zuerst erregt hatte. Es war ein Brief, adressiert an Monsieur Karl Rosoval, an dem eine numerierte Einzahlungsquittung von einer Schweizer Bank befestigt war.

»Anderer Name«, bemerkte Fergus, »aber dieselben Initialen. Jemand hat eine beträchtliche Summe an einem sicheren Ort deponiert. Und es ist nicht das einzige kompromittierende Schriftstück, das wir gefunden haben!« Jill schüttelte verblüfft den Kopf. »Aber warum um Gottes willen sollte Radokov unehrlich sein? Gut, nehmen wir an, das Gerücht, er sei ein Multimillionär, ist übertrieben, aber reich ist er doch zweifellos.«

»Wer sagt das? Vielleicht er selbst?«

»Ach, Unsinn! Man kann die Leute nicht so leicht irreführen.«

»Im Gegenteil, Mädchen, sie warten nur darauf.«

»Nun, was immer Sie auch sagen, es *kann* nicht stimmen. Er hat doch die volle Unterstützung der irischen Regierung.«

»Na und? Es ist deren Hobby, aufs falsche Pferd zu setzen«, behauptete Fergus höchst unpatriotisch. »Hören Sie zu! Natürlich haben wir beide keine Ahnung von komplizierten Finanz-Transaktionen, aber Sie müssen zugeben, daß einige von den

Dokumenten des verehrten Mr. Radokov verdammt faul aussehen, nicht wahr?«

»Ja«, Jill nickte bedrückt, »aber am liebsten würde ich es nicht zugeben. Weil – wenn es wirklich so ist, wie Sie sagen ... das wäre ja ganz schrecklich. Die halbe Stadt hat Geld in die Entwicklungsgesellschaft für Dooneen gesteckt, und wenn Konrad Radokov wirklich ein Schwindler ist, werden wahrscheinlich einige Leute alles verlieren, was sie haben. Was um Himmels willen sollen wir tun?«

Fergus legte die Einzahlungsquittungen in die Brieftasche, zusammen mit den restlichen Papieren.

»Radokov ist ein sehr einflußreicher Mann. Wenn wir vorsichtig unseren Verdacht irgendwo äußern, wird er nur gewarnt, und wir haben das Nachsehen. Fangen wir ganz von vorne an, und führen wir unseren ursprünglichen Plan durch, das heißt, verwischen wir die Spuren dieses diebischen Hundes Ihrer Mutter!«

Sie ließen die Brieftasche durch den unteren Spalt des dreiviertelgeöffneten Schiebefensters zurück in Konrad Radokovs Büro gleiten. Fergus meinte: »Radokov wird denken, sie ist zufällig auf den Boden gerutscht.« Jill überlegte, daß nur ein unschuldiger Mann so sorglos sein könne, sein Fenster nicht richtig zu schließen, aber Fergus erwiderte, daß auch ein Erzhalunke machtlos gegen einen Höllenhund sei. Er maß das Fenster mit den Augen ab. »Ich verstehe nicht, wie Cucullan es fertiggebracht hat, hier herein- und wieder herauszukriechen. Ich wette, wenn man ihn auf Diebe ansetzt, würde er sich noch 'ne Medaille verdienen.« Jill kam die ganze Sache schleierhaft vor: »Was sollen wir bloß tun?« Fergus erwiderte: »Eine direkte Frage verlangt eine direkte Antwort, das heißt, wir müssen so schnell wie möglich von hier verduften.«

Nachdem sie unbemerkt durch die Hecke auf die Hotelseite gekrochen waren und nicht mehr mit dem Gesetz in Konflikt standen, streckten sie sich erleichtert auf dem Rasen aus, um die Lage in aller Ruhe zu besprechen. Fergus meinte, daß jetzt raffinierte Detektivarbeit die Lösung des Tages sei, und überhörte geflissentlich Jills gemurmeltes: Ich bin ganz Ohr, lieber Watson! »In meiner Eigenschaft als Starreporter des ›Dooneener Wochenblatts‹ bin ich natürlich schon immer eine Art Privatdetektiv gewesen«, aber, setzte er hinzu, diesmal hätte er nichts dagegen, einen Teil der Vorarbeiten einem weiblichen Amateur zu überlassen. Diese Unverschämtheit löste eines ihrer üblichen Wortgefechte aus, über dem sie fast Konrad Radokov vergaßen.

Aber dann kam Fergus eine, wie Jill zugeben mußte, brillante Idee: Sie beschlossen, das Kriegsbeil vorläufig zu begraben, und ernannten sich selbst zu den »Kühnen Entlarvern schmutziger Tricks«. Von nun an waren sie der Mann und die Frau vom KEST.

Als die Frau vom KEST den Mann verließ, um ihren ersten Auftrag zu erfüllen, drehte sie den Ring von George etwas nachdenklich an ihrem Finger hin und her. Aus dem Spiel könnte leicht Ernst werden, aber es würde auch Spaß machen, so wie alles, was sie mit Fergus tat, Spaß machte. George hätte die Sache natürlich ganz anders angepackt – und als sie stirnrunzelnd den Ring betrachtete, kam ihr blitzartig die Erkenntnis, daß George nie in die Lage gekommen wäre, die Sache *überhaupt* anzupakken, weil er, ganz im Gegensatz zu Fergus, die Brieftasche im schmutzigen Zustand dem Besitzer zurückgegeben und Cucullan seinem Schicksal überlassen hätte. Oder, wenn man es anders ausdrücken wollte, George hätte sich wie ein verantwortungsbewußter Erwachsener benommen und nicht wie ein dummer Junge – und sie hätte sich natürlich nicht weniger erwachsen und verantwortungsbewußt verhalten.

Die Fräulein Bradshaw auszufragen war ein Kinderspiel. Die beiden alten Damen strickten in der Hotelhalle, wobei ihnen Cucullan mit engelsgleichem Schnauzenausdruck Gesellschaft leistete. Jill setzte sich zu einem gemütlichen Plausch neben die beiden.

»Bettsöckchen für den Winter«, erklärte Miß Caroline, als Jill die hübsche rosa und blaue Wolle bewunderte. Sie lächelte ihre Schwester an. Miß Bessie lächelte zurück. »Aber wenn unsere ersten Dividenden früh genug eintreffen, brauchen wir uns nicht mehr um den kommenden irischen Winter zu sorgen.«

Bei der nächsten Sitzung vom KEST würde Jill reichlich aus dieser Informationsquelle schöpfen.

»Stellen Sie sich vor, Fergus, die beiden rührenden alten Damen, von denen eine Rheuma und die andere Bronchitis hat, hoffen nämlich, den Winter im Ausland zu verbringen, und dabei können sie noch von Glück sagen, wenn sie nicht im Armenhaus landen. Konrad hat ihnen für das Haus kein Geld, sondern nur Aktien der Entwicklungsgesellschaft gegeben.« Fergus pfiff durch die Zähne. »Aber das ist noch nicht alles«, fuhr Jill kläglich fort. »Sie haben ihre Lebensversicherung kapitalisiert und auch davon den größten Teil in den verdammten Aktien angelegt. Sie haben nur genug Bargeld behalten, um die Zeit zu überbrücken, bis sie die großen Gewinne einstreichen können. O Gott, ich hoffe, daß wir uns mit Konrad irren.«

»Das hoffe ich ja auch, aber es sieht zappenduster aus. Ich habe diskret Erkundigungen eingezogen, und man hat mir gesagt, daß die einzigen Bareinzahlungen in die Entwicklungsgesellschaft bis jetzt von der Regierung stammen – in Form von Anleihen und Krediten – und von den Einwohnern selbst. Konrad kann über jeden Betrag frei verfügen, aber er selbst hat nur seine hochgeschätzte Sachkenntnis zur Verfügung gestellt und irgendwelche Wertpapiere hinterlegt.«

»Sehen Sie, jetzt stehen wir aber blöde da«, strahlte Jill. »Wertpapiere sind doch eine ganz sichere Sache!«

»Gott segne dein kleines unschuldiges Herz, mein Kind! Haben Sie noch nie etwas von Aktienschwindlern gehört!«

Der Mann und die Frau vom KEST beschlossen, die heiße Spur weiterzuverfolgen.

Neuntes Kapitel

Elsie Brown fand die Anwesenheit ihrer Kinder viel weniger störend, als sie zunächst befürchtet hatte. Jill war meistens mit dem lustigen jungen Reporter zusammen und benahm sich wie ein Schuldmädchen in den Ferien, James verbrachte den größten Teil der Zeit auf seinem Zimmer und lernte. Natürlich wußte Elsie sehr gut, daß sie selbst nur Urlaub auf Ehrenwort hatte und daß ihre lieben Kinder fest entschlossen waren, sie nach London mitzunehmen, aber es war sinnlos, sich jetzt schon den Kopf darüber zu zerbrechen. So wie die Dinge im Moment lagen, konnte sie dem Geldverdienen ungestört nachgehen, obwohl James von Zeit zu Zeit demonstrativ in der Bar erschien, um seinem Mißfallen über den unziemlichen Job seiner Mutter Ausdruck zu verleihen. Ihre Fahrkünste hatten auch Fortschritte gemacht – allerdings klebten ein paar Schwanzfedern von einem angefahrenen Huhn an dem einen leicht lädierten Kotflügel; dafür war sie aber im Zurücksetzen schon fast perfekt. Ansonsten machte sie lange vergnügliche Spaziergänge mit Cucullan, der mittlerweile wunderbar hoteltrainiert war, und das Wichtigste von allem: Sie war himmelhochjauchzend verliebt (ohne natürlich darüber zu reden), und hätte sie sich nicht Sorgen um Pamela gemacht, wäre sie der glücklichste Mensch auf der Welt gewesen.

Pamela gehörte zu der Sorte von Schwiegertöchtern, die sich jede Mutter eines Sohnes wünscht. Und deshalb war es um so erstaunlicher, daß sie Konrad Radokov auf so unverantwortliche Weise ermutigte. Für jede Schwiegermutter gilt die gleiche goldene Regel: sich ja nicht einzumischen. Elsie entschloß sich widerwillig, diese Regel zum erstenmal zu durchbrechen. Aber als die dann mit Pamela allein war, fiel es ihr schwer, den Anfang zu finden. Glücklicherweise blieb es ihr erspart, sich taktvoll an das Problem heranzupirschen, was ihr wahrscheinlich sowieso mißlungen wäre, weil Pamela sie umarmte und sagte: »Liebste Ma, du siehst heute geradezu schulmeisterhaft streng aus! Du willst wohl mit mir schimpfen?«

»Aber gar nicht«, wehrte Elsie ab. »Was du machst, geht mich nichts an. Aber ich sehe ungern zu, wenn sich jemand der Gefahr aussetzt, daß ihm die Augen ausgekratzt werden. Vielleicht hast *du* keine Angst vor Zilla Radokov, *ich* dagegen sehr!«

»Mach dir keine Sorgen, Schwiegermamachen! Ich nehm' mich schon in acht.«

Der Haken war, daß Pamela vielleicht nicht wußte, daß man sich mit Mitteleuropäern besonders in acht nehmen mußte. Am vorhergehenden Abend, als Konrad der einzige Gast in der Bar war, hatte Elsie sich wieder einmal gezwungen gesehen, ihn daran zu erinnern, daß sie eine Großmutter war. Konrad hatte den Kopf zurückgeworfen und gelacht. »Und wenn schon! Ich nicht haben Möglichkeit zu finden heraus, aber ich sein vielleicht vielmaliger Großvater! Ich gewesen sein ein keck Junge.« Elsie hatte Pamela nichts davon erzählt, aber sie sagte jetzt: »Liebe Pamela, du darfst nicht vergessen, daß Ausländer sich ganz anders benehmen als, sagen wir, James.«

Ein harter Zug glitt über Pamelas sonst so reizendes Gesicht. »Wie recht du hast, Schwiegermamachen.« Sie lachte kurz und bitter. »Aber wenn James sich meinetwegen keine Sorgen macht, dann brauchst du es ja wohl auch nicht.«

Elsie begriff sofort, wo der Hase im Pfeffer lag. Sie ging stante pede zu James, der über seine Lehrbücher gebeugt im Hotelzimmer saß.

Er empfing sie mit schlecht verhehlter Ungeduld: »Ja, Mutter?«

»Es ist so schönes Wetter heute«, sagte Elsie heiter, »und ich dachte mir, was für ein Jammer es ist, daß du den ganzen Tag hier im Zimmer hockst, statt draußen in der Sonne zu sein.«

»Danke dir, Mutter, aber Pamela und ich werden unseren üblichen Gesundheitsspaziergang ...«, er blickte auf seine Uhr, »... in einer Stunde machen – und nun entschuldige, aber ich bin sehr beschäftigt, und wenn du es mir nicht übelnimmst ...«

Elsie unterbrach ihn streng: »Du solltest aber nicht beschäftigt sein, weder jetzt noch überhaupt, solange du hier bist. Der jährliche Urlaub ist zur Erholung da, damit du mit neuen Kräften an die Arbeit gehen kannst.« Sie schienen im Moment ihre Rollen vertauscht zu haben. Sie hatte ihn noch nie kritisiert, fand aber, sie mache es eigentlich ganz geschickt. »Du schadest nicht nur dir, sondern auch deinen Arbeitgebern.« Sie machte noch einen weiteren Versuch, die Partei des um James' Arbeitskraft betrogenen Bezirksamtes zu ergreifen. »Wenn du mich fragst, so finde ich das fast unehrlich.«

Der mehr als verblüffte Gesichtsausdruck ihres Sohnes zeigte ihr, daß sie etwas zu weit gegangen war, aber nachdem sie sich für das Arbeitsethos schon so ins Zeug gelegt hatte, gab es nun kein

Zurück mehr. James erwiderte trocken: »Ich kann dir nur versichern, daß weder ich noch das Londoner Bezirksamt irgendwie zu kurz kommen. Ich war und bin stets darauf bedacht, Arbeit und Erholung im richtigen Gleichgewicht zu halten.« Er schlug ungeduldig mit dem Kugelschreiber aufs Papier. »Entschuldige, aber du hast mich gerade bei einer Arbeit unterbrochen, die meine volle Aufmerksamkeit verlangt und so ...«

Elsie setzte sich.

»Ich frage mich, welcher Mann zum erstenmal auf die Idee gekommen ist, auch im Urlaub zu arbeiten. Vielleicht war er ein furchtbarer Langeweiler, oder sein Hotel war schlecht, oder vielleicht war er Junggeselle? Na ja, mach, was du für richtig hältst, aber ich habe den Eindruck, als ob die arme Pamela ihre Ferien nicht richtig genießt, sie bleibt ein wenig zu oft sich selbst überlassen.«

James sah sehr erstaunt aus.

»Hat sie sich beklagt?«

»Nein, direkt beklagt hat sie sich nicht.«

»Na, siehst du! Nichts wäre Pamela und mir lieber, als jede Minute unserer Ferien zusammen zu verbringen, aber Pam ist eine vernünftige Frau und versteht mich sehr gut. Sie weiß, daß ein Mann in erster Linie dazu da ist, für die Zukunft seiner Frau und seiner Familie zu sorgen.«

Er blickte zur Tür, was soviel hieß wie: Bitte, hör jetzt endlich auf, dummes Zeug zu reden, damit ich weiterarbeiten kann. Elsie stand auf. Es war einfach hoffnungslos! Aber an der Tür konnte sie es sich doch nicht verkneifen zu sagen: »Ich weiß, du bist sehr gescheit, James, aber ob du von Frauen viel verstehst, bezweifle ich.«

Er lächelte sie liebevoll an.

»Meine liebste Mutter, an deiner Stelle hätte ich da gar keine Zweifel, schließlich habe ich sogar gelernt, *dich* zu verstehen!«

Elsie hatte ihre Kinder nie geohrfeigt, und jetzt war es leider zu spät, damit anzufangen. Und so stand sie allein da mit ihren Sorgen um Pamela. Am nächsten Tag tauchte ihre ältere Tochter unerwartet in Dooneen auf, und wie sich bald herausstellen sollte, war sie eine Sorge mehr.

Dina platzte ins Zimmer ihrer Mutter und erdrückte sie fast mit ihrer stürmischen Umarmung.

»Liebste Mammi! Du bist die liebste Mammi auf der Welt.«

»Oh!« japste Elsie atemlos. »Was für eine nette Überraschung. Ich dachte, du und Eric, ihr kämt erst nächste Woche.«

»Eric?« Dina bückte sich und streichelte »diesen Hund«. Er mochte zwar scheußlich sein, aber er war Mammis Hund! »Oh, zwischen Eric und mir ist alles aus.« Es klang nicht ganz so gelassen, wie sie gehofft hatte, und Mammi sah sie entgeistert an.

»Er hat endlich sein wahres Gesicht gezeigt, und ich danke meinem Schöpfer, daß es noch vor der Heirat passiert ist.«

Der gleichgültige Tonfall war ihr diesmal schon besser gelungen, aber sie streichelte Cucullan weiter, um ihr Gesicht zu verbergen. Schließlich, wenn man an jemanden gewöhnt ist, kann man ihn sich nicht so ohne weiteres gleich abgewöhnen; man braucht etwas Zeit. Es ist gar nicht so leicht, sich mit der Tatsache abzufinden, daß man ihn nie wiedersieht, vor allem, wenn man noch gestern abend Pläne für eine Hochzeit im Oktober geschmiedet hat.

Zuerst waren sie ein Herz und eine Seele, und eine Stunde später lagen sie sich in den Haaren. Sie sprachen von der Woche, die sie in Dooneen verbringen wollten, und Eric sagte, er hoffe nur, daß es ein geruhsamer Urlaub werde, aber so, wie er ihre Mutter kenne, werde sie sicher wieder in der Patsche sitzen. Offensichtlich hatte er irgendwelche Rechnungen oder so was unter alten Zeitungen in Mammis Schrank gefunden, was alle seine bisherigen Kalkulationen völlig über den Haufen geworfen hatte. Dina war die erste, zuzugeben, daß Mammis Unordnung Eric eine Menge Arbeit und Mühe machte, aber das war doch noch lange kein Grund, so lieblos von ihr zu reden. Zuerst hatte Dina sich beherrscht und noch ganz vernünftig reagiert: »Aber Eric, du wußtest doch von vornherein, daß Mammi nicht sehr geschäftstüchtig ist.«

Woraufhin Eric kurz und hämisch auflachte.

»Du drückst dich heute aber sehr euphemistisch aus.«

Dina versuchte immer noch, an sich zu halten.

»Die Familie ist gerne bereit, dir das übliche Buchhalterhonorar zu zahlen, wenn du das willst.«

»Du weißt verdammt gut, daß du für kein Geld der Welt einen Buchhalter für deine Mutter finden würdest, also red keinen Unsinn und hör auf, mich so anzustarren! Mir scheint, ihr drei Browns dürft an eurer Mutter herumkritisieren, soviel und solange ihr wollt, aber wehe dem, der es auch nur wagt, euch zuzustimmen.«

»Ganz richtig, weil Außenstehende eben nicht kapieren, daß Kritik der Liebe keinen Abbruch tut!«

»Aha, jetzt bin ich also plötzlich ein Außenstehender?«

»Wenn du dich so benimmst – ja!«

Sie zog ihren Ring vom Finger, warf ihn auf den Tisch und stolzierte hinaus, noch während er redete. Im Flugzeug weinte sie ein bißchen, obwohl sie sich immer wieder sagte, daß das reine Sentimentalität sei. Und auch jetzt fiel es ihr schwer, ihre Tränen zurückzuhalten, und so streichelte sie Cucullan, der über soviel unerwartete Aufmerksamkeit ganz verblüfft war. Endlich hatte sie sich wieder in der Hand. Sie richtete sich auf und lächelte Mammi heiter an. Aber Mammi lächelte nicht zurück. Sie blickte sehr ernst auf Dinas unberingten Finger und sagte: »Liebe Dina, jedem kann mal der Kragen platzen, aber wenn einem das mit einem Menschen passiert, den man liebt, muß man sofort wieder einlenken.«

»Ich war ganz ruhig und gelassen.«

»Erzähl mir keine Märchen, du warst schon als Kind ein wahrer Zankteufel. Das Telefon ist hier gerade um die Ecke an der Rezeption.«

»Von mir aus kann es da auch bleiben!«

»Ich glaube dir kein Wort, daß Eric endlich sein wahres Gesicht gezeigt hat. Du willst mir doch nicht etwa weismachen, daß er eine Art von Jekyll und Hyde ist?«

»Ich will dir sagen, was er ist. Er ist ein ganz unmöglicher Typ, und es wäre einfach die Hölle auf Erden, mit ihm zu leben. Er gehört zu den Menschen, die auf alle anderen herabsehen, bloß, weil sie nicht so unfehlbar sind wie er!«

»Zum Beispiel auf mich?« Elsie wollte nur auf den Busch klopfen, sah aber ihren Verdacht sofort bestätigt, als Dina ihr um den Hals fiel und rief: »Ach, hören wir auf, von Eric zu sprechen! Es ist aus, und das ist gut so.«

Daß es nicht gut so war, konnte man ihr an der Nasenspitze ansehen. Kaum fühlte sie sich unbeobachtet, ließ sie trübselig die Flügel hängen, während sie in Gesellschaft von einer schmerzlich hektischen Munterkeit war.

Dann stattete George Dundon Jill einen unerwarteten Besuch ab, und plötzlich sah auch Elsies andere Tochter etwas sauertöpfisch drein.

George war auf der Durchreise nach New York, wo er geschäftlich zu tun hatte. Aber er hatte ein Flugzeug genommen, das in Irland zwischenlandete, um einen mehrtägigen Abstecher nach Dooneen einschalten zu können. Wenn ein angesehener und vielbeschäftigter Mann wie George so einen Umweg machte, dann war das ein höchst schmeichelhafter Beweis seiner Ergebenheit, und Jill hätte eigentlich überglücklich sein müssen, als er in seinem gemieteten Mercedes angebraust kam. Daß sie es nicht war, lag wahrscheinlich an der zu schnellen Umstellung. Auf einmal mußte sie wieder die Jill sein, die George liebte, und nicht mehr die Jill, die ... na, egal, auf jeden Fall war die Umstellung ein bißchen zu abrupt. Unglücklicherweise erwischte er sie auch noch in ihren teerbeschmutzten Jeans und einem Sporthemd, mit von Meer und Sonne völlig zerzausten Haaren. Aber nach dem ersten Schrecken – das heißt nach der ersten Überraschung – war sie natürlich furchtbar froh, ihn wiederzusehen, die mangelnde Wärme ihrer Begrüßung schien er Gott sei Dank gar nicht bemerkt zu haben.

»Liebling, du bist hübscher denn je. Eine Dryade, nein, eine Meeresnymphe!«

Jill lachte.

»Mehr ein Schiffsjunge, würde ich sagen.«

»Nein, den Vergleich mit einem Jungen lehne ich ab«, widersprach George liebevoll, nahm ihre Hände und hielt sie auf Armeslänge von sich. »Vielleicht etwas verwildert, um dich der primitiven Umgebung anzupassen.«

»Aber Dooneen ist ein hübscher Ort, nicht wahr, George?«

Er blickte von den Hotelstufen kurz um sich. »O ja, ganz hübsch!«

Dann stellte sie ihm James und Pamela und Dina vor, die er bislang noch nicht getroffen hatte. Das verlief ausgezeichnet. George war so reizend, wie nur er es sein konnte, und jedes Mädchen wäre mit Recht stolz darauf gewesen, so ein Prachtstück als Verlobten präsentieren zu können. Später nahm sie ihn mit in die Bar zu Mammi. Jill dachte: Der arme George, noch vor einem Monat hätte er es sicher für unmöglich gehalten, daß er je in die Situation kommen würde, einem Barmädchen über die Theke freundschaftlich die Hand zu schütteln. Aber er tat es sehr charmant. Das einzige, was er anscheinend doch nicht über sich brachte, war, stehenzubleiben und sich mit ihr zu unterhalten oder gar was zu trinken – aber das hatte Jill auch kaum erwartet. Schließlich war selbst ihr Mammis Job anfangs wahnsinnig gegen den Strich gegangen (und James war immer noch ganz außer sich), und so konnte man wirklich nicht erstaunt sein, wenn George dachte (ohne es natürlich zu sagen), daß eine Kneipe nicht der passende Ort sei, um sich mit seiner zukünftigen Schwiegermutter auf vertrauteren Fuß zu stellen.

»Mammi platzt vor Stolz«, erklärte Jill, »weil sie uns bewiesen hat, daß sie auf eigenen Füßen stehen kann. James hat sie angefleht, doch um Gottes willen in eitel Lust und Pracht zu leben, bis wir alle zusammen abreisen, aber nein, sie wollte nicht.«

»Jeder nach seiner Façon«, meinte George leichthin, »aber du bist ja deiner Pflichten jetzt zum Glück ledig; es genügt vollauf, wenn deine Schwester und dein Bruder sich von nun an um deine Mutter kümmern. Ich werde dir was sagen, Liebling, auf meinem Rückflug werde ich dich hier abholen, und die letzte Woche deines Urlaubs können wir dann beide in Sussex bei meinen Eltern verbringen. Wie gefällt dir der Vorschlag?«

Was konnte man anderes sagen, als daß es schrecklich nett sein würde? Und es *würde* auch nett sein.

Noch am selben Tag trafen sie zufällig Fergus. George sah besonders vornehm und elegant aus, Fergus dagegen auffallend jung und ungepflegt, und natürlich benahm er sich wie immer völlig ungeniert. Man brauchte nicht viel Menschenkenntnis, um zu sehen, daß die beiden schlecht zueinander paßten, und so versuchte Jill vernünftigerweise, ein Treffen zu vermeiden, doch der unmögliche Junge stellte sich ihnen buchstäblich in den Weg und – Schrecken über Schrecken – spielte sofort den Starreporter, der einen Touristen interviewt. Sie wünschte ihn innerlich zum Teufel, wagte aber nicht mal, den Mund aufzumachen, weil sie sich mit aller Macht das Lachen verkneifen mußte. »Noch nie in Irland gewesen, Mr. Dundon? Wie interessant!« Der idiotische Knabe zückte sein Notizbuch. »Ich bin vom ›Dooneener Wochenblatt‹! Könnten Sie mir bitte Ihre ersten Eindrücke mitteilen? Man hat heutzutage nur selten Gelegenheit, erste Eindrücke zu hören, wo doch jeder unentwegt von Land zu Land jettet, verstehen Sie?«

George kannte die Hauptstädte vieler Länder. Er blickte Fergus prüfend an. Vielleicht überlegt er, ob die Kreatur vor ihm ein Mensch ist, dachte Jill und versuchte, ernst zu bleiben. Doch dann zuckte es um seine Mundwinkel und – ganz der gewandte Mann von Welt, der sich von einem jugendlichen Dorfnarren amüsieren läßt, antwortete er leutselig: »Ja, junger Mann, ob Sie es nun glauben oder nicht, aber es gibt immer noch Menschen, die so dumm sind, lieber anderswohin als gerade nach Dooneen zu reisen.«

»Wollen Sie damit sagen, daß es Ihnen hier nicht gefällt?« Fergus strahlte entzückt. »Also, das finde ich großartig! Endlich jemand, der gegen die Schönheiten Irlands immun ist. Sie kommen mir wie gerufen!« George nahm Jills Arm, um weiterzugehen. Er hatte nun offensichtlich genug von Fergus. Aber der ließ nicht locker und lief mit gezücktem Bleistift neben ihnen her. »Also, reden Sie unbesorgt frei von der Leber weg, und erzählen Sie mir, was Ihnen alles in Irland und besonders in Dooneen nicht gefällt. Gebrauchen Sie ruhig Ihre eigenen Worte, das Ausfeilen mach' ich dann später«, fügte er ermutigend hinzu.

George blieb stehen. Seiner Miene nach zu urteilen, stand Fergus weit oben auf der Abschußliste. Aber er blieb höflich. »Ich nehme zu Ihren Gunsten an, daß Sie mich mißverstanden haben und mir die Worte nicht mit Absicht im Mund verdrehen. Auf jeden Fall wäre ich Ihnen dankbar, wenn Sie es unterließen, mir Ansichten zu unterschieben, die ich nie geäußert habe. Im übrigen kann ich Ihnen nur versichern, daß ich dieses Land und Dooneen recht angenehm finde.«

Er ging schnell mit Jill fort. Sie blickte sich verstohlen um. Fergus stand mitten auf der Straße und starrte ihnen mit einem breiten Grinsen nach. Ein teuflischer Bursche.

George lachte plötzlich und preßte ihren Arm an sich.

»Liebling, gibt es überhaupt ein ›Dooneener Wochenblatt‹, oder hat dieser verschlampte Jüngling sich das einfach ausgedacht?«

»Nein, nein, so was gibt's tatsächlich.«

»Was du nicht sagst! Na, dann war wenigstens ein Körnchen Wahrheit in dem, was unser junger Freund uns da erzählt hat. Meinst du, er ist sogar Laufbursche oder so was bei diesem Blatt?«

»Du wirst lachen, er ist Reporter.«

»Ach, wirklich? Das muß ja eine interessante Lektüre sein. Kauf eine Nummer und bring sie nach Sussex mit. Meine Eltern und ihre Gäste werden sich sicher köstlich darüber amüsieren. Aber Liebling«, und er drohte ihr lächelnd mit dem Finger, »dieser Bursche hat mir vollauf genügt, ich hoffe, du hast nicht noch mehr davon auf Lager?«

»O nein«, beteuerte Jill wahrheitsgetreu, »ein zweites Exemplar dieser Art gibt es nicht.«

Das Thema Fergus wurde fallengelassen, aber Jill schwor sich im stillen, Fergus gehörig den Kopf zu waschen, wie er es verdient hatte. Aber als sie ihn ein wenig später – anscheinend tief versunken in den Anblick von Georges Wagen – wiedersah, kam sie gar nicht erst zu Wort. Sie trug ihre apfelgrüne Leinenbluse und die dazu passende Hose, und er schloß scharfsinnig: »Er mag Sie aufgetakelt, was?«

»Ihre Manieren«, erwiderte Jill ehrlich wütend, »lassen zu wünschen übrig.«

»Ach, und zimperlich sind Sie auch. Na, also gut, wenn Sie's feiner ausgedrückt haben wollen: Er mag Sie sauber und adrett.«

»Ich spreche nicht mal von Ihrer überflüssigen und blöden Kritik an mir, sondern von Ihren frechen, schlechten Manieren im allgemeinen. Man muß sich ja direkt vor den Leuten schämen, Sie zu kennen.«

»Vor ihm, meinen Sie?« Er grinste von einem Ohr bis zum andern, was Jill maßlos irritierte, aber sie versuchte, es nicht zu zeigen, sondern schaltete statt dessen auf beleidigt und mißverstanden um. »Also, Sie tun ja gerade, als ob es eine Majestätsbeleidigung wäre, Ihren George zu interviewen. Vielleicht mag er Presseleute nicht, genauso wie euer Prinz Philip keine mag, doch das hält die Journalisten in England auch nicht davon ab, ihre Artikel zu schreiben, genausowenig wir Ihr George mich davon abhalten kann, dasselbe hier zu tun.« Fergus richtete sich stolz auf und warf sich in die Brust. »Wir, die Herren von der Presse, halten an unseren demokratischen Prinzipien fest.«

»Als ob Sie überhaupt wüßten, was Prinzipien sind.«

»Ich kann's Ihnen ja nachfühlen, daß Sie heute schlechter Laune sind. Und es ist auch besser, Sie lassen sie an mir aus als an Ihrem George, der kann das nicht so gut verkraften. Großartiger Bursche und all das, aber ein bißchen steif, was? Na, ist ja auch verständlich, schließlich ist er nicht mehr der Jüngste.«

»George«, fauchte Jill, voller Zorn über diese jugendliche Geringschätzung, »ist noch keine fünfunddreißig.«

»Ja, ja, das hab' ich mir so ungefähr gedacht.«

Jill drehte sich auf dem Absatz um.

»Sie sind ein flegelhafter Halbstarker, nichts weiter!«

»Ach, Mädchen! Vergessen Sie nicht, daß KEST unsere ganze Kraft fordert und daß wir uns interne Streitigkeiten nicht erlauben können!« Jill wandte sich ihm wieder zu. »Also, Ihr George ist ein großartiger Bursche, wie ich schon sagte«, wiederholte Fergus versöhnlich. »Natürlich auf seine Art!« Nun, wenn George ihm auch nicht imponierte – Georges Wagen tat es jedenfalls. Er ging ehrfürchtig um ihn herum. »Ich hab' noch nie jemand gekannt, der sich einen Mercedes gemietet hat. Als Frau eines erfolgreichen Mannes wären Sie fein raus, was? Na ja, man kann im Leben nicht alles haben, nicht wahr, mein Mädchen?« Was er mit diesem Gerede meinte, wußte Gott allein, auf jeden Fall erklärte er es nicht näher, sondern kam wieder auf KEST zu sprechen. »Ich möchte gerne, daß Sie heute abend folgendes machen ...«

Halb verärgert, halb amüsiert, weil er wirklich ein zu dummer Junge war, um sich ernsthaft mit ihm herumzustreiten, sagte George Dundons vornehme Braut: »Es tut mir leid, aber solange George hier ist, kann ich wirklich nicht Räuber und Gendarm spielen.«

»Sie meinen, Sie werden statt dessen mit ihm spielen? Na, der arme Kerl, hoffentlich macht's ihm Spaß. Aber ich sehe, Sie wollen kneifen. Ich find' das feige! Wie lange wird dieser George denn hier noch herumhängen?«

»Noch einen Tag oder vielleicht zwei. Geben Sie acht, daß Sie sich während der Zeit nicht übernehmen, Sie Mann vom KEST!«

»Dasselbe gilt für die Frau vom KEST.«

Als George aus dem Hotel kam, sah er zu seinem Erstaunen, daß Jill und dieser struppige Kleinstadtreporter über irgendeinen Scherz laut lachten. Normalerweise würde sie so einen Menschen überhaupt nicht beachten, aber dieses Dorf bot natürlich keine große Auswahl. Er war entschlossen, seine Jill möglichst schnell von hier wegzulotsen. Die ganze Situation in Dooneen mußte für die Brown-Kinder sehr unangenehm sein – er hatte nämlich mit Erleichterung festgestellt, daß die jungen Leute durchaus vorzeigbar waren. Wenn bloß diese unmögliche Mutter nicht wäre, die sich hinter der Bar ganz in ihrem Element zu fühlen schien. Im Augenblick wurmte ihn allerdings am meisten, daß er sich einen dringend benötigten Martini versagen mußte, aber es wäre doch zu peinlich, ihn von seiner zukünftigen Schwiegermutter serviert zu bekommen. Die Hochzeit würde man im kleinen Kreis feiern müssen, überlegte George – sehr schade, weil Jill in Weiß sicher entzückend aussehen würde –, in einem sehr kleinen Kreis sogar, um die Abwesenheit der Brautmutter halbwegs plausibel erklären zu können.

Zehntes Kapitel

Elsie machte sich schwere Vorwürfe. Sie hatte ihre Kinder verlassen, um unabhängig zu sein, aber ihren Kindern war das gar nicht recht gewesen. Sie wollten ihre Mutter umsorgen und hatten sich wie Krieger um sie geschart – nun, vielleicht nicht gerade wie Krieger, aber auf jeden Fall geschart. Und nun ging ihren liebevollen Sprößlingen selbst alles schief, und das nur, weil sie ihr nach Dooneen gefolgt waren. Dina hatte sich mit Eric verkracht, und ihre gezwungene Fröhlichkeit mitanzusehen war einfach qualvoll. James' Frau hatte Konrad Radokov kennengelernt und sich von ihm einwickeln lassen, und ihr Nesthäkchen war sich, wenn Elsie nicht alles täuschte, ihrer Gefühle George Dundon gegenüber neuerdings nicht mehr ganz so sicher. Eine ziemlich erschreckende Bilanz! Elsie entschloß sich, mit Cucullan einen langen Spaziergang zu machen, um ihre trüben Gedanken zu vertreiben.

Sie waren noch nicht weit gekommen, als sie zu ihrer Freude Dr. McDermott sah, der gerade aus dem Haus eines Patienten trat. Die Freude schien auf Gegenseitigkeit zu beruhen. Er lächelte Elsie an, streichelte Cucullan und bewies dann, daß er nicht nur ein guter Arzt, sondern auch ein ausgezeichneter Psychologe war: »Was ist los?« fragte er.

Die Begegnung mit Owen hatte Elsie in eine so vollkommene Welt versetzt, daß sie ganz erstaunt antwortete: »Nichts!« Aber dann fiel ihr sofort wieder die harte Wirklichkeit ein, und sie fügte hinzu: »Ach Gott, eine Menge!«

»Dacht' ich mir's doch! Sie machen ja einen ganz bekümmerten Eindruck.«

Er setzte Elsie und Cucullan in seinen Wagen. »Waren Sie als Kind je auf der Insel Inishgower? Nein? Also gut, kommen Sie! Eine Seereise ist die beste Kur gegen Sorgen. Ich habe den Nachmittag frei und war schon auf dem Weg ins Hotel, um Sie zu entführen. Gestern abend habe ich mein Boot frisch gestrichen und den Motor flottgemacht, und nun fehlt mir nur noch die Besatzung.«

Sein kleines Ruderboot mit Außenbordmotor lag an der Mole, und auf den Sitzen prunkten neue Kissen. Mit Owen zusammen wäre Elsie bereit gewesen, in einer Sitzbadewanne um Kap Horn zu segeln, aber sie mußte auf Cucullan Rücksicht nehmen. Cucullan hatte die Überfahrt nach Irland gar nicht gemocht, aber bis nach Inishgower waren es schließlich nur sieben Meilen. Die Sonne schien, am blauen Himmel zogen hie und da große weiße Wolken vorbei, die tiefblaue See hatte kleine weiße Schaumkronen. Owen nahm ihre Befürchtungen wegen Cucullan auf die leichte Schulter. Natürlich hätte er sich in der muffigen Kabine nicht wohl gefühlt, aber jeder, der sich mit Hunden auskenne, könne sehen, daß Cucullan das Talent zu einem See-Hund habe.

Ein in der Nähe stehender Fischer bemerkte, daß die Dame vielleicht mehr an den Magen des kleinen Hundes dachte als an seine see-hündischen Qualitäten, und erkundigte sich dann höchst feinfühlig und auf Umwegen, wie es denn um ihren eigenen bestellt sei. Elsie sagte, der wäre in Ordnung, woraufhin der Fischer beruhigt grinste. Dann warf er einen Kennerblick auf Meer und Himmel und nickte Owen ermunternd zu.

»Für zartbesaitete Passagiere, Doktor, is dieser Wellengang nich das richtige, aber sonst isses 'n schöner Tag für'n Ausflug. Der Wind kommt aus Südwest, aber stärker wird der nich – eher schwächer, wenn Sie mich fragen. Der lütte Pott schafft das schon, wenn der Motor nich streikt.« Er warf einen Blick auf die Ruder, die Owen ins Boote legte, und grinste: »Wer weiß, vielleicht wird aus dem seefesten Hündchen noch ein flotter Ruderer. Na, denn gute Fahrt!«

Cucullan ließ sich lammfromm von Owen die Stufen hinuntertragen und in den Bug setzen. Elsie setzte sich in die Mitte, und Owen ergriff das Steuer. So stachen sie, von den Ahoi-Rufen des Fischers begleitet, in See, und Elsies Sorgen wurden, wie Owen vorausgesagt hatte, von der Brise davongeweht. Der Motor tukkerte emsig, das Wasser glitzerte blausilbern in der Sonne, und die aufschäumende Gischt flimmerte wie ein Sprühregen von winzigen Diamanten. Owen hatte auch mit Cucullan recht behalten. Er saß am Bug wie eine Galionsfigur und bellte jede Möwe, die ihm zu nahe kam, wichtigtuerisch an.

Sie näherten sich Inishgower. Die Insel war unbewohnt, und die Ziegenherden, von denen sie den Namen hatte, waren längst verschwunden. Aber dafür gäbe es für Cucullan eine Menge Kaninchen zu jagen, meinte Owen, und Elsie könne sich die interessanten Ruinen einer mittelalterlichen Eremitenkapelle ansehen, und ein Wunschbrunnen existiere auch. Plötzlich schlugen ein paar Wellen über den Bootsrand, Cucullan schüttelte sich indigniert, drehte sich um und sah Elsie vorwurfsvoll an. Owen holte Ölmäntel unter dem Sitz hervor. Elsie legte sich einen um und zog ihn fröstelnd enger um die Schultern, als eine große – diesmal dunkelgraue und nicht weiße – Wolke die Sonne verdeckte. Von dem klaren blauen Himmel war nicht mehr viel übriggeblieben.

»Vielleicht wären Sorgen einer Lungenentzündung vorzuziehen gewesen.« Owens Stimme klang etwas beunruhigt.

»Ich erkälte mich nie.« Rechts und links von ihnen stiegen zwei riesige schieferfarbene Wogen hoch, dann wurden sie auf den Kamm der nächsten gehoben, und eine Sekunde lang sahen sie Inishgower vor sich, doch gleich darauf stürzten sie wieder in ein tiefes Wellental. Cucullan hatte längst aufgehört, Galionsfigur zu spielen, er war jetzt nichts als ein verärgerter, nasser Hund, der zitternd auf dem Boden des Bootes lag. »Der Fischer scheint sich von den üblichen Wettervorhersagern nicht viel zu unterscheiden. Sein Südwestwind denkt gar nicht daran, sich zu legen.«

»Nein, weil er sich nach Nordost gedreht hat. Und das konnte der arme Mann nicht voraussehen; es geschieht ganz selten, Gott sei Dank! Aber wenn es geschieht ...«, das Boot sackte wieder ab, »... passiert genau das! Tut mir leid, aber die letzte Strecke wird verdammt ungemütlich sein.«

»Oh, das macht mir nichts aus«, beruhigte Elsie ihn, weil sie wirklich nie seekrank wurde, und daß ihr mit Owen nichts zustoßen konnte, war ihr vollkommen klar. Sie setzte sich auch auf den Boden des Bootes, damit Owen wirklich sicher sein konnte, daß sie nicht über Bord fiel, kümmerte sich um Cucullan und wartete, bis Owen sie nach Inishgower brachte.

Sie merkte erst an seinem äußerst geschickten Landungsmanöver, daß sie mit jedem anderen wahrscheinlich verloren gewesen wäre. Er nützte eine riesige Sturzwelle aus, um das Boot an der einzigen Stelle, wo Schilf wuchs, aufzusetzen – ringsherum starrten nur steile, zackige Felsen. Er beförderte Elsie, die Cucullan festhielt, mit einem kraftvollen Schwung an Land, sprang selbst hinterher und zog sie blitzschnell von der zurückströmenden Welle fort, die das Boot entführte, bevor er es halten konnte. Sie stiegen eine Reihe von Felsstufen hinauf und ruhten sich schließlich auf einem Stück weichem Torf aus. Dann brach die Sonne erfreulicherweise wieder durch.

»Also, ertrunken sind wir ja zum Glück nicht«, lachte Owen, »aber dafür sitzen wir im wahrsten Sinne des Wortes auf dem Trockenen.« Die See war jetzt ganz außer Rand und Band geraten, sie warf turmhohe Wellen, die dröhnend an die Felsen schlugen. »Man wird uns sicher holen kommen, aber ich fürchte, sie werden noch eine Weile warten müssen, bis es etwas ruhiger wird.«

Elsie war es ganz gleichgültig, wie lange es dauerte, bis das Meer sich beruhigte. Der Gedanke, daß sie Owen vielleicht mehrere Stunden lang für sich allein haben würde, war einfach herrlich. Dann sah sie einen Augenblick lang das Boot, das hilflos auf den aufgepeitschten Wellen hin- und herschaukelte, und begriff, wie egoistisch dieser Gedanke war. Sie hatte vollkommen ihre unglücklichen Kinder vergessen, die jetzt vielleicht schon fürchteten, Vollwaisen zu sein. »O Gott!« stöhnte sie.

»Ich verdiene alle Vorwürfe, die Sie noblerweise nicht aussprechen.«

»Es macht mir nicht das geringste aus, daß wir hier gestrandet sind«, versicherte Elsie ihm wahrheitsgetreu. »Ich hab' nur Angst, daß meine Familie sich Sorgen um mich macht. Übrigens, als wir uns vorhin trafen, dachte ich gerade über sie nach.« Das gekenterte Boot schaukelte verlassen auf den Wellen, schien aber heimtückischerweise Kurs auf Dooneen zu nehmen, als ob es absichtlich ihre Kinder in Aufregung versetzen wollte. »Ich hab' ihnen letzthin viel Ärger gemacht, und jetzt werden sie ganz außer sich sein!« Owen meinte, er könne sich schlecht vorstellen, daß sie überhaupt irgend jemand Ärger bereiten könne, noch nicht mal aus Versehen. Elsie seufzte: »Ach, leider doch! Es fing damit an, daß ich auf eigenen Füßen stehen und nicht länger von ihnen abhängig sein wollte.« Und dann schüttete sie Owen ihr Herz aus, so, wie jede Frau es getan hätte, die mit dem Mann ihrer Träume von der Welt abgeschnitten auf einer einsamen Insel sitzt. Als sie fast zu Ende war, brach Owen in ein schallendes Gelächter aus und schloß sie in seine Arme.

»Wie konnte ich nur all diese Jahre ohne dich leben? Sag mir sofort, mein Liebling, daß du mich heiraten wirst!«

Den meisten Frauen hätte es die Sprache verschlagen, wenn ihre reumütige Beichte durch einen Heiratsantrag unterbrochen worden wäre, aber Elsie brachte es fertig, ohne Zögern zu sagen: »Natürlich heirate ich dich.«

Cucullan tauchte plötzlich aus dem Unterholz auf, wo er zwar passioniert, aber vergeblich nach Kaninchen gejagt hatte; er setzte sich vor die beiden hin und blickte sie fragend an.

Nach einiger Zeit hatten sie sich wieder so weit in der Hand, daß sie halbwegs vernünftig miteinander reden konnten. Elsie erfuhr, warum ein so begehrenswerter Mann wie Owen unverständlicherweise noch frei war. Ein junges Mädchen, das er vor

Jahren geliebt hatte, war früh an Leukämie gestorben. »Da ich kein Heiliger bin, habe ich ihr mein Herz nicht für ewig mit ins Grab gelegt. Ich war ein paarmal sehr in andere Mädchen verliebt, aber meine Gefühle gingen nie tief genug, um für eine Heirat zu langen. – Bis du erschienst!«

Er sagte sanft: »Sie war ein sehr liebes Mädchen, aber die Zeit deckt vieles zu, und dem Mann, den du jetzt vor dir siehst, kommt es so vor, als ob er immer nur eine Frau geliebt hat und immer nur eine lieben kann, und das bist du, mein Liebling.« Elsie wußte, daß keiner für den anderen bloßer Ersatz für Verlorenes war, sondern daß sie wirklich zueinander gehörten; trotzdem stieß sie einen kleinen Seufzer aus, als eine Art Tribut an den trauernden jungen Mann, an das tote liebe Mädchen, das um Jahre des Glücks gebracht worden war, und an den teuren Mr. Brown. Sie erzählte Owen alles über den guten, lieben Mr. Brown, und dann beschlossen beide vernünftigerweise, die Vergangenheit ruhen zu lassen und sich statt dessen auf die Gegenwart und die Zukunft zu konzentrieren.

Elsie sagte, sie würde ihrer Familie lieber noch nichts von ihren Heiratsplänen erzählen, und Owen meinte, da könne er sich nicht einmischen, aber ihren eigenen Worten nach zu urteilen, würden die Kinder erleichtert aufatmen, wenn jemand ihnen die Verantwortung für die Mutter abnähme. Woraufhin Elsie sagte, ja, eigentlich sollte man das denken, aber nichts sei schwieriger, als sich bei ihrer Familie auszukennen. Rein gefühlsmäßig erschiene es ihr klüger, ihnen die Sache vorsichtig beizubringen. Owen gab zu, Mütter hätten da sicher einen sechsten Sinn, und was ihn beträfe, so würde er versuchen, sich in der Zwischenzeit bei den Kindern beliebt zu machen, damit sie sähen, was für einen fabelhaften Stiefvater sie bekämen.

Dann sprachen sie über Owens Schwester. Harriet müsse von der Verlobung sofort erfahren, weil sie Zeit brauche, sich ihr Leben anderswo neu einzurichten. Zu Elsies großer Erleichterung bestätigte Owen ihre Überzeugung, daß es zwischen ihm und ihr nie Unaufrichtigkeiten geben würde, indem er nicht vorgab, daß Harriet die Verlobung auch nur in irgendeiner Weise begrüßen würde. Aber wenn sie den ersten Schock überwunden hätte, würde sie sich mit ihrem neuen Leben schon abfinden, meinte Owen. Sie gehöre zu den Menschen, die sich selbst genügen, und finanziell sei sie sichergestellt.

Obwohl Harriet sie so kalt und herablassend behandelt hatte, empfand Elsie doch Gewissensbisse darüber, daß sie eine andere

Frau aus dem eigenen Haus verdrängte: »Harriet ist sicher wahnsinnig tüchtig. Ich muß dich warnen, ich bin alles andere als das. Ich kann mir keine unpassendere Frau für einen vielbeschäftigten Arzt denken als mich.«

»Wahrscheinlich hast du recht«, gab Owen unumwunden zu, »aber gerade diese unpassende Frau will ich nun mal haben.«

Die weitere Unterhaltung zwischen diesen beiden ausgewachsenen Menschen kann von jedem vernünftigen Leser nur als albern und langweilig empfunden werden, doch sie zog sich endlos hin und wurde erst vom Fallen schwerer Regentropfen unterbrochen. Die Wolken hingen tief am Himmel, und die See war stürmischer denn je. Cucullan, der sich schon vor einiger Zeit wieder davongemacht hatte, um weiter bellend und aufgeregt jaulend auf die für ihn viel zu gewitzten Kaninchen Jagd zu machen, wurde herbeigepfiffen, und alle drei gingen zur Eremitenkapelle. Sie war aus Stein, und ein großer Teil des Daches war noch vorhanden. Sie sammelten Laub und bauten sich ein verhältnismäßig bequemes Lager in der trockensten Ecke, noch bevor der Regen zum Guß wurde. Cucullan drängelte sich entschlossen zwischen sie und rollte sich zufrieden an der einzigen Stelle zusammen, wo ihn auch wirklich kein Tröpfchen erreichen konnte. Owen wühlte in den Taschen seines Ölmantels und brachte eine Tafel alter Schokolade zum Vorschein.

»Sie schmeckt wahrscheinlich muffig und salzig, aber wenigstens brauchen wir nicht den armen Cucullan zu verspeisen.« Er brach die Schokolade in drei Teile. Daß er es selbstverständlich fand, auch die spärlichsten Vorräte mit dem Hund zu teilen, rührte Elsie zutiefst. »Ich hoffe, du magst Schokolade, Liebling?«

»Nur wenn sie muffig und salzig ist. Und Wasser können wir uns aus dem Wunschbrunnen holen. Das nenne ich wirklich Schiffbruch mit allem Komfort.«

»Ja, ich versuche immer, allem, was ich tue, eine gewisse elegante Note zu verleihen. Du hast sogar noch einen Wunsch frei, wenn du zum Brunnen gehst.«

Elsie zog die Beine an, weil der Regen jetzt anfing, durchs Dach zu tropfen, biß in die Schokolade, die aussah, als stamme sie noch aus den Eremitenbeständen – und auch dementsprechend schmeckte –, nieste und sagte strahlend: »Ich bin wunschlos glücklich.«

Auf dem Festland hatte man sofort nach Ausbruch des Sturms Alarm geschlagen. Aber erst jetzt sichteten viele besorgte Augen durch den dicken Regenvorhang die Umrisse des Bootes, das von den Wellen in den kleinen Hafen getragen wurde. Der Fischer, der den Anfang des unseligen Ausfluges miterlebt hatte, blickte durch Fergus' Feldstecher und verkündete schließlich, daß das Boot gekentert sei. Ein Stöhnen ging durch die Menge. Jill klammerte sich an Fergus statt an George, der auf ihrer anderen Seite stand. Fergus meinte kritisch: »Ein Bursche, der sein Boot nicht anständig vertäuen kann, verdient nicht, es auf so bequeme Art zurückzubekommen.«

Jills Finger gruben sich in seinen Arm. »Woher wissen Sie, daß die drei auf Inishgower gelandet sind?«

»So wie ich die kenne, gibt's da gar keinen Zweifel. Ihre Mutter kriegt so leicht keiner unter die Erde, und Cucullan gehört auch nicht zu der Sorte, die man schnell los wird. Wenn ich's mir genau überlege«, fuhr Fergus bewundernd fort, »dann sind die beiden wirklich ein Geschenk Gottes für jeden Reporter!«

»Ach Sie ... Sie Scheusal!« Jill wandte sich reichlich verspätet demjenigen zu, an den sie sich von Anfang an hätte halten sollen. George streichelte ihre Hand. »Wir dürfen die Hoffnung noch nicht aufgeben, Liebling.« Unerklärlicherweise hatten die Worte des Scheusals sie weit mehr beruhigt.

Im stillen fragte sich George, wann er ihr wohl, ohne herzlos zu wirken, vorschlagen könnte, ins Hotel zurückzugehen; das Wetter war wirklich scheußlich. Und erst diese Mrs. Brown! Ihn von seiner Weiterreise nach New York abzuhalten mit ihrem verantwortungslosen Benehmen. Wahrscheinlich lag sie mit ihrem Galan längst auf dem Meeresboden (und was war das überhaupt für ein Arzt, der sich mit einem Barmädchen einließ?). Das Ganze war wieder einmal typisch für diese Frau. Immer mußte sie öffentlich Anstoß erregen.

Dina starrte wie blind auf das gekenterte Boot, sie haßte Eric und sehnte ihn herbei.

James fühlte sich zwanzig Jahre zurückversetzt, als er zehn schreckliche Minuten lang seine Mutter in einem Warenhaus verloren hatte. Er hatte sich auf den Boden gesetzt und geweint, bis man sie durch den Lautsprecher gefunden hatte. Aber würde man sie auch jetzt finden? Sie konnte doch nicht ertrunken sein? Die Einwohner erklärten ihm bedauernd, daß es sogar für erfahrene Seeleute unmöglich wäre, momentan in einem Dooneener Boot aufs Meer hinauszufahren. James fiel es schwer, sich daran zu erinnern, daß er nicht mehr vier Jahre alt war. Aber dann kam die Nachricht, daß das Rettungsboot aus Dunmore East telefonisch herbeigeholt worden sei und sich auf dem Weg nach Inishgower befände. James Brown nahm sich zusammen und – wieder ganz der besonnene Mann von vierundzwanzig – teilte seinen Schwestern mit, daß es keinen Sinn hätte, länger im Regen herumzustehen, und es viel klüger wäre, im Hotel zu warten, bis das Rettungsboot mit ihrer Mutter zurückkäme. Als sie sich auf den Weg machten, überholten sie Miß Harriet McDermott, die kurz im Hafen gewesen war und jetzt auch so vernünftig war, nach Hause zu gehen. Ein kurzer Wortwechsel zwischen den Beteiligten war unvermeidlich. James, der Mann der Familie, dem es zukam, das schwächere Geschlecht zu ermutigen, sagte: »Bestimmt werden wir bald gute Nachrichten haben.« Miß McDermott zog die Augenbrauen hoch. Man konnte an ihr nicht das geringste Zeichen von Schwäche bemerken.

»Mein Bruder ist zweifellos dazu überredet worden, an einem solchen Tag eine Bootsfahrt zu unternehmen.«

Dinas Augenbrauen hoben sich noch höher. Sie lachte kurz auf.

»Wie komisch, daß Sie das sagen. Wir haben genau dasselbe gedacht. Mammi haßt nämlich Bootsfahrten.«

»Ach wirklich?« bemerkte Miß McDermott spitz. »Ich würde sagen, das hängt von den Umständen ab.«

Am nächsten Morgen, als Eric Horten sich in seinem möblierten Zimmer zum Frühstück setzte, hegte er ähnliche Gefühle für Elsie Brown wie Harriet McDermott am Vorabend. Mürrisch starrte er auf die geronnenen Spiegeleier und die zusammengefaltete Zeitung – er hatte weder Lust zum Essen noch zum Lesen. Und das ging nun schon tagelang so, seit Dina ihn verlassen hatte! Und zwar ganz ohne Grund, denn was hatte er schon wirklich Abfälliges über ihre Mutter gesagt? Er mochte sie ja sehr gerne. Verflucht noch mal! Wenn die Verlobung Dina so wenig bedeutete, dann war dieses Ende mit Schrecken vielleicht wirklich die beste Lösung! Dina war wahnsinnig ungerecht gegen ihn gewesen, und er würde bestimmt nicht den ersten Schritt zur Versöhnung tun. Am besten, er ginge heute zum Juwelier, um zu fragen, ob er den verdammten Ring zurücknähme. Er schob die unappetitlichen Eier angeekelt beiseite, nahm die Zeitung und fuhr erschreckt hoch.

DER BERÜCHTIGTE ENGLISCHFEINDLICHE HUND, DER VOR EINIGER ZEIT EINEN BRITISCHEN MINISTER BISS, ERLEIDET MIT SEINER BESITZERIN SCHIFFBRUCH IN DER BUCHT VON DOONEEN.

Während das Rettungsboot in der stürmischen Nacht vergeblich versucht hatte, an die Felseninsel heranzukommen, war Fergus nicht nur sehr beschäftigt gewesen, sondern auch äußerst zufrieden mit dem Resultat seiner Bemühungen; der Artikel war das Glanzstück seiner bisherigen Karriere. Tiere waren an sich schon unschätzbar für jede gefühlvolle Reportage, aber über einen schiffbrüchigen Hund zu verfügen, der vorher einen britischen Minister gebissen hatte, war einfach Spitzenklasse. Fergus' Begeisterung kannte keine Grenzen.

In der öden Einsamkeit von Inishgower, las Eric, die Augen fielen ihm fast aus dem Kopf, den Rest überflog er nur, *ohne Nahrung, ohne Schutz vor dem wütenden Sturm ... sind gesichtet worden, aber können nicht gerettet werden ... sein treues Hundeherz ...* angewidert von der letzten Zeile schob Eric seine Setzeier noch weiter von sich ... *und die Frage, die sich jeder stellt ... wie lange werden sie noch durchhalten können?*

Natürlich nahm weder Fergus noch irgend jemand sonst, der Elsie kannte, diese Frage auch nur einen Moment lang ernst. Sie alle wußten, daß Elsie bis zum äußersten durchhalten würde und daß jeder, der bei ihr war, gar keine andere Wahl hatte, als das gleiche zu tun. Erics Wut war wie fortgeblasen, er murmelte laut: »Es ist nicht zu fassen, so eine nette Frau, aber wo sie auch hinkommt – gleich ist der Teufel los!« Und dann sah er plötzlich seine kleine weichherzige Dina vor sich, der die Tränen das bleiche Gesicht nur so herunterliefen. Er seufzte und sprang auf.

Als er drei Stunden später auf dem Dubliner Flughafen landete, prangten Fergus' Schlagzeilen schon wieder auf der ersten Seite der Abendzeitungen, um ihn ja auf dem laufenden zu halten.

STÜRMISCHE SEE UND DICHTER NEBEL ISOLIEREN DIE SCHIFFBRÜCHIGEN! KANN EIN HUBSCHRAUBER DIE VERZWEIFELTEN NOCH RETTEN?

Elftes Kapitel

Der Flug mit dem Hubschrauber über die sieben Meilen stürmischer See nach dem Festland war für Elsie Brown ein aufregendes Abenteuer, und nur der Gedanke an ihre Familie setzte ihrer Freude einen kleinen Dämpfer auf. Natürlich würden sie selig sein, ihre Mutter, egal auf welche Weise, zurückzubekommen, daran gab es keinen Zweifel; andererseits war jedoch ein Hubschrauber, obwohl unvermeidlich unter den gegebenen Umständen, doch ein reichlich auffallendes Transportmittel und paßte ein wenig zu gut zu ihrem extravaganten Benehmen in der letzten Zeit.

Das Schicksal schien aber auch alles, was sie tat, an die große Glocke hängen zu wollen.

Auf der Insel hatte Elsie alle Sorgen um ihre Familie möglichst weit von sich geschoben, besonders seit der Nacht, wo Cucullan sich mal wieder als echter Wachhund erwiesen und trotz des brüllenden Sturms die Sirene des Rettungsbootes gehört hatte. Er war mit gespitzten Ohren und im gestreckten Galopp aus der Kapelle auf einen Felsen gerast, von dessen äußerem Rand er herausfordernd bellend die abgerissenen Rufe, die aus der Dunkelheit kamen, und die aufzuckenden Lichtsignale beantwortet hatte. Elsie und Owen waren ihm nachgeeilt, und jedesmal, wenn die hektischen Scheinwerferlichter sie einfingen, begannen sie, wild zu gestikulieren, damit man wenigstens wüßte, daß sie heil und unversehrt waren.

»Zumindest wissen sie, wo wir sind; das ist aber leider auch alles«, sagte Owen. »Sie können uns unmöglich jetzt holen, mein armer, verhungerter, durchnäßter Schatz.«

Aber Elsie war äußerst vergnügt. Der einzige Schatten, der auf ihrem Inselglück gelegen hatte, war nun beseitigt. Sie meinte: »Sie wissen jetzt, daß wir gesund und unbeschädigt sind, und alles andere ist völlig unwichtig.« Das Rettungsboot umkreiste noch ein paarmal Inishgower und drehte dann mit einigen ermutigenden Sirenentönen ab, um dem Festland die gute Nachricht zu bringen.

Morgens erwachte Elsie aus schönen Träumen zu einer noch schöneren Wirklichkeit. Cucullan, der zwischen ihr und Owen geschlafen hatte, schüttelte sich energisch, und dadurch wurde sie munter. Ein dicker weißer Nebel umgab sie und beschränkte die Sicht, aber das Donnern der Wellen war eine Warnung, daß die See sich noch keineswegs beruhigt hatte. Cucullan stieg vorsichtig über Elsie hinweg und ging zielstrebig auf einen Strauch zu, mit dem er in Ermangelung eines Baumes vorliebnahm. Owen stützte sich auf seinen Ellenbogen und sagte: »Guten Morgen, Liebling!« Elsie erwiderte: »Guten Morgen, Liebling!« Sie starrten sich begeistert an. »Jetzt wissen wir wenigstens auch, wie wir vor dem Frühstück aussehen«, meinte Owen, »– ein wichtiger Prüfstein für die Zukunft.« – »Ja, ich seh' sicher genauso verknautscht aus wie du, aber es scheint uns ja beide nicht sonderlich zu stören. Und was möchtest du heute morgen zum Frühstück?«

»Oh, das übliche! Brombeeren, Hagebutten, vielleicht ein paar nette Immergrüns.«

Das Gefühl, ein Abenteuer zu erleben, verbunden mit der möglichen Verleihung eines Pfadfinderordens, hätte vielleicht zwei Jungen geholfen, die nächsten Stunden auf der nebelumhüllten Insel mit einiger Haltung zu überstehen, aber nur Liebe kann imstande sein, zwei normale Erwachsene so weit zu bringen, daß sie fast die ganze Zeit über lachen und Blödsinn treiben. Und als die Sonne endlich durchbrach und den Nebel vertrieb und sie den Hubschrauber sahen, der die Insel anflog, lag in den Blicken, die sie tauschten, nicht nur Erleichterung, sondern auch ein gewisses Bedauern.

»Sehr bald hätte allerdings mein Magen rebelliert«, lachte Owen. »Aber einen Gefallen mußt du mir tun, mein Schatz, setz mir bitte nie und nimmer Brombeerkuchen vor.«

Elsie meinte nachdenklich: »Ich glaube, eins wissen wir jetzt: Auch wenn der Porridge Klümpchen hat oder ein Knopf am Hemd fehlt oder der elektrische Kessel durchbrennt oder was immer sonst noch im Haushalt dauernd schiefgehen kann – zu einem Ehekrach wird es nicht kommen, und das ist furchtbar wichtig. Andrerseits besteht natürlich die Gefahr, daß wir uns für den Rest unseres Lebens anschweigen werden, weil wir uns schon alles erzählt haben, was meinst du?«

Um Owens Mund spielte ein Lächeln: »So wie ich dich kenne, wird das wohl kaum der Fall sein. Du wirst schon dafür sorgen, daß es genug Gesprächsstoff gibt. Deine Familie hat sich schließlich auch nicht über Langeweile zu beklagen gehabt.«

Elsie war nicht ganz sicher, was er damit sagen wollte, aber sie mußten schleunigst zum Hubschrauber, der jetzt ganz niedrig flog und nach einem passenden Landeplatz suchte. Cucullan hatte ihn noch vor den beiden erreicht. Er war den ganzen Tag über verständlicherweise sehr mürrisch gewesen. Schließlich hatten ihn weder Liebe noch Brombeeren gestärkt, und zu allem Überfluß war er von frechen, dicken Kaninchen gefoppt worden. Er gab seiner Verachtung für die beiden rücksichtslosen Menschenwesen, die ihn in eine so mißliche Lage gebracht und nichts getan hatten, um ihn aus dieser zu befrcien, offen Ausdruck. Jetzt musterte er kurz, ohne ein einziges Mal zu bellen, den Piloten, der aus der Maschine stieg, und nachdem er sich davon überzeugt hatte, daß dieser keine Gefahr für seine egoistischen Schützlinge darstellte, begrüßte er ihn ausgiebig und erlaubte, daß man ihm als erstem beim Einsteigen half.

Als sie in den blauen Himmel stiegen und Elsie herunterschaute, um einen letzten liebevollen Abschiedsblick auf das kleine Inselchen zu werfen, dachte sie, wie passend es doch sei, dieses Juwel inmitten der sonnengesprenkelten See auf den Flügeln der Liebe – nur für den Pedanten: auf den Propellern der Liebe – zu verlassen. Sie nahmen sofort Kurs auf Dooneen. Owen unterhielt sich mit dem Piloten, und sie entnahm dem Gespräch, daß es sich um einen Militärhubschrauber handelte, was hieß, daß eine militärische Operation nötig gewesen war, um sie zu befreien. Je näher sie der Küste kam, wo ihre Familie auf sie wartete, desto mehr machten ihre romantischen Ideen der harten Wirklichkeit Platz. Sie ahnte schon, was man ihr bald vorhalten würde: daß das Leben ernst sei und ernst genommen werden wolle.

Als sie über den Dooneener Hafen kreisten, sah sie, daß er schwarz von Menschen war, die zu ihnen heraufwinkten. Die ganze Stadt schien voll von winkenden Menschen zu sein, als ob ihre zweitausend Einwohner sich wie die Brote und Fische vermehrt hätten. Alle waren zusammengeströmt, um die Schiffbrüchigen willkommen zu heißen. Natürlich war das sehr nett von ihnen, aber bei dem Gedanken an ihre publicityscheue Familie schloß sie angstvoll die Augen. Als sie sie wieder aufmachte, landete der Hubschrauber gerade auf dem Rasen vor dem »Dooneener Hof« inmitten einer riesigen Menschenmenge. Dann sah sie die Fernsehkameras und wußte, daß sie ihrer Familie nichts Schlimmeres hätte antun können. Aber erst mal stürzten James, Dina und Jill auf sie zu und umarmten sie so stürmisch, als ob sie von den Toten auferstanden wäre. Zum Ausschimpfen blieb ihnen Gott sei Dank keine Zeit, denn noch bevor sie überhaupt zu einer Strafpredigt ansetzen konnten, wurde Elsie fortgerissen und neben Owen und Cucullan gestellt. Owen flüsterte resigniert: »Wir können das Ganze nur grinsend über uns ergehen lassen.« Cucullan knurrte wütend; die Kameraleute hatten offenbar seine tiefe Abneigung erregt. Sie fütterten ihn aber klugerweise gleich mit Fleischstückchen und lobten ihn so ausgiebig, daß er zum Schluß vor Stolz fast platzte. Er erwies sich auch als geborene Fernseh-Persönlichkeit, aber schließlich brauchte er nur fotogen zu sein, was ihm natürlich keine Schwierigkeiten bereitete. Owen und ihr dagegen wurden Fragen gestellt, die derart blöd waren, daß man nur ganz idiotische Antworten darauf geben konnte.

»Es erfordert doch sicher großes seemännisches Geschick, auf Inishgower festzumachen, Dr. McDermott. Wenn man bedenkt, daß es sogar dem Rettungsboot mißlungen ist anzulegen?«

»Zu dem Zeitpunkt war die See viel stürmischer. Aber bei schlechtem Wetter kann sowieso nur ein kleines Ruderboot wie das meinige in Inishgower vor Anker gehen. Es gibt zu viele Felsen. Abgesehen davon kenne ich jeden Winkel der kleinen Insel.« Owen lächelte gezwungen. »Ich kann nicht sagen, daß ich es vorgezogen hätte, wie ein mutiger Kapitän mit meinem Schiff unterzugehen, aber daß es mir fortgeschwommen ist, trifft mich tief in meiner Seemannsehre.«

»Könnte auch einem Admiral passieren, Doktor. Sie hatten Glück, daß Sie die Insel überhaupt erreicht haben. Hatten Sie große Angst, Mrs. Brown, vermutlich vor allem Hunger?« und so weiter und so fort.

»Wir hatten etwas Schokolade«, sagte Elsie. »Und ...«, statt Cucullan fing jetzt ihr *Magen* an zu knurren, »Brombeeren, aber der Hund hat wahre Tantalusqualen gelitten. Inishgower ist voll von Kaninchen, aber seine Nahrung war immer um eins schneller als er!« Cucullan blickte sie kalt an. »Aber schließlich ist er kein Jagdhund, sondern ein Wachhund.«

Die Kameras richteten sich auf Cucullan und sie selbst.

»Bitte, das Ganze noch einmal, Mrs. Brown, ja, so, und wenn Sie jetzt noch den kleinen Hund beim Sprechen streicheln könnten. Vielen Dank! Wäre es möglich, daß er ins Mikrofon bellt? So, da haben wir's. Braver Hund!«

Es waren nette junge Leute und anscheinend leicht zufriedenzustellen. Sie machten ihr Komplimente über alles, was sie sagte, und einiges mußte sie mehrmals wiederholen. Allmählich fing sie an, sich wie ein drittklassiges Starlet bei einer Probeaufnahme zu fühlen. Cucullan dagegen war nicht so bescheiden, wahrscheinlich fühlte er sich wie Rin-Tin-Tin oder Lassie oder wer immer der Hundestar im Moment war.

Einige Journalisten waren auch zugegen, darunter Jills junger Reporterfreund, aber mit denen fertig zu werden war nach dem Fernsehen ein Kinderspiel. Zum Schluß verabschiedete sich Owen sehr formell von ihr und ging nach Hause zu Harriet. So eine Schwester gab's sobald nicht wieder! Sie hatte es noch nicht mal für nötig befunden, ihren Bruder zu begrüßen. Wahrscheinlich war sie überhaupt die einzige Person in Dooneen, die zu Hause geblieben war. In gewisser Weise war Elsie ihr direkt dankbar für ihr mieses Verhalten, weil sie sich jetzt keine Vorwürfe mehr machte, daß sie ihr Owen fortnahm. Sie wandte sich an ihre Familie und sah plötzlich Dinas Ex-Bräutigam. Sie stellte zu ihrer Überraschung und Freude fest, daß er in keiner Weise mehr nach einem Ex aussah. Er und Dina hielten sich bei den Händen.

Dina konnte nicht umhin, Mammis erstaunten Blick zu bemerken, wobei ihr wieder all der Blödsinn einfiel, den sie über ihren geliebten Eric, diese Verkörperung von Treue und Verständnis, von Stärke und innerem Anstand, gesagt hatte. Dieses Prachtstück von einem Mann – sie würde nie einen anderen lieben können – war an diesem Nachmittag wie vom Himmel gesandt in Dooneen erschienen. Bei seinem Anblick war ihr ganzer Ärger verflogen, sie hatte sich in seine Arme gestürzt und gesagt: »Ich wußte, du würdest kommen!« – »Natürlich, mein Liebling!« hatte er gemurmelt und sie ganz fest gehalten, »natürlich wußtest du das!«

»Armer Eric! Sicher hast du dir entsetzliche Vorwürfe gemacht, als du das mit Mammi erfahren hast.«

»Ich mir Vorwürfe gemacht?« fragte Eric erstaunt, aber er faßte sich schnell und bestätigte: »O ja, gewiß doch.« Dina lächelte mitfühlend.

»Diesmal trifft Mammi wenigstens keine Schuld.«

»Ein seltener Fall ... ich meine, selbstverständlich ist sie völlig schuldlos.«

»Natürlich könnte man sagen«, räumte Dina großzügig ein, »daß es besser gewesen wäre, sie hätte diesen Ausflug nicht gemacht, aber es war schrecklich leichtsinnig von dem Arzt, sie zu einer Bootsfahrt zu überreden, wo er offensichtlich keine Ahnung hat, wie man mit Booten umgeht.«

»Deine Mutter ist einfach das unglückliche Opfer widriger Umstände, wie so oft.«

Dina seufzte.

»Sie macht aber in letzter Zeit gar keinen unglücklichen Eindruck!«

»Wir müssen irgendeinen Talisman oder ein vierblättriges Kleeblatt für sie finden. Am besten, wir fänden gleich mehrere, um sie an all die zu verteilen, die mit ihr zu tun haben. Pscht, reg dich nicht auf!« beruhigte Eric sie hastig. »Ich wollte dich ja nur zum Lachen bringen, Liebling. Man lacht, um nicht zu weinen, verstehst du?«

»Ja, ich weiß«, sagte Dina voller Reue, weil sie ihren Geliebten fast wieder mißverstanden hätte, aber auch, weil sie nicht das Herz gehabt hätte, gleich wieder mit ihm zu schimpfen. Während der darauffolgenden quälend langen Wartezeit schoß er noch einige Male mit seinen Scherzen etwas übers Ziel hinaus, aber diese kleinen Entgleisungen fielen gar nicht ins Gewicht, verglichen mit der Tatsache, daß er gekommen war, um ihr in diesen schrecklichen Stunden beizustehen.

Jetzt flüsterte Dina ihrer Mutter hastig und beschämt ins Ohr, wie wunderbar Eric wäre und daß alles wieder gut sei. Woraufhin Elsie zurückflüsterte, sie könne nicht noch mal schiffbrüchig werden, um die beiden wieder zusammenzubringen, und Dina möge gefälligst verlobt bleiben. Eric bemerkte, von nun an werde er sich vor Streitereien mit Dina nicht mehr fürchten, weil er überzeugt sei, seiner Schwiegermutter werde es nie an drastischen, aber erfolgreichen Mitteln mangeln, zerbrochene Herzen wieder zu leimen. Ihr anderer zukünftiger Schwiegersohn, der ohne ein Lächeln diesem Wortwechsel gelauscht hatte, gratulierte ihr sehr förmlich zu ihrer Rettung. George Dundons Verhalten war wie immer untadelig, und Elsie dachte sofort schuldbewußt, daß er wegen ihres Schiffbruchs sicher seinen Abflug nach New York hatte verschieben müssen. Es war also nur zu erklärlich, daß er nicht von Herzlichkeit überströmte.

Im Hotel sah sie sich plötzlich nur von ihren Kindern umringt; die Bräutigame und sogar James' Frau waren von der Bildfläche verschwunden. Sie nahm an, ihre Familie werde ihr jetzt die Leviten lesen. Aber anscheinend hielten sie das für verfrüht, statt dessen wollten sie sie ins Bett schicken, damit sie sich ausruhe. Elsie fand das lächerlich und gab ihnen das auch zu verstehen.

James sagte in einem geduldigen Ton, als ob er mit einem bockigen Kind spräche: »Mutter, du mußt völlig erschöpft sein. Nimm ein Bad, dann schicken wir dir Essen aufs Zimmer, und du kannst dich ausschlafen.« Dina fügte hinzu: »Mammi, solange die Aufregung noch anhält, merkst du nicht, wie kaputt du bist, aber eine Reaktion ist unvermeidlich. Ich schlage vor, daß du einen ...«, es war leicht zu verstehen, warum sie so plötzlich abbrach. Einen Arzt zu rufen war unter den gegebenen Umständen ein zweifelhafter Rat. Jill seufzte: »Mammi, wirst du denn nie aufhören, uns Sorgen zu machen?«

Jetzt fingen also die Vorwürfe an, wahrscheinlich weil sie sich geweigert hatte, gehorsam ins Bett zu gehen; nun, irgendwann mußte man sie sowieso hinter sich bringen. Elsie hätte ihnen am liebsten mitgeteilt, daß ihnen die Sorgen bald abgenommen würden, aber dann rückte sie mit der Neuigkeit doch noch nicht heraus, da sie unter den gegebenen Umständen wohl kaum freudig aufgenommen worden wäre. Statt dessen sagte sie etwas unsicher: »Aber meine geliebten Kinder, es gibt doch wohl nichts Harmloseres als eine kleine Bootsfahrt.«

Die geliebten Kinder reagierten ausgesprochen sauer. Aber das hatte die dem Leben wiedergegebene Elsie vorausgesehen. »Wenn du etwas tust, ist das nie harmlos«, rügte Jill. »Immer passiert dir irgend etwas!« Dina stieß nach: »Wirklich, Mammi, jeder, der dich nicht kennt, muß annehmen, daß du unbedingt Schlagzeilen in den Zeitungen machen willst!« Und James meinte entrüstet: »Verstehst du denn nicht, wie rücksichtslos du dich uns gegenüber benimmst?« Das ging sogar Elsie über die Hutschnur. Sie erklärte ruhig, sie würde sich jetzt doch etwas hinlegen. Denn sie wußte, wenn sie es nicht täte, würden die Vorwürfe kein Ende nehmen.

An diesem Abend hatte George Dundon das zweifelhafte Vergnügen, seine zukünftige Schwiegermutter im Fernsehen zu bewundern. Es war erstaunlich, wie diese ordinäre Person es immer wieder schaffte, die öffentliche Aufmerksamkeit auf sich zu lenken. Wäre er nicht ein so feinfühliger Mensch, hätte er es außerordentlich bedauert, daß sie nicht ertrunken war. Am nächsten Morgen, bevor er nach New York abflog, sprang ihm Fergus O'Rahillys fette Überschrift auf der ersten Seite des ›Dooneener Wochenblatts‹ in die Augen: HUBSCHRAUBERRETTUNG BRINGT SENSATION NACH DOONEEN. George fluchte und schob das Käseblättchen, von dessen erster Seite ihn diese entsetzliche Frau und der gräßliche Hund gemeinsam angrinsten, angeekelt beiseite. Er verabschiedete sich von seiner Jill und versprach: »In ein paar Tagen bin ich zurück, und dann nehme ich dich mit, Liebling, und wir fahren direkt nach Sussex.«

Jill nickte nur: »Ja, George.« Es klang ein wenig lustlos, aber die arme Kleine hatte sich natürlich noch nicht ganz von dem Schock erholt, den diese verfluchte Person ihr versetzt hatte. Nur zu verständlich! Das liebe Ding!

Während der nächsten Tage mußte Elsie eine Menge Scherze von der Kundschaft über sich ergehen lassen. Sie gewöhnte sich schnell daran, Frau Crusoe genannt zu werden, aber Cucullan ignorierte jeden, der ihn mit »Hund Freitag« ansprach. Die Witzchen machten natürlich auch vor Owen nicht halt, der streng getadelt wurde, daß er das Lieblings-Barmädchen Dooneens und ihren treuen Hund in Gefahr gebracht habe, statt bei seinem Stethoskop zu bleiben. Elsie wurde geraten, sich für ihre nächste Seereise einen besseren Steuermann auszusuchen; die Zahl der Anwärter vergrößerte sich täglich. Kaum erschien sie im Städtchen, wurde sie in Gespräche verwickelt und Cucullan andauernd gestreichelt, was ihm verständlicherweise zu Kopf stieg, so daß er die Schnauze immer höher trug und auf die anderen, weniger berühmten Hunde verächtlich herabsah.

Aber das Leben ist nicht nur reine Lust und Freude. Eines Nachmittags rief Harriet McDermott Elsie an und bat sie zu kommen, weil sie etwas mit ihr zu besprechen hätte. Sie schlug eine Zeit vor, wo ihr Bruder nicht zu Hause war.

»Mein Bruder hat mich über eine GEWISSE SACHE informiert.« Harriet konnte, wie Elsie feststellte, genauso wie James in großen Buchstaben sprechen. »Ich möchte ganz privat mit Ihnen reden, das heißt, wenn Sie dazu bereit sind ...«

»Ich komme«, sagte Elsie und ging zu angesetzter Stunde hin, den höchst erstaunten und beleidigten Cucullan zurücklassend. Die Verlobung ihres Bruders war für die arme Harriet schlimm genug, man brauchte sie nicht noch zusätzlich durch die Hundehaare auf ihrem sauberen Teppich zur Verzweiflung zu bringen. Diesmal war Elsie von dem unkrautfreien Gartenweg, dem billardtischglatten Rasen und von der sauberblitzenden Eingangstür nicht mehr so beeindruckt. Während sie darauf wartete, daß ihr geöffnet wurde, überlegte sie, daß sie trotz aller Unordentlichkeit und anderer Fehler im Zusammenleben sicher gemütlicher wäre als die jetzige Herrin des Hauses. Sie wurde mit derselben eisigen Höflichkeit empfangen wie bei ihrem letzten Besuch, und dann kam Harriet direkt zur Sache.

»Es ist ein Glück, daß bis jetzt niemand von dieser ...« – sie mußte eine Pause einschalten, bevor sie das anstößige Wort über die Lippen brachte – »Verlobung zwischen Ihnen und meinem Bruder weiß. Bitte verzeihen Sie mir, wenn ich Ihnen sage, daß mein Bruder genau in dem Alter ist, wo Männer sich leicht lächerlich machen.«

»Aber ich bitte Sie, wir wollen doch beide keine Zeit mit leeren Floskeln verschwenden, ich bin immer für Ehrlichkeit«, sagte Elsie.

»Ich meinerseits ziehe auch ein offenes Wort vor. Wie angenehm, daß wir uns wenigstens darüber einig sind.«

»Darüber, und daß wir beide Owen lieben«, antwortete Elsie, indem sie Harriet großzügig ein Gefühl zugestand, an dessen Existenz sie allerdings im stillen zweifelte.

»Wollen wir doch bitte alle Sentimentalitäten beiseite lassen. Ich fühle mich verpflichtet, Sie zu warnen, daß ich alles, was in meinen Kräften steht, tun werde, um diese ...« – wieder war sie gezwungen zu zögern – »Verlobung zu verhindern. Vermutlich ist es zwecklos, Sie zu bitten, sie von sich aus aufzulösen.«

Elsie fragte erstaunt: »Ja, warum sollte ich denn das um Gottes willen tun?«

»Wenn Sie auch nur einen Funken von Anstand besäßen, würden Sie diese Frage nicht stellen. Ich will zwar nicht ableugnen, daß mein Bruder sich, sagen wir mal ... in einen reichlich dummen Flirt eingelassen hat, doch ich kann nicht glauben, daß er auch nur eine Sekunde ernstlich an eine Heirat dabei dachte. Aber jetzt, wo Sie ihn in diesen Skandal verwickelt haben, fühlt er sich als Ehrenmann natürlich verpflichtet, Sie nicht bloßzustellen. Um es kraß auszudrücken, Mrs. Brown: Sie haben ihn auf hinterlistige Art und Weise zu diesem Heiratsantrag gezwungen.«

Elsie starrte sie an. Anscheinend glaubte diese verrückte Person an den ganzen Unsinn, den sie ihr da erzählte.

»Miß McDermott, ich kann gut verstehen, daß es Ihnen schwerfällt, sich von Ihrer gewohnten Lebensweise zu trennen, vor allem, da Sie mit der Möglichkeit wahrscheinlich nie gerechnet haben, aber begreifen Sie denn nicht, daß Owen und ich einfach heiraten wollen wie Millionen anderer Menschen?«

»Ein Barmädchen ist wohl kaum die geeignete Partie für einen Arzt; so eine Verbindung kann ihm beruflich wie gesellschaftlich nur schaden.«

»Ach, um Gottes willen!« rief Elsie verzweifelt. Es war fast so, als ob Harriet und sie versuchten, sich über zwei Jahrhunderte hinweg zu verständigen. »Sie scheinen vom Leben heute und auch von Ihrem Bruder wenig zu wissen. Sie sprechen von Komplikationen, die es gar nicht mehr gibt. Es ist wirklich alles viel einfacher, als Sie denken. Owen und ich lieben uns, das ist alles. Er ist nicht so weltfremd, zu denken, daß er mich heiraten muß, weil er meinen Ruf ruiniert hat, so was spielt heutzutage gar keine Rolle mehr, das sollten Sie eigentlich auch schon gemerkt haben.«

Harriet preßte ihre dünnen Lippen aufeinander.

»Ich bin überzeugt, daß Sie diese Nacht auf der Insel nicht ungenutzt haben verstreichen lassen, Mrs. Brown.«

Elsie war sprachlos, aber nicht für lange.

»Miß McDermott, Owen und ich, wir lieben uns, wie ich Ihnen schon sagte. Andrerseits stehen wir beide nicht mehr in der Jugend Maienblüte, und ich kann Ihnen nur versichern, für zwei reife Menschen war es dort viel zu feucht, um das zu tun, woran Sie denken.« Dann fügte sie langsam hinzu: »Wie außerordentlich merkwürdig, daß Sie eine so falsche Vorstellung von Ihrem eigenen Bruder haben.«

»Er ist ein Mann wie jeder andere, und es steht mir nicht zu, ihn dafür zu tadeln. Aber eins weiß ich ganz bestimmt, er würde nie wissentlich ein Flittchen heiraten. Unglücklicherweise ist er in Ihrem Fall so mit Blindheit geschlagen, daß er die ganze Schuld für das, was zwischen Ihnen passiert ist, auf sich nimmt. Mrs. Brown, mein Bruder hat mir versprochen, mit der Heirat zu warten, bis ich ein anderes Heim gefunden habe. Und ich warne Sie noch einmal: Ich werde in der Zwischenzeit alles versuchen, ihm die Augen zu öffnen.«

»Über mich?« Elsie erhob sich. »Miß McDermott, so leid es mir tut, aber Sie werden sich damit abfinden müssen, eine Schwägerin zu bekommen, die Ihnen nicht paßt. Aber vielleicht fällt es Ihnen leichter, mich zu akzeptieren, wenn Sie merken, daß Sie Owens Augen gar nicht zu öffnen brauchen, weil ich nichts zu verbergen habe.«

Harriet maß sie mit den Augen, bitter und ungläubig lächelnd. »Es besteht natürlich noch die Möglichkeit, daß Sie selbst ungewollt meinem Bruder die Augen öffnen.« Sie ging zur Tür. »Ich glaube, hiermit können wir dieses Gespräch beenden.«

»Es scheint zu nichts zu führen, nicht wahr? Aber wenn ich Sie wäre, würde ich mir nicht so viele Sorgen machen«, riet ihr Elsie, deren Vertrauen in Owen viel zu groß war, um der armen verdrehten Harriet irgend etwas übelzunehmen. »Solange keiner stirbt oder etwas ähnlich Dramatisches passiert, löst sich immer alles in Wohlgefallen auf«, bemerkte Elsie heiter-philosophisch, während Harriet wort- und ausdruckslos auf ihr Fortgehen wartete. »Sogar unsere kleinen Streitereien sind nicht von ewiger Dauer, glauben Sie's mir.«

Zwölftes Kapitel

Die Aufregung um Elsie und Cucullan legte sich schon nach wenigen Tagen, weil den Dooneenern ein neues großes Ereignis bevorstand. Um ihrer Dankbarkeit Ausdruck zu verleihen, hatten die Stadtväter und die wichtigsten Bürger der Stadt Dooneen beschlossen, Konrad Radokov zum Ehrenbürger zu ernennen. Die festliche Übergabe der Urkunde sollte im Rathaus stattfinden, und für den Abend war ein Bankett im »Dooneener Hof« geplant, zu dem die Honoratioren der Stadt und die Hauptaktionäre der Entwicklungsgesellschaft für Dooneen gebeten worden waren. Das Ganze versprach eine höchst eindrucksvolle und prächtige Veranstaltung zu werden, und alle freuten sich darauf; nur der Mann und die Frau vom KEST waren empört.

»Keiner wird glauben, daß Konrad ein Schwindler ist, nachdem man so viel Getue um ihn gemacht hat«, seufzte Jill. »Es ist geradeso, als ob ein Volk feierlich seinen Herrscher krönt, und hinterher steht einer auf und sagt, er wäre gar nicht der rechtmäßige König.«

Fergus meinte mürrisch: »Wenn Sie nicht tagelang mit diesem George rumgezogen wären, hätten wir vielleicht schon irgendwelche Beweise in der Hand.«

»Sieh mal einer an! Der große Starreporter gibt also zu, daß er nicht ohne Hilfe auskommen kann.«

»Gewerkschaftsvorschrift«, wies Fergus eine derartige Unterstellung zurück. »Jeder Detektiv muß mindestens einen Assistenten beschäftigen! Aber jetzt, wo Ihr George fort ist ...«

»Bitte, nennen Sie ihn nicht immer ›meinen George‹, das klingt wirklich zu blöd.«

»Es *ist* auch blöd, aber im Moment will ich nicht näher darauf eingehen. Auf jeden Fall, jetzt wo Ihr ... Verzeihung ... Jetzt, wo Mr. George Dundon fort ist, heißt es ran an den Speck, Mädchen! Es ist höchste Zeit, daß wir unseren Ehrenbürger zur Strecke bringen.«

»Allerdings, er muß nämlich hinter Schloß und Riegel sitzen, bevor George zurückkommt, um mich abzuholen.«

»Das ist auch blöd! Der arme Kerl! Aber wie ich schon sagte, ich hab' jetzt keine Zeit, näher darauf einzugehen. Die Radokov-Sache ist erst mal wichtiger.«

Sie saßen auf »ihrem« Felsenvorsprung. Jill blickte auf die kleine Stadt, die zu ihren Füßen lag, und dachte wehmütig an den baldigen Abschied, den sie von Dooneen nehmen müßte. Sie meinte gereizt: »Wenn wir ehrlich sind, hat doch die ganze Radokov-Geschichte weder Hand noch Fuß. Wir haben aus einer Mücke einen Elefanten gemacht, um uns zu amüsieren!« Sie blickte auf Fergus und wäre unerklärlicherweise fast in Tränen ausgebrochen. Aber diese Schande blieb ihr zum Glück erspart, weil er ihr über den Rücken strich, was sie sofort in Wut versetzte.

»Reg dich nicht auf, Mädchen! Onkel Fergus ist ja da.« Er war so ein lächerlicher Junge, daß Jill nervös auflachte und sich sofort viel wohler fühlte. »Siehste, mein Kind, gleich geht's besser. Aber wenn einer von uns beiden schon außer sich gerät, dann müßte eigentlich ich das sein. Jeder gottverdammte Wichtigtuer in diesem Kaff ist nämlich fest entschlossen, im Rathaus eine Rede vom Stapel zu lassen, und jeder erwartet, daß seine Tirade im ›Dooneener Wochenblatt‹ auf der Titelseite erscheint. Die Texte regnen nur so herein, und ich habe den Auftrag, sie auszusortieren. Mr. Radokov, der Entdecker Dooneens ... der große internationale Geldgeber, der sich für das neue dynamische Irland einsetzt ... eine rosige Zukunft für die fleißigen Dooneener ...« Fergus fuhr sich zerstreut mit den Fingern durchs wirre Haar. »Natürlich ist die Zeit viel zu knapp für all die Reden, und ich soll im Rathaus sein, um zu hören, wer was an den Mann bringt, damit uns ja kein Lapsus unterläuft.«

»Was für eine interessante Aufgabe«, bemerkte Jill spöttisch.

»Immer noch eingeschnappt? Na, dann schnappen Sie mal schnell wieder aus. Ich werd' nämlich an dem feierlichen Festakt im Rathaus nicht teilnehmen, ich hab' was anderes vor, aber Sie werden dort sein – und zwar von Anfang bis Ende – und schön die Öhrchen spitzen. Verstanden?«

Jill wurde ganz schwummerig vor Angst, als sie hörte, daß der Mann und die Frau vom KEST die kommenden günstigen Umstände dazu benützen würden, ein wenig Verbrecher zu spielen. Aber als Fergus schließlich triumphierend schloß: »So, das wär's!« und selbstgefällig auf ihr Lob wartete, meinte Jill nur ärgerlich: »Mir scheint, Sie haben übersehen, daß Ihr Vorschlag uns beide sehr viel schneller ins Gefängnis bringt als Freund Konrad.«

»Und mir scheint, daß Ihr ... Ihr Umgang in der letzten Zeit einen sehr schlechten Einfluß auf Sie hatte. Aber gut, wenn Sie

Angst haben, mach' ich's halt alleine«, erklärte Fergus großzügig.

»Das lass' ich nicht zu. Es ist zu gefährlich, wenn niemand Schmiere steht.«

»Ich muß es trotzdem riskieren!« Fergus' heldische Pose war direkt abstoßend. »Das Ganze ist eben nichts für kleine Mädchen ... Vor allem nicht für wohlerzogene kleine Mädchen.«

»Ach, hören Sie schon auf und reden Sie keinen Unsinn!« wehrte Jill verzweifelt ab. »Die Sache *gefällt* mir nicht!«

»Ein schmutziges Spiel ...«, Fergus markierte jetzt den abgebrühten Privatdetektiv, »kann man nicht mit sauberen Händen gewinnen.«

Er warf ihr einen schnellen, schlauen Blick zu und brütete dann mit finsterer Miene über dem Schicksal Dooneens. »Es ist eine so nette kleine Stadt. Ich persönlich möchte hier zwar kein Leben lang wohnen, aber die meisten fühlen sich sehr wohl dabei.« Er machte eine Pause, so als würde ihn die Sorge und tiefe Trauer um Dooneen am Weitersprechen hindern. »Friedliche einfache Menschen, in einer friedlichen, einfachen Stadt. Konrad Radokov sollte wenigstens den Anstand haben, sich einen ebenbürtigen Gegner auszusuchen.«

»Mir wird ganz schlecht von Ihrem Gequassel, also gut, ich mache mit.«

Den Auftakt zu dem großen Abend bildete ein offizieller Sherry-Empfang im »Dooneener Hof«. Aber abgesehen von den eingeladenen Gästen wurde auch denen, die bereit waren, für ihre Drinks selbst zu zahlen, die Teilnahme großzügig gestattet. Jill stand alleine unter den vielen Fremden, und ein Gefühl der Unwirklichkeit bemächtigte sich ihrer. Ihre Augen suchten Fergus, der ihr ermutigend zuzwinkerte. Sogar als er mit seinem Redakteur sprach, wirkte er so selbstsicher wie immer, aber im Grunde war er natürlich doch nur ein grüner Junge. Es war verrückt von ihr gewesen, sich auf seinen haarsträubenden Plan einzulassen. Wenn George das wüßte ...! Sie fröstelte leicht bei dem Gedanken, und dann merkte sie, daß Dina und Eric neben ihr standen. Dina diagnostizierte mit schwesterlichem Scharfblick: »Fühlst du dich nicht wohl? Du siehst furchtbar blaß aus.« Eric meinte: »Sie braucht nur was zu trinken. Was willst du haben, Jill?« Jill verlangte grimmig: »Ein Glas Arsen, bitte.« Nach den ersten Schlucken Bier ging es ihr schon bedeutend besser. Auch daß sie so reden mußte, als ob alles in schönster Ordnung sei, half ihr über ihre Angst hinweg. Es war nett, Dina und Eric so glücklich zu sehen. Es war so offensichtlich, daß sie sich liebten. Aus irgendeinem Grund war Jill darüber deprimiert, und sie nahm noch ein paar kräftige Schlucke, um sich aufzuheitern. Ihre Augen suchten wieder Fergus – ja, auf seine ulkige Art war er schon ein sehr amüsanter Junge, es war nur natürlich, daß man ihn etwas vermissen würde! Und dann hörte sie, wie Eric sagte, daß er froh wäre, daß Mammi sich gerade Dooneen für ihre Eskapade ausgesucht hätte, weil es ihm so möglich gewesen wäre, ein paar Aktien der Entwicklungsgesellschaft für Dooneen zu erwerben und ein wenig Geld zu machen. Jill fiel fast das Glas aus der Hand.

»Eric, soll das heißen, daß du Geld in die Gesellschaft investiert hast?«

»Fast alles, was ich habe«, bestätigte Eric lachend. »Nicht, daß es sehr viel wäre, aber immerhin hat es Dina und mir heute abend schon ein freies Dinner eingebracht.«

Jill hätte vor Erleichterung am liebsten einen Freudentanz aufgeführt. Wenn die Entwicklungsgesellschaft für Eric gut genug war, dann war sie es für alle anderen auch. Sie war ihrer klugen Schwester unerhört dankbar, daß sie dieses erzgescheite Finanzgenie in die Familie gebracht hatte; und gerade in diesem Moment war er von unschätzbarem Wert. Sie hob ihr Glas und prophezeite: »Ich seh' dich schon als Frau eines Millionärs enden, wenn Eric sich sogar noch in den Ferien die Taschen füllt.« Sie nahm einen kräftigen Schluck auf das Wohl ihres wunderbaren zukünftigen Schwagers.

Eric grinste.

»Versprich ihr nicht zuviel! In diesem Fall hat die irische Regierung die ganze Vorarbeit geleistet.«

Jill fing an zu husten und verschluckte sich: »Willst du damit etwa sagen, daß du dich nicht erkundigt ...«, sie verschluckte sich wieder.

Eric klopfte ihr auf den Rücken.

»Trink nicht so hastig.«

Dina sagte mit strahlenden Augen: »Es steht noch nicht ganz fest, Jill, aber vielleicht hauen wir mal tüchtig auf die Pauke, pumpen uns Geld auf die kommenden Zinsen und machen unsere Hochzeitsreise nach den Bermudas!«

Jill blickte die beiden an und fragte mit heiserer Stimme: »Wie wär's mit den Bleikammern von Venedig?« Dann lachte sie bitter über ihren eigenen ach so komischen Witz und ging schnell fort. Sie setzte sich zu den beiden ganz in Rüschen und Spitzen gehüllten Fräulein Bradshaw. Miß Caroline trug ein schwarzes Samtbändchen um den Hals und Miß Bessie einen lavendelfarbenen Schal, der von einer Kamee-Brosche zusammengehalten wurde. Sie zwitscherten aufgeregt.

»Es ist schon sehr lange her, seit Bessie und ich an einer so lustigen Gesellschaft teilgenommen haben«, verriet Miß Caroline. »Zuerst hatten wir Angst, es würde uns vielleicht zuviel werden, aber nein ...«, sie hob ihr Glas, »Sie sehen, wir fühlen uns pudelwohl.«

»Beim Bankett werden wir uns allerdings zurückhalten müssen«, bedauerte Miß Bessie. »Ein bißchen Suppe, ein bißchen Fisch – nun, ein Häppchen Pute kann uns auch nichts schaden, nicht wahr, Caroline?«

»Aber wirklich nur ein Häppchen! Eine schwere Mahlzeit zu dieser späten Stunde würde uns nämlich müde machen, und das wollen wir keinesfalls! Denn wissen Sie, Jill, am meisten freuen wir uns auf den Augenblick, wo unserem lieben Mr. Radokov im Rathaus die Ehrung zuteil wird. Er sieht natürlich immer sehr vornehm aus, aber heute wirklich ganz besonders. Finden Sie das nicht auch, meine Liebe?«

Konrad Radokov war zweifellos eine auffallende Erscheinung. Er war größer als die meisten anwesenden Männer; den markanten Kopf hatte er jetzt zurückgeworfen, und seine Zähne blitzten hinter dem blonden Vollbart, als er über irgendeine Bemerkung des Bürgermeisters lachte. Die neben ihm stehende Zilla mit dem feurigen Blick und dem glänzenden schwarzen Haar bildete ein perfektes Pendant zu ihrem Ehegatten. Sie trug ein schlichtes, hochelegantes weißes Kleid, das ihre olivfarbene Haut wunderbar zur Geltung brachte. Jill bemerkte tonlos: »Mister und Mrs. Radokov sehen viel zu schön aus, um wahr zu sein.«

»Mr. Radokov ist ein so amüsanter Gesellschafter; aber heute abend übertrifft er sich selbst, es ist unglaublich, wie er es fertigbringt, aus jedem das Beste herauszuholen.«

»Wir sitzen am Haupttisch«, berichtete Miß Bessie stolz, »ganz in seiner Nähe, so daß wir alles hören können, was er sagt. Anscheinend gehören wir nämlich«, sie kicherte verschämt, »zu den Hauptaktionären, ja, ja, meine Liebe, Sie wissen gar nicht, was für wichtige Leute wir geworden sind!«

Die beiden alten Damen nickten mit den Köpfen und lächelten so unschuldig und glücklich wie zwei Kinder bei einer Geburtstagsfeier. Jills frühere Bedenken schwanden bei diesem Anblick. Konrad hatte sein Netz weit gespannt, und alle waren sie ihm auf den Leim gegangen, die großen Fische wie auch die vielen armen kleinen, sie zappelten hilflos in den Maschen und würden allesamt zugrunde gehen, wenn Fergus und sie recht behielten. Und wenn nicht? Nein, es wäre zu feige, jetzt zu kneifen, nur weil man Angst hatte, sich lächerlich zu machen! Ihre Augen suchten wieder Fergus. Er wies stirnrunzelnd auf die Fräulein Bradshaw, dann trafen sich ihre Blicke. Natürlich war er nur ein krausköpfiger anmaßender Junge! Aber es waren nicht die krausköpfigen anmaßenden Jungen, die heutzutage in Dooneen und auf der ganzen Welt das größte Unheil anrichteten, sondern die sogenannten ernsten und vernünftigen Männer.

Die geladenen Gäste gingen jetzt grüppchenweise in den Speisesaal, und die Bar leerte sich. Fergus trat zu Jill und sagte: »Ich kann mich jetzt aus dem Staub machen, zum Dinner bin ich nicht eingeladen, dafür war ich den Herrschaften nicht wichtig genug. Die sind eben viel zu dämlich, um die Spreu vom Weizen zu sondern. Wir müssen uns also selbst verpflegen, bevor das große Getue im Rathaus anfängt. Gehn wir?«

Sie verließen das Hotel. In einem kleinen Restaurant auf der Seepromenade aßen sie Fisch und Bratkartoffeln und tranken Nescafé. »Eine Armee«, erläuterte Fergus, »marschiert besser mit vollem Magen, und das gilt auch für uns. Greif zu, Mädchen! Wir haben jede Menge Zeit. Das Freßgelage im Hotel dauert Stunden.« Sie schlenderten langsam am Hotel vorbei, vor dem noch immer viele Wagen standen, und gingen wie geplant an der Mauer des Glebe-Hauses entlang. Schließlich bogen sie ein ganzes Stück vom Hotel entfernt in eine ruhige schmale Seitenstraße ein, stiegen über eine hohe Steinmauer und standen im Garten des Glebe-Hauses. Sie hatten sich schon vorher einen riesigen alten Kastanienbaum als Beobachtungsplatz ausgesucht, und mit Fergus' Hilfe war es für Jill ein leichtes, auf einen hochgelegenen starken Ast zu klettern. Das dichte Laub schützte sie vor neugierigen Blicken, sie selbst konnte aber genau sehen, was im Hotel vor sich ging. Nach einiger Zeit kamen die Gäste heraus und setzten sich in ihre Wagen. Fergus wartete noch gut zehn Minuten, bis auch die letzten Nachzügler fort waren, dann verkündete er: »So, unser hochgeschätzter internationaler Finanzier ist nunmehr einige Zeit vollauf mit den fortschrittlichen Bürgern unserer Stadt beschäftigt und kann uns nicht dazwischenfunken, also ran an die Arbeit!«

Jetzt, wo es ernst wurde, bekam Jill doch weiche Knie.

Doch der erste Einbruch ist sicher für jeden eine ziemlich

nervenaufreibende Sache. Auf Fergus schien das allerdings nicht zuzutreffen, er zeigte sich so behende und fingerfertig wie ein alter Hase. Er inspizierte die Rückseite des Hauses und rüttelte an verschiedenen Fenstern, bis er eines lose genug fand. Er stocherte mit dem Taschenmesser vorsichtig am Rahmen herum und schob schließlich den unteren Teil des Fensters in die Höhe. Dann trat er zurück und sagte höflich: »Ladies first!« Sie gingen durch das große, leere Haus und suchten Konrads Privaträume. Dann kamen sie an eine verschlossene Tür und wußten, sie waren angelangt. Jill schnappte erstaunt nach Luft, als sie sah, wie Fergus niederkniete und aus seiner Hosentasche einen großen Ring zog, an dem lauter lange metallene Dinger hingen. »Ich hab' sie mir von einem Freund geborgt«, erklärte er, während er eifrig an dem Türschloß herumfummelte. »Eigentlich ist er mehr ein Bekannter. Das letzte Mal, als sie ihn schnappten, hab' ich zwei Spalten über ihn geschrieben. Vor zwei Monaten kam er aus dem Kittchen wieder raus, und nun will er auf dem Pfad der Tugend wandeln oder so, sagt er. Na, wie dem auch sei, er ist ein sehr hilfreicher Bursche und hat mir die ganze letzte Woche über Unterricht erteilt.«

Fergus erwies sich als begabter Schüler. Ein paar Minuten des Stocherns und Probierens genügten, und schon sprang das Schloß auf. »Eine völlig veraltete Konstruktion«, bemerkte er verächtlich. »Jedes Kind kriegt das auf.« Er sah sich bewundernd im Büro um. »Unser Freund hat sich's hier ja richtig gemütlich gemacht, was?« Sogar zur Glanzzeit der Bradshaw-Familie war dieser Raum, der damals als Boudoir diente, sicher nicht eleganter eingerichtet gewesen. An den Fenstern hingen schwere brokatene Vorhänge, und der Teppich, der von einer Wand zur anderen reichte, machte einen teuren Eindruck. Hinter einem imposant aussehenden Schreibtisch mit Telefon stand ein lederbezogener Drehsessel und an der Wand ein Tresor. Im übrigen gab es noch einige schicke moderne Sessel, ein riesiges Sofa, auf dem eine Seidendecke lag, und einen großen Schrank aus Rosenholz. Ein eingebautes Waschbecken mit dazu passendem Schränkchen, in dem das Rasierzeug und Toilettenartikel lagen, vollendeten die Einrichtung. »Pflegt sich wie'n Filmstar«, kommentierte Fergus, als er den Inhalt des Schränkchens untersuchte, »und nun, Mädchen, setzen Sie sich ans Fenster und halten die Augen offen, während ich hier arbeite.«

Die Tür des Rosenholzschranks sprang schon bei leichtem Fingerdruck auf. »Zwei piekfeine Herrenanzüge«, verkündete

Fergus, »ebenso Hemden, Unterwäsche usw., ein großer und ein kleiner Reisekoffer, beide beste Qualität. Sieht mir ganz nach kleinem Absteigequartier aus. Unser Freund scheint seinem Junggesellendasein noch nicht ganz Ade gesagt zu haben, für Madame Zilla ist der Zutritt hier wohl verboten.« Er schloß den Schrank wieder und blickte sehnsüchtig auf den Tresor. »Den kann ich leider nicht knacken, bei Tresoren versagt nämlich auch mein Freund. Na, eine Chance haben wir ja noch.«

Die fast leere Schreibtischplatte verriet nichts, aber die acht Schubladen waren alle abgeschlossen. Fergus setzte die Instrumente seines Freundes an. Er wühlte in den Papieren und pfiff leise vor sich hin, als Jill, die das Hotel beobachtete, sah, wie ein Wagen vorfuhr. Ihre Hand umkrampfte den Vorhang, als der Fahrer ausstieg: »Fergus, es ist George!« rief sie erschrocken.

Fergus schwenkte triumphierend irgendwelche Papiere: »Hurra! Ich wußte doch, daß wir auf der richtigen Spur sind.« Sein Haar stand hoch wie bei einer Vogelscheuche. »Meister Radokov hat ausgespielt. Jetzt haben wir genug in der Hand, um die Behörden auf Trab zu bringen – und bitte, da ist auch der Beweis, daß er bald abhauen will. Mir scheint, wir haben den Burschen wirklich in der letzten Minute erwischt. Warum stehen Sie da wie 'ne Schaufensterpuppe? Kommen Sie her und sehen Sie sich mal die hübschen Sachen an, die Onkel Fergus gefunden hat!«

»Es ist wunderbar, Fergus, aber ...«, Jill hielt sich noch immer am Vorhang fest, »aber George ist aus New York zurück.«

»So, das steck' ich mir ein, und das übrige wird wieder schön aufge ... was haben Sie gesagt? Ach so, er ist zurück? Ich will Ihnen mal was sagen, Mädchen, dieser George ... ich meine Mr. George Dundon, ist eine verdammte Laus im Pelz. So, jetzt ist alles wieder bildschön in Ordnung, ganz wie bei Muttern. Unser verehrter Freund darf ja schließlich nicht wissen, daß Fergus-Schätzchen ihn besucht hat.« Jill folgte ihm bedrückt in den Korridor. »Dem Türschloß sieht man auch nichts an. Mein Freund ist wirklich ein ausgezeichneter Fachmann. Also, kommen Sie, los! Warum sehen Sie mich denn so belämmert an?«

»Vermutlich wird George mich schon suchen. Ich nehme an, Sie können allein zur Polizei gehen. Ich muß ja wohl gleich zu ihm.«

»Er soll warten. Der Mann und die Frau vom KEST haben jetzt Wichtigeres zu tun, als auf diesen George ... auf Mr. George

Dundon Rücksicht zu nehmen. Kommen Sie schon, Mädchen«, drängte Fergus ungeduldig, und Jill folgte.

Da man an diesem Abend wegen der Feierlichkeiten eine Verkehrsstauung und große Menschenmengen in Dooneen erwartete, hatte man polizeiliche Verstärkung angefordert. Der ältere Sergeant, der allein im Revier saß, war kein Einheimischer und kannte den großen Starreporter daher nicht. Er hielt Fergus' Geschichte für einen üblen Scherz, und nichts konnte ihn von dieser Überzeugung abbringen. Wahrscheinlich hatte er sein Leben lang nur mit Verkehrssündern und Betrunkenen zu tun gehabt, und als Fergus darauf bestand, seinen Vorgesetzten zu sehen, wurde er sehr ärgerlich und versuchte, sie abzuschieben wie zwei ungezogene Kinder. Aber da war er bei Fergus an die falsche Adresse geraten. Er gab dem Sergeanten in unmißverständlichen Worten zu verstehen, daß die Zeit kurz bemessen sei und daß er, Fergus, nicht in der Haut eines Sergeanten stecken möchte, der durch fehlendes Pflichtbewußtsein den Lauf der Gerechtigkeit gehemmt hat. Jill sagte wenig und begnügte sich damit, Fergus loyal zu unterstützen, wann immer es nötig war – seltsam, jetzt, wo die große Abrechnung bevorstand, empfand sie keine Freude darüber. Sie mußte immer nur daran denken, daß George auf sie wartete.

Nach einer Weile kam zufälligerweise und zur großen Erleichterung des bedrängten Sergeanten der Inspektor herein, der sofort alle Hebel in Bewegung setzte. Nach einigen dringenden Telefongesprächen erschienen mehrere Beamte, die die vorgelegten Dokumente sofort eingehend zu prüfen begannen. Auch Jill mußte alles, was sie wußte, zu Protokoll geben. Schließlich stand sie auf. Sie hatte das Gefühl, die Polizei nähme die Sache jetzt ernst und Fergus brauche sie nicht mehr. Aber als sie sich zum Gehen wandte, fuhr dieser sie scharf an: »Warten Sie doch, ich bin ja auch gleich fertig.«

»Ich muß zu George.«

»Warum?«

Jill wandte sich an den Polizeibeamten, den sie für den Rangältesten hielt. »Kann ich jetzt gehen?«

Er zögerte. »Sie verstehen doch, Miß Brown, wie wichtig es ist, daß kein einziges Wort ...«

Fergus unterbrach ihn: »Ach, soll sie gehen, wenn sie so'n Theater macht. Daß sie nicht dumm herumquatscht, dafür garantiere ich.« Er vermied geflissentlich, Jill dabei anzusehen.

Auch Jill verschwendete keinen Blick an ihn und ging so

würdevoll wie möglich aus dem Zimmer. George saß mit einer leicht eingeschnappten und gelangweilten Miene zusammen mit Dina, Eric und James in der Hotelhalle, aber Jill gelang es, ihm große Überraschungsfreude über sein unvorhergesehenes Auftauchen vorzuspielen, woraufhin er gleich besserer Laune wurde. Im Grunde war sie natürlich auch sehr glücklich, ihn wiederzusehen, welches Mädchen wäre es nicht? Schließlich war er der Mann, den sie liebte und bald heiraten würde. Und gerade heute abend schien er ihr im Vergleich zu Fergus besonders begehrenswert. Obwohl dieser verrückte Bengel gelegentlich sehr amüsant sein konnte – das heißt, nur wenn man selbst zu Unsinn aufgelegt war. Aber in letzter Zeit war er wirklich zu unverschämt geworden. Sie hatte ihm sein freches Benehmen sehr übelgenommen, was in gewisser Weise gut war, weil es ihr jetzt um so leichter fiel, wieder zu der Jill zu werden, die George liebte. In Gegenwart dieses liebenswürdigen, kultivierten Mannes fühlte sie sich sofort reifer und vernünftiger, andererseits aber auch irgendwie sehr traurig.

»Liebling!« sagte George mit liebevollem Vorwurf. »Wo bist du mit deinen Gedanken, du hörst mir ja gar nicht zu.«

Was man ihr kaum verdenken konnte. Im Hotel herrschte Feststimmung. In der Bar umringten die feiernden Aktionäre den großen Geldgeber Konrad Radokov, und nur Jill wußte, daß sich über ihrer aller Köpfe ein Gewitter zusammenbraute. Sie versuchte, sich zusammenzureißen, aber ihre Gedanken waren mal hier, mal dort, und das Hier wie das Dort waren gleichermaßen unwirklich, so daß sie das ungute Gefühl hatte, ein Gespenst auf einem Gelage zu sein.

Es war ein schwüler Abend, und man hatte alle Türen und Fenster geöffnet, um Durchzug zu machen, so daß Elsie von der Bar aus ohne weiteres die Halle überblicken konnte. Sie wußte vor lauter Arbeit kaum noch, wo ihr der Kopf stand, was sie aber nicht weiter störte, weil sie sich immer freute, viele vergnügte Menschen um sich zu haben. Sogar Harriet McDermott, die zu den Aktionären gehörte, die am Bankett teilgenommen hatten, wirkte heute abend etwas gelöster. Sie trank in der Halle Kaffee mit Owen, der erst vor kurzem gekommen war. Er hatte Elsie liebevoll zugelächelt, während Harriet nur leicht den Kopf geneigt hatte wie eine Lady, die sich herabläßt, ein Barmädchen zu grüßen, mit dem sie zu ihrem eigenen Erstaunen bekannt ist. Elsie beugte sich etwas vor, um einen Blick auf ihre Familie zu werfen. Sie war froh, zu sehen, daß Jill, die weiß der Himmel wo gesteckt hatte, endlich neben ihrem George saß, der nun auch nicht mehr so verdrossen ausschaute. Alle – mit einer Ausnahme – waren jetzt zum Glück wieder bei ihren richtigen Partnern gelandet. Elsie wünschte schon die ganze letzte Stunde, daß diese Ausnahme nicht so auffällig mit Konrad Radokov an der Theke hocken, sondern dahin gehen würde, wo sie hingehörte. Aber jedesmal, wenn sie versuchte, Pamelas Blick festzuhalten, wich diese ihr aus.

Aber noch ein Augenpaar war auf die beiden gerichtet: Zilla Radokov machte gar keinen Versuch, ihre Gefühle zu verbergen; sie schoß dunkle Haßblitze ab, während Konrads schöner Kopf sich Pamela zuneigte. Elsie überhörte einen von ihm gemurmelten Satz: »Also, heute nacht im Glebe-Haus, meine Allerliebste!« Pamelas lange Wimpern senkten und hoben sich wieder, sie lächelte ihn an und nickte dann kaum merklich. Kurz darauf ging sie hinaus. Elsie überließ die Bar der für den heutigen Tag angeheuerten Hilfskraft und eilte ihr nach. Sie fand Pamela allein in der Damentoilette, wo sie in den Spiegel starrte. Ihr Gesicht war fiebrig gerötet. Es bekam einen harten Ausdruck, als Elsie eintrat, sie drehte sich abrupt nach ihr um, schwankte und mußte sich mit der Hand gegen die Wand stützen. Es war klar, daß sie mehr als die zwei von Elsie selbst gemixten Cocktails getrunken hatte. Sie fragte schwerzüngig: »Spionierst du mir etwa nach, Schwiegerma? Ich bin eine erwachsene Frau, falls du's noch nicht gemerkt haben solltest.«

Elsie setzte sich.

»Ja, ich bin dir gefolgt, liebe Pamela. Auch Erwachsene können sich manchmal kindisch benehmen und Sachen tun, die sie später bereuen.«

»Du hast uns belauscht?« fragte sie zornig, doch dann wechselte plötzlich ihre Stimmung, und sie sagte leise: »Verzeih mir! Ich wollte nicht grob sein zu dir, und ich wollte dir auch nicht weh tun, aber du kannst dir nicht vorstellen, was es heißt, mit James verheiratet zu sein.«

»Doch, das kann ich«, widersprach Elsie. »Ich war schließlich mit seinem Vater verheiratet.«

»Ja, das allerdings, arme Schwiegerma! Aber ach, bei dir war es sicher anders. Jeder liebt dich! Ich bin überzeugt, sogar Mr. Brown hat dich immer geliebt.«

»Das tat er sicher, aber gezeigt hat er es nicht. Auch darin – wie in vielem anderen – ist James seinem Vater sehr ähnlich.«

»James«, erklärte Pamela leidenschaftlich, »interessiert sich nicht mehr für mich.« Sie erhob die Stimme, als Elsie ihr ins Wort fallen wollte. »Und so werde ich von nun an eben meine eigenen Wege gehen.« Sie schwankte und lachte. »Ich könnte ein wunderbares Leben führen, wenn ich nur wollte. Konrad ist viel männlicher als James und kann mir viel mehr bieten als James mit seinem kümmerlichen Beamtengehalt.« Sie blinzelte mit leichtem Schlafzimmerblick. »Eine Frau, die von ihrem Ehemann vernachlässigt wird, braucht gelegentlich einen anderen Mann – besonders so einen gutaussehenden –, sonst geht sie ein wie 'ne Primel.«

»Pamela, begreifst du denn nicht, daß du für Konrad Radokov nur eine von Hunderten bist? Er ist ganz und gar unfähig, auch nur irgendwie treu zu sein. Ich protze wirklich ungern mit meinen Eroberungen und hasse solche Gespräche, aber glaube mir, dieser Kerl hat sogar mir nachgestellt!«

Pamela lachte selbstbewußt.

»Das ist wohl der letzte Pfeil aus deinem Köcher, was, Schwiegerma? Aber der Schuß geht daneben. Konrad vergöttert mich. Du brauchst keine Angst zu haben, daß ich die Zwillinge im Stich lasse, aber vielleicht interessiert es dich zu hören, daß Konrad mir angeboten hat, sich von Zilla scheiden zu lassen, wenn ich ihn heirate.«

»Ich hätte nie gedacht, daß du auf diesen alten Trick hereinfallen würdest«, sagte Elsie so ruhig wie möglich. »Verstehst du denn nicht, daß ein Mann wie Radokov jeder Fau diesen Köder hinhält, bis er sein Ziel bei ihr erreicht hat, und das Ziel ist nicht Heirat, das kann ich dir schriftlich geben.«

Pamela runzelte verärgert die Stirn. »Unsinn, ich hab' dir doch gesagt, er vergöttert mich!« Dann kamen einige Frauen herein, und Pamela ging zur Tür. »Und sogar wenn du recht hättest, was macht es schon? Ich erwarte von ihm ja gar nicht die Ehe.«

Elsie folgte ihr aufs Zimmer, aber Pamela hatte die Tür verschlossen und antwortete nicht. Elsie ging zurück in die Bar. Konrad versuchte gerade, einige seiner Bewunderer mit Grazie loszuwerden.

»Leider! Ich muß in mein Büro, ich erwarten Ferngespräch, und dort sein viel ruhiger. Doch ich sofort zurückkommen!« Er verbeugte sich vor Elsie. »Wird es sein für die Dame zuviel Mühe, Kellner in Glebe-Haus zu schicken mit exzellent Irish Coffee, zubereitet von zarten Händen?«

»Gar keine Mühe«, erwiderte Elsie und sah dem Fortgehenden nach. Dann blickte sie auf den dummen James, der in der Halle saß, und dachte an die arme dumme Pamela auf ihrem Zimmer. Sie dachte an alle drei, als sie Whisky, Zucker und kochenden Kaffee mischte und auf das Ganze langsam kalte Sahne goß. Dann wußte sie, was sie zu tun hatte. Worte hatten anscheinend nicht genügt, um Pamela zu beweisen, zu was für einer Sorte Mann Konrad Radokov gehörte, und Zeit war auch nicht zu verlieren. »Ich bringe es selbst zu Mr. Radokov hinüber«, sagte Elsie zu ihrer Hilfskraft. Sie warf, um sich Mut zu machen, einen letzten Blick auf den schlafenden Cucullan, dann nahm sie das Tablett und ging.

Als sie die Halle durchquerte, vermied sie sorgfältig, ihre Kinder anzusehen. Sie war schon wieder auf dem besten Wege, sie alle zu verärgern. Aber was blieb ihr denn anderes übrig? Noch schwerer war es, Owens Blick auszuweichen, aber das mußte sie unbedingt tun, weil sie sonst sofort kehrtgemacht hätte. Denn die Ironie des Schicksals wollte es, daß sie mit ihrem Vorhaben nur einer Person Freude machen würde, und das war Harriet McDermott. Sie starrte den Irish Coffee an, als ob er eine Art Opfergabe wäre – was in gewisser Weise ja auch stimmte –, dann ging sie festen Schrittes zur Ausgangstür. Aber draußen, in der Dunkelheit, blieb sie stehen. Ihre Füße wollten sie nicht mehr weitertragen.

»Feigling!« rügte sich Elsie und schaute zu Pamelas Fenster hinauf. Dann wanderten ihre Augen zu dem einzig beleuchteten Fenster des Glebe-Hauses, wo Konrad Radokov auf seinen Irish Coffee wartete. Die Vorhänge waren zugezogen, aber die Fenster standen offen, genauso wie im Hotel – was für ihren Plan wichtig war. Sie wünschte, sie müßte das, was sie vorhatte, nicht tun. Aber es gab keinen anderen Ausweg. Pamela mußte für James gerettet werden. Es war ganz einfach.

»Feigling!« sagte sie und blickte wieder zu Pamelas Fenster hinauf. Sie wußte, wenn sie sich jetzt nicht zwingen konnte, diesen Weg zu gehen, würde Pamela ihn antreten – allerdings freiwillig. Sie setzte mit aller Kraft einen Fuß vor den anderen. Als sie zum Durchgang in der Hecke kam, wurde irgendwo im Hotel ein Radio eingeschaltet, und die Melodie erinnerte sie an ihren lieben, verstorbenen Mr. Brown. Mr. Brown hatte einen Freund gehabt, so solide wie alle seine Freunde, nur eins unterschied ihn von den anderen: Er hatte ein unbezwingbares Faible für Schlagertexte. Einige hatte Elsie von ihm gelernt, und als sie die Musik jetzt hörte, sang sie leise vor sich hin: *Aus der Kaserne erscholl ganz leise eine alte verträumte Weise, Leute tam-tam gebt acht, tam-tam in der dunklen Nacht.* Sie blickte zum Himmel empor, aber da war nur ein einziger Stern, und sie kam plötzlich auf die verrückte Idee, Mr. Brown benützte ihn vielleicht als Schlüsselloch.

Mr. Brown würde ihren Plan sicher nicht gutheißen. »Du würdest bestimmt eine ganz normale, vernünftige Lösung finden, um Pamela davon abzuhalten, ihre Ehe zu zerstören, lieber Mr. Brown, aber mir fällt leider nichts Besseres ein«, entschuldigte sich Elsie bei dem Stern.

Dreizehntes Kapitel

Die Eingangstür des Glebe-Hauses war für den Überbringer des Irish Coffee offengelassen worden. Elsie prüfte, ob das Schnappschloß nicht etwa zufallen konnte, erst dann ging sie zu Konrads Büro, wo die Tür auch nur angelehnt war. Konrad saß bequem in einem Sessel. Seine Augenbrauen hoben sich erstaunt, als er sie statt des erwarteten Kellners erblickte. Elsie warf einen Blick auf das Sofa-Ungetüm in der Ecke und wäre am liebsten fortgelaufen. Ihre Hände umklammerten ängstlich das Tablett, doch dann gab sie sich einen Ruck und trat energisch über die Schwelle. Konrad erhob sich und kam ihr überrascht grinsend entgegen – wie ein Kater, der eine Maus erspäht hat. Elsie mußte ihren ganzen Mut zusammennehmen.

»Ich dachte, es sei netter, wenn ich Ihnen den Kaffee selbst bringe.«

»Viel netter!« Konrad nahm ihr das Tablett ab und stellte es auf den Tisch. Er sah immer noch etwas erstaunt aus, aber seine Augen fingen schon gefährlich zu glitzern an. »Mit so viele Arbeit im Hotel, das sein Beweis großer Gunst, besonders weil Gunst Sie sonst nicht an mich schenken.«

Mit dem Gefühl, daß Mata Hari es nicht besser gemacht hätte, und einem stummen Gebet um Vergebung setzte Elsie sich hin und lächelte ihn an. »Schließlich ist doch heute Ihr großer Tag, nicht wahr?«

Konrad stimmte ihr mit einschmeichelnder Stimme zu: »Ich sein so kühn zu denken, daß vielleicht.«

Elsie senkte die Augenlider.

»Ich dachte ...«, ihr Zögern war schlau berechnet, »... Sie würden sich vielleicht gern mit jemand unterhalten, während Sie auf den Telefonanruf warten.«

»Ein Glück, ich haben schon erledigen, erst Sie kamen. Es gingen schneller, wie ich denken, aber ich gerne ...« – er machte eine bedeutsame Pause – »... mich unterhalten, Sie nicht in Eile sein zurück bei durstige Kunden?«

Elsie glättete eine Kleiderfalte.

»O nein, eine Weile geht es auch ohne mich.«

Konrad holte tief Luft.

»Wie reizend, wie froh ich sein, allein und fort von viele Menschen mit Sie zu unterhalten.« Er machte eine seiner kurzen

Verbeugungen. »Pardon, ich nur sicher sein, wir nicht stören werden.«

»Die Eingangstür ist in Ordnung«, sagte Elsie rasch und meinte natürlich von ihrem Standpunkt aus, aber er ließ sich täuschen und deutete die Bemerkung in seinem Sinn. Er stieß ein leises »Aah!« aus, stellte sich vor sie hin und lächelte auf sie herunter. »Bitte, erlauben Sie, Ihnen bequem zu machen!« Er ergriff ihre Hände, zog Elsie sanft aus dem Stuhl und führte sie zum Sofa. »Nach langem Arbeitstag das sein gemütlich, so?« Er schob ihr einige der vielen Kissen in den Rücken, setzte sich neben sie und legte ihr den Arm um die Schultern. »Nun wir beide gemütlich. Ich fühlen jetzt endlich Kontakt bei uns, Sie fühlen auch?« Er legte ihr die Hand unters Kinn und drehte ihr Gesicht dem seinen zu. In seinen hellblauen Augen spiegelte sich spöttischer Triumph, vor allem in dem Auge mit dem kleinen Fleck, dachte Elsie. »Dummerchen, warum Sie haben verloren ganze Zeit mit spielen naiv?«

Elsies sportlicher Instinkt meldete sich. Sie fand, sie müsse ihm wenigstens eine Warnung zukommen lassen. Sie befreite ihr Kinn, blickte ihrem Opfer gerade in die Augen und sagte laut und deutlich: »Mr. Radokov, bitte glauben Sie mir, ich bin alles andere als naiv.«

Jeder andere hätte mißtrauisch aufgehorcht, aber seine vielen erotischen Erfolge hatten Konrad Radokov wahrscheinlich für Gefahren auf diesem Gebiet blind gemacht.

Er legte seinen Arm um sie.

»Das ich immer haben gewußt, ich auch haben gesagt, sie *spielen* naiv – wie kleine Jungfrau. Ihren Charme Sie schätzen unter. Für so eine Frau nicht nötig sein, ein Mann Appetit zu wecken.«

Den Appetit eines solchen Mannes zu wecken war wirklich überflüssig, dachte Elsie. Jetzt will er mich sozusagen als Vorspeise vernaschen, um dann später zum Hauptgericht in Gestalt von Pamela überzugehen. Ganz tüchtig so in seiner Art! Elsie konnte ihm eine gewisse Bewunderung nicht versagen. Und plötzlich tat er ihr auch ein wenig leid, dieser gefoppte Don Juan. Sie entschloß sich, ihm noch einmal die Chance zu geben, sich mit Anstand aus der Affäre zu ziehen. Sie richtete sich auf und sagte in einem heiteren konventionellen Ton: »Sie haben es hier sehr nett, Mr. Radokov.«

»Ja, nett und manchmal ... sehr behaglich.«

Elsie fing plötzlich an, hektisch zu plaudern, als ob sie wirklich nur zu diesem Zweck gekommen sei. Es war jetzt an ihm, den nächsten Schritt zu tun oder ihn zu unterlassen. Nach kurzer Zeit unterbrach Konrad sie lachend: »Genug, kleines Plaudertasche!« Dann versuchte er ihr zu beweisen, *wie* behaglich es bei ihm sein konnte. Jetzt war der Moment gekommen, jetzt mußte sie den geplanten und nun auch höchst notwendigen Hilfeschrei ausstoßen, der die Hotelgäste herbeilocken und Konrad bloßstellen sollte. Eigentlich war es ja ein bißchen gemein, dachte Elsie, den armen Kerl so in die Falle zu locken, aber sie tröstete sich mit dem Gedanken, daß es eine Art Generalabrechnung für seine sicher zahlreichen Fehltritte war, und vor allem, daß Pamela nur so gerettet werden konnte. Sie schob energisch alle Skrupel beiseite und holte tief Luft, um ihren Plan durchzuführen, als die Tür aufgerissen wurde und Zilla hereinstürzte.

Und es war Zilla, die schrie! Es war ein wunderschöner Schrei, viel schöner, als Elsie ihn je hingekriegt hätte. Zillas Augen blitzten vor Zorn, sie fuchtelte mit den Armen, und ihr Schrei drang durch Mark und Bein wie eine Feuerwehrsirene. Dann sprang sie wie ein Panther aufs Sofa. Zum Glück für Elsie war Konrad ihr Ziel. Er zeigte sich ihr gewachsen, aber bis er sie gebändigt hatte, war der Raum schon voll von Menschen – allen voran der wütend bellende Cucullan. Konrad Radokov erklärte der versammelten Menge mit einer kühlen Selbstbeherrschung, die man wirklich nur bewundern konnte, daß seine Frau leider gelegentlich hysterische Anfälle bekäme, aber daß sie sich wohl bald wieder erholen würde, wenn man ihr etwas Ruhe gönnte. Dann ließ er sie mit ein paar gezischten ausländischen Worten los. Zilla lachte, ihre scharfen Zähne entblößend, höhnisch über seine blutende Hand, warf Elsie ein häßliches Wort ins Gesicht und überschüttete Konrad mit unverständlichen Beschimpfungen in ihrer eigenen Sprache, während er sie vergeblich zu bremsen versuchte. Cucullan beteiligte sich als würdiger Dritter ausgiebig an dieser Auseinandersetzung. Dann erscholl, den ganzen Tumult übertönend, Owens autoritätsheischende sachliche Stimme: »Was ist denn eigentlich los hier?«

Zilla wirbelte herum und sah ihn an.

»Sie haben nötig fragen. Aber nein, Sie nur geben vor, nötig zu haben. Sie sein nicht blind.« Mit ausgestrecktem Arm wies sie auf Elsie. »Es ist wegen die da!« und fügte eine noch weniger salonfähige Schmähung hinzu. Dann drehte sie sich mit pantherartiger Geschmeidigkeit herum und zischte James an: »Nicht genug sein, daß mich Konrad machen zu komische Figur mit dummer

Puppe, Ihre Frau, nein, jetzt versuchen auch mit Ihre Mutter. *Ihre Mutter!* Verstehen Sie, Gott im Himmel, das gehen zu weit!«

Harriet McDermott blickte voller Verachtung und mit schlecht verhehlter Genugtuung von ihrem Bruder zu Elsie, dann wandte sie dem vulgären Schauspiel angeekelt den Rücken zu. Konrad sagte drohend: »Vorsicht, Zilla.« Als Antwort lachte Zilla nur gellend auf, so daß Cucullan vor Schreck zu bellen aufhörte. Dann schrie sie: »Ich vorsichtig! Ha! Ha! Das sein guter Scherz! Du lieber Dooneener Idioten sagen, vorsichtig zu sein!« Und schlug die Tür hinter sich zu. Nun folgte ein Moment allgemeiner peinlicher Stille, aber Konrads eisiges Schweigen zwang alle Anwesenden, sich schnellstens zu verziehen.

In gewisser Weise war alles viel dramatischer verlaufen, als Elsie es geplant hatte, und sie konnte sich des unangenehmen Gefühls nicht erwehren, daß sie in die Grube, die sie für Konrad gegraben hatte, selbst hineingefallen war. Um allen Auseinandersetzungen aus dem Weg zu gehen, ergriff sie Cucullan und lief schnell durch die Menge, wobei sie Pamela fast umgerannt hätte, die sie erschreckt und entsetzt anstarrte. Soll sie nur starren! Sollte jeder starren. Aber eins konnte sich Elsie doch nicht verkneifen. Sie drehte sich kurz nach Pamela um, die schließlich der Anlaß für ihre ganze Misere war, und zischte ihr zu: »Ich hab' dich ja gewarnt!« Dann eilte sie schnurstracks im Schutz der Dunkelheit ins Hotel, bevor noch Owen oder ihre Familie sie zu fassen bekam. Sie ging durch den Personaleingang nach unten in ihr kleines Schlafzimmer. Dort sank sie aufs Bett, starrte Cucullan an, der zu ihr aufschaute, und fragte traurig: »Und was nun?« Cucullan antwortete mit einem nicht sehr aufschlußreichen heiseren Bellen.

Als Dina wieder ins Hotel kam und weder ihre Mutter noch Cucullan irgendwo entdecken konnte, ging sie instinktiv zum Personaleingang, aber Eric hielt sie mit einer Handbewegung zurück.

»Laß es, Liebling, Mitteleuropäer können wirklich sehr nervenaufreibend sein, und deine Mutter braucht dringend ein wenig Ruhe und Erholung, und Cucullan, soweit ich's übersehen kann, braucht zusätzlich noch ein paar Hustenbonbons.«

Dina erwiderte etwas unlogisch: »Ja, vielleicht ... aber meinst du, Mammi würde ... könnte auf den Gedanken kommen, daß einer von uns auch nur eine Sekunde lang an den Unsinn glaubt, den diese gräßliche Radokov-Ziege da verzapft hat?«

»Aber natürlich nicht!« Er strich ihr beruhigend über den Rücken. »Aber es würde mich schon interessieren, was für eine – nach ihrer Meinung – harmlose Erklärung deine Mutter uns für diese letzte Eskapade liefern wird. Auf jeden Fall sorgt sie für Aufregung.«

Dina lachte unsicher, und Jill dachte, wie nett es wäre, einen Mann zu haben, der einen zum Lachen bringt, wenn man Sorgen hat. Das Talent, die Dinge auf die leichte Schulter zu nehmen, war George nicht gegeben – und ganz besonders jetzt nicht. Jill sah sich gezwungen, eine Unbekümmertheit vorzutäuschen, die ihr selbst zuwider war, aber es würde vor den Leuten einen schlechten Eindruck machen, wenn sie wie vom Donner gerührt schweigend herumsäßen.

»Also, diese Zilla hat sich ja aufgeführt, genau wie eine Heldin in einem Schauerroman, die sich auf der letzten Seite mit einem Aufschrei in die Tiefe stürzt, findest du nicht auch, George?« Aber George verzog keine Miene, und so fuhr Jill verzweifelt mit ihrem Geplapper fort. Irgendwann mußte er schließlich was sagen, und wenn es nur wäre, daß sie um Himmels willen den Mund halten sollte: »Ausländer können so furchtbar kindisch sein, nicht wahr? Ich meine, sie machen doch nur so viel Theater, um sich vor den anderen aufzuspielen. Und die arme Mammi! Es ist wirklich gemein, sie in ein solches Melodrama hineinzuziehen! Natürlich wird sie später furchtbar darüber lachen, daß die verdrehte Zilla auch nur einen Moment lang den Verdacht gehabt hat, daß sie mit ...«

In diesem Augenblick kamen James und Pamela, und George flüsterte hastig: »Laß uns den Zwischenfall bitte erst besprechen, wenn wir allein sind.« Dann wandte er sich den anderen zu.

Pamela sagte mit gekünstelter Forschheit: »Mir scheint, der festliche Abend ist etwas aus den Fugen geraten.«

Die Halle hatte sich in der Zwischenzeit fast geleert, und die wenigen verbliebenen Gäste hielten betont Distanz zu den Browns. Harriet McDermott schritt hocherhobenen Hauptes und mit einem angewiderten Gesichtsausdruck, so als ob ein gräßlicher Gestank im Raum hinge, dem Ausgang zu, während ihr Bruder kurz am Tisch der Browns stehenblieb und zu James sagte: »Wollen Sie bitte Ihrer Mutter ausrichten, daß mein Boot wieder flott ist und daß ich mich freuen würde, wenn sie und Cucullan sich morgen noch mal meinen seemännischen Künsten anvertrauen würden.« Die beiden alten Fräulein Bradshaw verabschiedeten sich laut und deutlich, so daß alle Anwesenden es hören mußten, und fügten hinzu: »Bitte, richten Sie Ihrer lieben Mutter doch viele Grüße aus, und wir wünschen ihr eine geruhsame Nacht.« Aber alle anderen mieden – vielleicht aus unangebrachtem Takt – die Browns und verschwanden grußlos. Sogar die Blaneys ließen sich nicht blicken. Man schneidet uns, dachte Pamela verärgert.

James blickte um sich und sagte: »Es widerstrebt mir, es auszusprechen, aber ich fürchte, die arme Mrs. Radokov ist nicht ganz normal. Es wäre zumindest die einzige Entschuldigung für ihr Verhalten.«

George Dundon bemerkte bissig: »Meinen Sie wirklich?«

Sein Ton war fast beleidigend, aber James schien es nicht zu merken. Er wählte seine Worte wie immer mit pedantischer Sorgfalt.

Pamela zuckte zusammen.

»Eine derartige Eifersuchtsszene ist nicht mehr als normal zu bezeichnen, und sie wird sich wiederholen, wenn der unglückliche Mann auch nur wagt, eine andere Frau anzusehen! Man stelle sich vor!« rief James befriedigt, weil ihm der schlüssige Beweis für seine Ausführungen gerade eingefallen war, »diese verrückte Person hat sogar meine eigene Frau in ihre grundlosen Anschuldigungen mit eingeschlossen!«

Das ebenmäßige Gesicht George Dundons verzog sich zu einem spöttischen Grinsen, das fast die Grenze des Erlaubten überschritt. Sogar James muß das merken, dachte Pamela verzweifelt. Dann sah sie, wie er kreidebleich wurde, und zog ihn am Ärmel. James stand auf, blickte George eine Sekunde lang voll ins Gesicht, drehte sich auf dem Absatz um und ging mit seiner Frau hinaus. Draußen zog er sein Taschentuch und trocknete sich die Stirn ab.

»Vielen Dank, Pam, wenn ich noch eine Sekunde länger geblieben wäre, hätte ich dem Kerl alle Zähne eingeschlagen. Das heißt«, fügte er, sogar in seiner Wut noch pedantisch, hinzu, »ich hätte es zumindest versucht. Obwohl eine öffentliche Schlägerei Mutters Ruf nur noch mehr geschadet hätte.« Er sah plötzlich ganz verloren aus. »Es ist zwar unvorstellbar, daß er überhaupt geschädigt ist, aber offensichtlich ist das der Fall.«

Pamela erinnerte sich wieder an das verstörte Aussehen ihrer sonst so heiteren und sorglosen Schwiegermutter und an die Worte »Ich habe dich gewarnt«, die Elsie ihr in ihrem begreiflichen Ärger zugeflüstert hatte, bevor sie fortgelaufen war, um sich zu verstecken. Nach einem kurzen inneren Kampf wußte

Pam, daß sie James die längst fällige Wahrheit sagen mußte. Sie fing an zu reden, brachte es aber nicht fertig, ihm dabei in die Augen zu sehen.

»Ich glaube, es ist am besten, wenn ich dir erzähle, was meiner Meinung nach heute abend wirklich passiert ist ...« Die einzige Möglichkeit, alles loszuwerden, war, so schnell wie möglich zu sprechen, damit er sie nicht unterbrechen konnte. »Dann brauchst du nämlich niemandem die Zähne einschlagen, denn damit kommst du der Wahrheit auch nicht näher. Ich weiß genau, daß du Zilla Radokov nicht glaubst, aber irgendwas mußt du dir bei ihren Worten doch gedacht haben, und du hast ja wohl auch gemerkt, daß andere Leute ihr durchaus glauben. Nun, die Erklärung ist ganz einfach – zumindest für jeden, der deine Mutter kennt. Sie ist nur meinetwegen in diese schiefe Situation geraten. Bitte, unterbrich mich nicht! Ich bin sicher, sie hat das Ganze arrangiert, um mir zu beweisen, was für ein primitiver Weiberheld dieser Radokov ist. Verstehst du, sie hat mehrmals versucht, mich vor ihm zu warnen, aber ich bin ihr jedesmal über den Mund gefahren.« Pamela lachte kurz und bitter auf. »Ich hab' mir eingebildet, daß er mir zu Füßen liegt. Und deine Mutter hat zufällig gehört, wie ich mich für heute abend mit ihm verabredet habe, woraufhin sie sich entschloß, das Problem auf ihre berühmte drastische Art zu lösen. Vermutlich hatte sie vor, einen Riesenkrach zu schlagen in dem Augenblick, wo ihre Tugend in Gefahr war, um Radokov vor allen Leuten bloßzustellen. Das einzige, was ich nicht weiß, ist, ob Zilla nun zufällig hereingeplatzt ist oder ob Schwiegerma es mit ihr abgesprochen hat, um die Szene noch wirkungsvoller zu gestalten. Aber das ist ja auch nebensächlich, im großen und ganzen bin ich sicher, daß die Sache sich so abgespielt hat. Und das wär's. Außer, daß ich vielleicht noch hinzufügen sollte, daß es deiner Mutter wenigstens gelungen ist, mich vor physischer Untreue zu bewahren. Auch wenn ich nicht glaube, daß das einen großen Unterschied macht.«

Es dauerte eine ganze Zeit, bis James etwas sagte, und dann klang seine Stimme schleppend und tonlos.

»Ich habe bisher geglaubt, unsere Ehe stünde so fest wie ein Fels in der Brandung.«

»Oh, ich bin überzeugt, du hättest auch Lehrbücher über die ideale Ehe gefunden, aber auf unsere zweite Hochzeitsreise hast du eben die falschen mitgenommen.«

James schwieg wieder längere Zeit.

»Ich verstehe, was du meinst. Aber du hättest wissen müssen, daß ich dich nicht absichtlich vernachlässigt habe.«

»Es hängt alles davon ab, was man für wichtig hält. Ich habe dich jedenfalls nicht geheiratet, um einen Ernährer zu haben.«

Er wiederholte: »Ja, ich verstehe. Und ich verstehe jetzt auch, daß Mutter versucht hat, mich zu warnen. Sie hat mir gesagt, ich verstünde nichts von Frauen. Aber auf die Idee, daß ich als Ehemann versagt habe, bin ich bislang noch nicht gekommen.«

Sie blickte ihn an. Er sah nicht verärgert, sondern nur erstaunt und schmerzlich berührt aus. Sie hatte ihn tief verletzt. Sie wollte sagen: »Es tut mir leid!« Aber statt dessen rief sie trotzig: »Du hast mich verletzt!«

»Ich gebe zu, daß ich versagt habe. Mir will scheinen, daß wir in Zukunft beide versuchen müssen, vorsichtiger zu sein.«

Wenn er getobt und gebrüllt hätte, wäre sie weniger beschämt gewesen als jetzt. Jeder andere Mann hätte getobt und gebrüllt, aber nicht James. Er war fast unmenschlich in seiner Gerechtigkeit. Sie biß sich auf die Lippe, um die Tränen zurückzuhalten, und murmelte immer noch trotzig: »Wenn das alles ist, was du mir zu sagen hast, können wir genausogut zu den anderen zurückgehen.«

»Das ist alles, was ich im Moment zu sagen habe. Ich brauche etwas Zeit«, erklärte James ernst, »bis ich die beiden Seiten dieses Problems genau gegeneinander abgewogen habe.« Statt zu weinen, fing Pamela jetzt an hysterisch zu lachen. Oh, niemand und nichts würde ihren soliden, vernünftigen James jemals ändern! Und sie würde ihn wohl so nehmen müssen, wie er war. Sie biß sich wieder auf die Lippe, blinzelte unter feuchten Wimpern und stieß endlich hervor: »Es tut mir leid!«

Er lächelte sie plötzlich an, als ob er nur auf diese paar Worte gewartet hätte.

»Ja, mir tut es auch leid.« Dann sagte er, was in seinen Augen die glühendste Liebeserklärung der Welt war: »Du bist wirklich ein braves und ehrliches Mädchen, und ich liebe dich sehr.«

»Ach, James, mein Liebling, vielleicht wirst du mich nicht verstehen, aber es war ja gerade, *weil* ich dich liebe und dich so sehr begehre, daß ich, daß ich ...«

»Doch, ich verstehe auch das.«

Jill war erleichtert, als Pamela und James sich wieder zu ihnen gesellten. Sie kochte innerlich vor Wut und sehnte sich danach, die dumme alte Mammi aus ihrer Höhle zu locken und sie hier an den Familientisch zu zerren, wo sie schließlich hingehörte. Aber sie konnte Dina und Eric nicht zumuten, mit George allein zu bleiben. Sie hätte ihren schlimmsten Feind nicht mit diesem unerträglichen Ekel allein gelassen – denn als solches hatte er sich jetzt plötzlich entpuppt.

Fast gleichzeitig mit Pamela und James kam der starke schwarze Kaffee, den Eric bestellt hatte, und so wartete Jill noch einen Moment, um auch eine Tasse zu trinken. Die hatte sie weiß Gott nötig! Gerade als sie das heiße Zeug so schnell wie möglich herunterschüttete, stürzte Fergus in die Hotelhalle. Endlich! Es war aber auch höchste Zeit. Wie immer war er natürlich von seiner eigenen Wichtigkeit ganz durchdrungen. George machte eine so abweisende Miene, daß jeder andere zurückgeschreckt wäre, aber dieser Starreporter mit der Elefantenhaut schien es nicht einmal zu merken. Er steuerte direkt auf die Familiengruppe zu und fragte Jill: »Was ist das eigentlich für ein Unsinn, den ich da über Ihre Mutter höre?«

»Ach, Fergus!« rief Jill aus. Dieser fabelhafte Mangel an jeglichem Taktgefühl und das völlige Ignorieren der bedrückenden Atmosphäre war wirklich herzerfrischend. Jill verzieh ihm sein früheres schlechtes Benehmen in Generalabsolution, brachte aber vor lauter Aufregung kein weiteres Wort heraus. George blickte Fergus eisig an, um ihn zum Fortgehen zu zwingen. Vergebliche Liebesmüh!

»Das hätte verdammt schlecht ausgehen können«, fuhr Fergus stirnrunzelnd fort. »In so einem Fall ist alles Unvorhergesehene von Übel. Wenn unser Vogel rechtzeitig Lunte gerochen hätte, würden meine Freunde nur noch ein leeres Nest vorfinden, aber zum Glück steht der Daimler noch vor der Tür, und so scheint alles o.k. zu sein, was allerdings nicht Ihr Verdienst ist, mein Mädchen. Das nächste Mal passen Sie gefälligst besser auf«, fügte er streng hinzu.

Obwohl seine Anwesenheit im Moment mehr als willkommen war, hätte Jill ihn doch am liebsten bei seinem unordentlichen Schopf gepackt und für seine Unverschämtheiten kräftig durchgeschüttelt.

»Warum kommen Sie erst jetzt, was haben Sie die ganze Zeit gemacht?«

»Meine Freunde mußten noch einiges klären, bevor sie zur Tat schreiten konnten. Ach ja, und dann hatte ich einen zünftigen Krach mit meinem Redakteur, weil ich nicht im Rathaus war, und er hat mich an die Luft gesetzt. Zu blöd von ihm, vor allem, da er mich gleich kniefällig bitten wird, fürs doppelte Gehalt wieder anzufangen. Ich glaube, ich werde nicht mehr als ...« – er warf einen Blick auf seine Uhr – »... fünfzehn Minuten bis eine halbe Stunde arbeitslos sein.«

»Wir dürfen Sie nicht davon abhalten, den besten Gebrauch von Ihrer so kurzbefristeten Arbeitslosigkeit zu machen«, sagte George kalt und nickte ihm verabschiedend zu, aber solche diskreten Anspielungen waren bei Fergus völlig verschwendet. Er setzte sich unaufgefordert auf den freien Stuhl neben James. Jill unterdrückte ein Kichern. George erhob sich mit einem leichten Achselzucken und wandte sich an die versammelte Runde. »Jill und ich haben beschlossen, schon heute statt erst morgen nach Dublin zu fahren. Würden Sie uns daher entschuldigen, wir haben keine Zeit zu verlieren.«

Die Ankündigung kam für Jill ebenso unerwartet wie für alle anderen. George legte seine Hand mit einer scheinbar liebevollen Geste auf ihre Schultern, aber der feste Druck seiner Finger befahl ihr, aufzustehen und mitzukommen.

»O nein«, widersprach Fergus energisch, »es tut mir leid, aber Sie können die Dame nicht so einfach entführen! Und warum setzen Sie sich nicht auch wieder hin.« Diesmal nickte er George zu – auf eine nette, ein wenig herablassende Art. »Ich verspreche Ihnen, Sie werden es nicht bereuen, wenn Sie noch ein bißchen bleiben. Ich kann Ihnen im Moment zwar noch nichts Näheres sagen, aber es braut sich hier allerhand zusammen, und es wäre schade, wenn Sie nicht dabei wären, wenn die Bombe platzt.«

Georges Griff auf Jills Schulter verstärkte sich. Dieser unverschämte Schlingel hatte seine Geduld schon viel zu lange auf die Probe gestellt. Jill schien zum Glück zu begreifen, daß er nicht gewillt war, sich das länger bieten zu lassen. Sie stand auf und ging – o nein, sie schritt von dannen! Nun, ihm sollte es recht sein, aber es war höchste Zeit, ihr mal seinen Standpunkt klarzumachen.

In der Halle zischte sie ihn an wie eine kleine Furie.

»Was bildest du dir eigentlich ein?«

Wütend sah sie besonders hübsch aus, aber er durfte sich davon jetzt nicht ablenken lassen und schwach werden.

»Wie gesagt, ich habe schon gepackt und deine wie meine Rechnung beglichen. Bitte, mach dich also so schnell wie möglich fertig, wir fahren in einer Viertelstunde von hier fort.«

»Ach? Wirklich? Und ich kann dir nur sagen, daß du dich heute abend absolut unmöglich benommen hast, und wenn du denkst, daß es mir auch nur im Traum einfallen würde, von hier fortzufahren und Mammi im Stich ...«

»Deine Mutter«, zischte George durch die Zähne, »ist der Grund unserer plötzlichen Abreise. Nach der peinlichen Episode von heute abend bin ich nicht gewillt, auch nur noch das geringste mit dieser unmöglichen Frau zu tun zu haben, und ich werde auch zu verhindern wissen, daß meine zukünftige Frau je wieder in eine Skandalgeschichte verwickelt wird. Um es geradeheraus zu sagen: Wenn unsere Ehe ein Erfolg werden soll – und nach meiner Meinung besteht darüber gar kein Zweifel –, dann mußt du dich hier an Ort und Stelle entweder für mich oder für deine Mutter entscheiden.«

Und dieses hoffnungslos mutterfixierte Mädchen warf doch tatsächlich ohne Zögern ihre glänzende Zukunft über Bord. Sie zog ihren Verlobungsring vom Finger, gab ihn zurück und sagte: »Das ist leicht, George, ich entscheide mich für Mammi.« Er verneigte sich korrekt: »Ich wünsche dir von ganzem Herzen das Beste für deine Zukunft, liebe Jill«, wandte sich ab und ging hinaus zu seinem Wagen. Im Augenblick schmerzte die Trennung sehr, aber später würde er froh darüber sein, daß er sich nicht an ein tippendes kleines Flittchen weggeworfen hatte. Seine Eltern waren die ganze Zeit über natürlich lieb und verständnisvoll gewesen, aber jetzt erinnerte er sich wieder an den einzigen kritischen Satz, den seine Mutter geäußert hatte: »Die Ausdrükke, die die liebe Jill manchmal gebraucht, sind in unseren Kreisen etwas ungebräuchlich, nicht wahr?« Er wußte, seine Eltern würden unendlich erleichtert sein, daß diese Mesalliance nun doch nicht zustande kam. Er verbannte männlich das bißchen Sehnsucht nach dem tippenden kleinen Flittchen aus seinem Herzen und fuhr zurück zu den eleganten Landhäusern der Grafschaft Sussex, wo passendere Ehegefährtinnen seiner harrten.

»Kein schlechter Abgang!« ließ sich eine Stimme vernehmen, deren Besitzer ungesehen in der Hallentür einen strategisch günstigen Posten bezogen hatte. »Direkt nobel – mit beglichener Rechnung! Pech gehabt, armer Kerl«, fügte Fergus mitfühlend hinzu, »und er hat Ihnen nicht mal Zeit gelassen, das Geld zurückzuzahlen ... das heißt, wenn Sie's ihm angeboten hätten.«

Jill fühlte weder Trennungsschmerz noch Trauer über den Verlust ihrer glänzenden Zukunft, aber das würde natürlich noch kommen – sozusagen mit Spätzündung. Aber im Moment gab es wohl keinen heilsameren Balsam für ihr verwundetes Herz, als sich mit diesem unmöglichen Knaben in die Wolle zu kriegen. Es war wirklich zu unverschämt von ihm, sich heranzuschleichen und ein so privates Gespräch zu belauschen. Sie wandte sich wortlos ab und ging in die entfernteste Ecke der Halle, wo sie sich ungestört streiten konnten. Der verachtungsvolle Ausdruck auf ihrem Gesicht war äußerst gelungen.

»Sie werden leider nie begreifen, daß George Dundon bei allen seinen Fehlern wenigstens ein Gentleman ist.«

»Furchtbar hinderlich für ihn. Aber er ist auch 'n Trottel mit seinem feierlichen: Du mußt dich entscheiden! Jeder mit 'nem bißchen Grips hätte längst spitzgekriegt, daß er bei Ihnen ausgespielt hat. Der arme Kerl ist wahrscheinlich der einzige, der nicht gewußt hat, daß Sie's auf mich abgesehen haben.«

Bis zu dieser Sekunde hatte Jill das auch nicht gewußt. Nein, das stimmte nicht ganz. Sie hatte nicht gewußt, daß sie es wußte. Jetzt, wo man es ihr auf den Kopf zugesagt hatte, fühlte sie – o nein, was sie fühlte, würde sie diesem großspurigen Bengel nicht verraten, sie würde ihn zappeln lassen für den Rest seines Lebens! Sie setzte ein überlegenes Lächeln auf und sagte herablassend: »Mein lieber guter Junge, wollen Sie mir etwa auf Ihre etwas seltsame verdrehte Art zu verstehen geben, daß Sie ehrliche Absichten haben?«

»Reden Sie doch keinen Stuß«, sagte ihr ungalanter Bewerber. »Es ist uns doch beiden klar, daß wir heiraten – ob's uns gefällt oder nicht –, weil wir ja schließlich zusammenbleiben wollen. Sie werden allerdings noch etwas warten müssen, bis Sie Mrs. O'Rahilly werden, da man ohne Ballast schneller vorwärtskommt, und ich will unbedingt erst noch bei der irischen ›Times‹ und dann bei der englischen arbeiten.« Er machte eine Pause. »Na, vielleicht geb' ich mich auch mit einem der großen Provinzblätter zufrieden.«

Jill wäre ihm am liebsten um den Hals gefallen, aber sie unterdrückte heroisch dieses Verlangen und meinte statt dessen spöttisch: »Sie dummer Junge, Sie glauben doch nicht im Ernst, daß ich jahrelang herumsitzen und auf Sie warten werde?«

Fergus seufzte.

»Also meinetwegen, wenn Sie's so eilig haben, werde ich eben etwas langsamer vorankommen, so viel Ballast sind Sie ja nun auch wieder nicht.« Sie war wütend auf sich, weil sie ihm diese Antwort geradezu in den Mund gelegt hatte, und rang nach Worten. Aber bevor sie noch etwas sagen konnte, erschienen zwei Männer im Hoteleingang. Fergus flüsterte aufgeregt: »Genug geschäkert. Da kommen die Bullen! Wollen mal hören, was

Freund Radokov ihnen Schönes mitgeteilt hat. Erst kommt das Geschäft und dann das Vergnügen, mein Mädchen.«

Sie flüsterte zornig zurück: »Sie haben vergessen, mir zu sagen, wie leidenschaftlich Sie mich lieben!«

»Sie wollen wohl alles schwarz auf weiß nach Hause tragen, was? Natürlich lieb' ich dich, ich bin sogar verrückt nach dir – und du?«

»Genug geschäkert!« rief Jill, ganz stolz über den ersten kleinen Sieg, den sie errungen hatte. Fergus quittierte ihn mit einem Grinsen, und dann wandten sich der Mann und die Frau vom KEST erwartungsvoll den beiden Polizisten in Zivil zu. Aber nicht von den Vertretern des Gesetzes, sondern von Zilla erfuhren die beiden den Hergang der Ereignisse. Auch die übrigen Gäste in der Halle hörten gespannt zu. Aber es war nunmehr egal, wie viele Zuhörer Zilla hatte, denn die Notwendigkeit, Geheimnisse zu wahren, war leider nicht mehr gegeben.

Obwohl Radokovs Daimler immer noch irreführenderweise vor dem Hotel stand, war sein Besitzer längst über alle Berge, als die Polizei bei ihm erschien, und jetzt wurde im ganzen Land nach ihm gefahndet. Er hatte seine Gattin ohne einen Pfennig sitzenlassen, und die rachedurstige Zilla tigerte nun wie eine Wildkatze im Käfig in der Halle auf und ab und wiederholte vor den Anwesenden geradezu wollüstig alle Informationen, die sie schon der Polizei mit größtem Vergnügen gegeben hatte.

»Konrad, er fürchten, daß ich zuviel wissen, er fürchten, ich anderen sagen, weil er mich machen lächerlich mit Brown-Frau. Er sein türmen, schnell, schnell!«

Vorwurfsvoll flüsterte Fergus Jill zu: »Hab' ich dir's nicht gesagt. Warum hast du nicht besser aufgepaßt? Du hast schlimm versagt, mein Mädchen.«

»Er machen seine Vorbereitungen schon lange«, zischte Zilla ins Publikum, »aber er verbergen vor mir, weil er mir kein Vertrauen.« Fergus murmelte: »Recht hatte er!« Zilla fuhr giftig fort: »Und jetzt ich werden sagen alles, alles und mit Freude. Eines Nachts ich hören, wie er bringen Auto von Dublin, er ihn einschließen, leise, leise in Stall von Glebe-Haus. Ich nicht erkennen Autotyp, ich auch nicht sehen Namen auf neuen Autopapieren, aber ich sein sicher, er haben viele Pässe. Viel zu schlau sein für Dooneen!« Zilla lachte verächtlich. »Ich glauben, er haben Freund, und Freund warten mit kleines Aeroplan an dunkel Ort und bringen ihn weit, weit, wo er sein sicher.«

Sie ließ sich graziös in einen Sessel fallen und lächelte alle spöttisch an. »Wenn es ihm gelingt, sich zu retten«, flüsterte Eric Dina zu, »dann verlieren wir unser ganzes Geld!« Dina blickte ihn verdächtig treuherzig an. »Ja, ich weiß«, fauchte Eric wütend, »ich bin ein noch größerer Finanzidiot als deine Mama, aber wehe, du sagst das jemand. Ich bringe dich glatt um.«

Als einer der Detektive sagte: »Mrs. Radokov ...«, schnellte Zilla fauchend aus dem Sessel hoch.

»Ich Ihnen schon sagen, ich nicht so heißen! Ich sein Himmel Dank nicht Frau von dieser Schurken. Er nicht haben Gattin, oder er haben eine ganze Dutzend. Ich ihn fangen und hängen!« rief Zilla und rang die Hände. Sie warf den beiden Detektiven einen betörenden Blick aus ihren schönen Augen zu. »Er mich haben sitzenlassen in diese schreckliche Land. Ihr ihn fangen und hängen!« Die schönen Augen verengten sich. »Oder Sie ihn geben mir!«

Schon bald waren die Dooneener ebenso ungeduldig wie Zilla, ihren frischgebackenen Ehrenbürger zu fangen, bevor er sich mit dem von den Dooneenern, den irischen Steuerzahlern und von Eric Horten gelieferten Geld aus dem Staube machte. Aber der Schwindler hatte einen guten Vorsprung, und die Chancen für die vielen vertrauensseligen Geldanleger standen äußerst schlecht. Man hatte zwar sämtliche Polizeistationen des Landes alarmiert, aber niemand hegte viel Hoffnung.

Doch längst bevor das alles in Gang gesetzt war, hatten die Browns und sogar die Frau vom KEST jegliches Interesse an den Untaten von Mr. Radokov verloren. Sie hatten andere Sorgen. Während sich die Aufregung in der Halle ihrem Höhepunkt näherte, waren Jill und Dina zu ihrer vom Schicksal geschlagenen Mutter geeilt, um ihr die freudige Nachricht mitzuteilen und sie aus ihrem Bau zu locken, weil sie sich nun wirklich nicht mehr zu schämen brauchte. Keiner würde nach den letzten Ereignissen den sinnlosen Anschuldigungen von Konrads Zufallsflittchen auch nur die geringste Bedeutung zumessen.

Aber sie kamen zu spät. Das Zimmer war leer. Ihre Mutter war fort. Cucullan war fort. Und der Wagen auch.

Vierzehntes Kapitel

Elsie und Cucullan fuhren nun schon seit Stunden durch die Nacht. Sie waren wieder mal auf der Flucht. Ihr Ziel hieß Dublin, aber sie schienen sich verfahren zu haben. Elsie fuhr trotzdem weiter, weil es ihr ziemlich egal war, wo der Tagesanbruch sie überraschen würde, solange es nur weit fort von Dooneen war. Wegen Owen – die Kinder würden den Schimpftiraden Zillas nie Glauben schenken, aber sie würden ihr übelnehmen, daß sie von einer Patsche in die andere geriet. Die einzige Möglichkeit, ihren Fehler wiedergutzumachen, war, zurück nach London zu gehen und sich für den Rest des Lebens von ihrer Familie herumkommandieren zu lassen. Aber was hätte sie anderes tun sollen? James durfte seine Frau nicht verlieren. Wie sehr eine Frau auch einen Mann lieben mag, die Pflichten ihren Kindern gegenüber stehen an erster Stelle. Schließlich hatte sie diese Kinder in die Welt gesetzt und sie geliebt, lange bevor sie Owen kennengelernt hatte.

Harriet hatte offen ihre Genugtuung gezeigt, als sie dachte, ihrem Bruder wären endlich die Augen über die wahre Elsie Brown geöffnet worden. Aber Owen konnte doch nicht denken, daß sie *so eine* war? Oder doch? Nein, bestimmt nicht. Genausowenig, wie sie je schlecht über ihn denken würde. Und hatte er nicht gesagt, es mache ihm nichts aus, eine schreckliche Frau zu bekommen? Aber, aber, Elsie Brown, du würdest doch nie so egoistisch sein, Dr. McDermott in die Lage zu bringen, eine Frau zu heiraten, über die sich alle Dooneener die Mäuler zerreißen? O doch, Elsie Brown, mach dir nichts vor, genauso egoistisch würdest du sein. Und deshalb mußt du schleunigst nach London verschwinden, ohne ihn noch mal wiederzusehen, weil du genau weißt, daß er dich heiraten würde, egal, was die Leute von dir denken. Und wenn er dich nun trotz allem haben will ...? Nein, die Frau eines Kleinstadtdoktors muß über alle Zweifel erhaben sein. Sicher, zu zweit könnte ihnen der böse Klatsch nichts anhaben. Aber wie stünde Owen vor seinen Patienten da, wenn in den Kneipen hinter seinem Rücken getuschelt würde, er hätte sich von einer leichtsinnigen Person einfangen lassen? Solche Frauen nannte man in Dooneen nette kleine Betthasen. Jedesmal wenn sie – als Frau Doktor McDermott – auch nur mit einem anderen Mann sprechen würde, hieße es unweigerlich, schaut euch das an, na, der arme Herr Doktor, Gott helfe ihm. Jetzt bändelt sie schon mit dem nächsten an. Elsie drückte verärgert noch fester auf das Gaspedal, der Wagen schoß nach vorn. Na und? Owen gehörte nicht zu den Männern, die sich von anderen in ihr Leben reinreden lassen, und wenn er liebt, dann liebt er – selbst wenn sich ganz Dooneen darüber den Mund fusselig redet. Nimm dich zusammmen, Elsie Brown. Was ist mit deinem edlen Selbstopfer? Nein, du wirst jetzt nicht zurückfahren. Wenigstens nicht gleich. Du mußt weiterfahren, bis du mit dir selbst im reinen bist.

Sie weinte ein bißchen und riß den Wagen von einem Grasstreifen herunter, wohin er sich verirrt hatte. Er kam ins Schleudern, fing sich aber glücklicherweise wieder. Cucullan, der neben ihr schlief, öffnete mißmutig ein Auge, aber nur kurz. Fahre weiter, bis es Tag wird, das ist das beste. Du mußt versuchen, jetzt eine Weile nicht mehr an das alles zu denken, weil du sonst völlig durchdrehst. Sie schien von der Hauptstraße abgekommen und auf einen schmalen Seitenweg geraten zu sein. Aber wenn man ohne Ziel fährt, ist eine Straße so gut wie die andere. Der Wagen streifte den Straßenrand, aber nur so leicht, daß Cucullan nicht mal aufwachte. Es war eine sehr einsame Gegend, kein Haus weit und breit. Der Weg wand und schlängelte sich, und die Grasnarbe in der Mitte bewies, daß er nur selten benutzt wurde. Der Mond stand rund und hell am Himmel – ein Mond für Liebespaare. Schade um die Verschwendung. Vielleicht lag irgendwo am Ende des Weges ein hübsches Dorf mit Strohdächern und rosenumrankten Türen und einer Schmiede. (Und dabei weißt du doch recht gut, nicht wahr, daß du gleich kehrtmachen wirst. Denn was immer auch die Leute klatschen mögen, für dich und ihn gibt es doch nur das eine: zusammenzusein.) Und wenn sie nicht gestorben sind, dann leben sie noch heute, fern von allen bösen Menschen in einem kleinen Märchendorf. Sie nahm eine scharfe Kurve auf der falschen Straßenseite, rechts und links standen hohe, von Sträuchern überwucherte Mauern. Elsie erwachte jäh aus ihrem Traum, aber zu spät. Zwei große Scheinwerfer blendeten ihre Augen. Sie trat auf die Bremse. Der Wagen rutschte über die Straße und prallte krachend seitlich in das entgegenkommende Auto.

Sie blieb einen Augenblick wie betäubt sitzen, während der von seinem Sitz geschleuderte Cucullan sie vorwurfsvoll anbellte. Der Gedanke, daß ihre Familie in einer Sache doch wohl recht hätte, schoß ihr durch den Kopf. Vielleicht war sie wirklich keine sehr gute Fahrerin. Sie stieg aus, gefolgt vom empörten Cucullan. Der Besitzer des anderen Wagens stand schon auf der Straße. Seine Scheinwerfer waren kaputt, während ihre wie durch ein Wunder ganz geblieben waren. Jetzt erst sah Elsie, was sie angerichtet hatte. Der Kühler des anderen, funkelnagelneuen Autos war eingebeult; beide Wagen waren untrennbar ineinandergerammt, der ihre blockierte die Straße vollständig. Es war so furchtbar, daß sie gar nicht wußte, wie sie sich überhaupt entschuldigen könnte. Der Mann sah aus, als ob er sie ermorden wollte – begreiflicherweise. Aber er mußte ein sehr gütiger Mensch sein, denn er sagte kein Wort, sondern versuchte nur mit aller Kraft, die Wagen zu trennen. Elsie murmelte Entschuldigungen vor sich hin, die aber wegen Cucullans wütendem Gebell nicht zu hören waren. Sie bot ihre Hilfe an, obwohl sie wußte, daß das nutzlos war, aber sie zeigte damit wenigstens ihren guten Willen. Es wäre besser gewesen, sie hätte es nicht getan, denn jetzt riß sich der arme Mann auch noch durch ihre Schuld das Schienbein an einem ausgezackten Stück Chrom auf. Das brachte ihn zum Sprechen, das heißt zum Fluchen. Die Worte klangen allerdings alles andere als irisch, doch ein Fluch ist in keiner Sprache mißzuverstehen.

Die Stimme kam ihr vertraut vor; sie sah sich den Mann genauer an und – o Schreck – das Gesicht kannte sie doch! Der Wikinger-Vollbart war zwar abrasiert und das goldrötliche Haar dunkel gefärbt, aber die hohe Stirn, die hellblauen Augen mit dem kleinen Fleck und die stattliche Figur waren unverwechselbar. In dieser schrecklichen Nacht blieb ihr wirklich nichts erspart. Millionen von Menschen leben in Irland, aber sie mußte ausgerechnet in den seltsam verwandelten Konrad Radokov hineinfahren. In dieser Nacht war alles verdreht, und es hatte auch gar keinen Sinn, irgend etwas verstehen zu wollen. Das einzige, was ihr wirklich Kummer bereitete, war, daß sie zusätzlich zu dem Ärger im Glebe-Haus dem armen Konrad jetzt auch noch diese Katastrophe eingebrockt hatte – ein bißchen viel auf einmal, fand sie und entschuldigte sich völlig zerknirscht.

»Bitte, verzeihen Sie, es ist alles meine Schuld«, stammelte sie. »Ich kann Ihnen gar nicht sagen, wie leid es mir tut, Mr. Radokov ...«

Er fuhr hoch, als sie seinen Namen aussprach. Plötzlich hatte sie furchtbare Angst. Was jetzt in seinem Gesicht stand, war kein verständlicher Ärger mehr, sondern nackter Mord. Sie starrte ihn wie ein hypnotisiertes Kaninchen an, und statt vernünftig zu überlegen, kam ihr nur der blödsinnige Gedanke, daß die Sonnenbräune auf dem frisch rasierten Teil des Gesichts künstlich war, denn eigentlich hätte die Haut dort heller sein müssen. Cucullans Gebell ging in ein drohendes Knurren über. Konrad Radokov sagte: »Meine Dame, Sie irren ...«, dann starrte er die beiden Wagen an und hob die Schultern. »Ach, jetzt sein alles aus! Sie haben mich bringen zu Fall, Mrs. Brown. Ich nie habe wissen, was ist Wunsch zu töten. Aber jetzt ich wissen, und mir machen große Mühen, mir das Freude zu versagen.«

»Ja, wenn ich Sie wäre, hätte ich auch den Wunsch, mich zu töten«, pflichtete ihm Elsie ganz gebrochen bei.

Er hinkte vom Wagen fort und lehnte sich resigniert an die bemooste Mauer – im vollen Licht der Scheinwerfer. Er schloß die Augen und strich sich mit der Hand über die Stirn.

»Bitte, Mrs. Brown, Sie so nett sein, Scheinwerfer auszumachen.«

Es war natürlich nicht weiter erstaunlich, daß er Kopfschmerzen hatte, aber es war höchst unvernünftig von ihm, sich nicht an die gegenüberliegende Mauer zu lehnen, wo die Chancen, in dieser gottverlassenen Gegend gesehen zu werden, viel größer waren. Aber die andere Mauer war mit noch mehr stacheligen Sträuchern bewachsen, und in ihrer augenblicklichen Lage stand es ihr überhaupt nicht zu, ihn zu kritisieren. Sie konnte nur jede seiner Bitten widerspruchslos erfüllen. Als sie an dem Lichtschalter herumwerkelte, war sie trotz allen Kummers stolz darauf, einen Wagen zu besitzen, dessen elektrisches System sogar nach einem derartigen Unglück noch weiterfunktionierte.

Und nicht nur das: Der Wagen weigerte sich mutig, trotz all ihrer Bemühungen, seine Augen für immer zu schließen.

Konrad rief ungeduldig: »Bitte, beeilen Sie!«

»Ich drehe und drehe, aber das Licht geht nicht aus.«

Er hinkte zu ihr herüber, riß die Reste der Kühlerhaube auf und zog an irgendwelchen Drähten. Die Lichter erloschen. Und jeder Abschied ist wie ein kleiner Tod, dachte Elsie, als sie den hellgelben Wagen sterben sah. Konrad setzte sich am Straßenrand ins Gras. Elsie setzte sich bedrückt neben ihn, um die Wache mit ihm zu teilen. Sie überlegte, daß in diesem Augenblick trotz Mondlicht und Nacht sogar die Venus von Milo vor Konrad sicher gewesen wäre. Cucullan, dem die ganze Sache ausgesprochen mißfiel, rollte sich zwischen ihnen ein, knurrend wie ein kleiner Vulkan. Elsie streichelte ihn beruhigend; erst da sah sie, wie groß die Wunde an Konrads Bein war. Seine blutbefleckte Hose hatte einen rasiermesserscharfen, ungefähr fünfzehn Zentimeter langen Riß unter dem Knie, und das Blut sickerte immer weiter durch. Elsie zog erschreckt die Luft ein.

»Das«, sagte Konrad, »müssen verbunden werden. Aber zuerst Sie mir sagen bitte, wann Sie haben verlassen Hotel?«

»Gleich nachdem ich ...« – Elsie starrte auf das weiterfließende Blut – »aus dem Glebe-Haus kam. Moment, ich will versuchen, in meiner Tasche irgend etwas Verbandähnliches zu finden.«

Er faßte sie am Arm und hielt sie zurück. Sie stellte erleichtert fest, daß er trotz seiner Verwundung noch einen beachtlich festen Griff hatte.

»So, Sie also nicht hatten Gelegenheit, vor Abfahrt zu sprechen mit Menschen?«

Was sollten diese dummen Fragen, wo es doch im Augenblick wirklich Wichtigeres zu tun gab. Hatte er vielleicht schon hohes Fieber?

»Ich wollte überhaupt mit niemand reden.«

»Ach so!« seufzte er erleichtert. »Nun können Sie gehen und verbinden Wunde.«

Seinen Weisungen folgend, zerriß sie ein weißes Hemd, das sie aus einem kleinen Koffer in seinem Wagen holte. Als sie behutsam seine Wunde abtupfte, glänzte der Knochen weißlich durch das Blut. »Es tut mir leid, es ist ziemlich tief gegangen.« Sie gab sich Mühe, ruhig zu sprechen. »Ich fürchte, es muß später genäht werden.« Er sagte: »Ich wissen.« Er mußte große Schmerzen haben, aber das einzige, woran man das merken konnte, waren seine fest zusammengepreßten Lippen. Sie schloß die Wundränder, so gut sie konnte, und damit der Verband fester saß, umwikkelte sie ihn mit ihrem eigenen in Streifen gerissenen Nachthemd. Dann half sie ihm auf die Füße, und er machte ein paar vorsichtige Schritte.

»Nein. Ich nicht können gehen, auch nicht kurze Zeit.« Er ließ sich wieder mit schmerzverzerrtem Gesicht ins Gras sinken. »Aber man sich erholen schnell von erstem Schreck.« Er fing wieder an, in seiner Muttersprache zu reden, aber jetzt langsam und weich, als ob er laut dächte, dann sagte er: »Alles noch nicht sein kann verloren. Wir haben große Entfernung von Dooneen, kleine Entfernung nach vorn. Nötig sein schnelles Transport.« Er blickte auf und lachte heiser. »Transport.«

»Nun, wir sind ja nicht in der Sahara«, bemerkte Elsie munter. »Irgendeine Garage wird schon in der Nähe aufzutreiben sein.«

Er lächelte sie mit zusammengepreßten Lippen an.

»Ich vergessen, ich sprechen mit Eingeborene. Sie kennen Gegend hier?«

»Leider nicht. Verstehen Sie, ich fuhr einfach der Nase lang.«

»Einfach der Nase lang?« Er starrte sie ungläubig an. »Und aus allen vielen, vielen, kleinen, kleinen Wegen in Irland Sie fahren in mich herein?«

Elsie errötete. Doch endlich rührte sich in ihr verspätet die Neugier.

Sie selbst hatte leider Gottes genug Gründe, um ziellos durch die Nacht zu fahren, aber er? Warum fuhr er bartlos und mit gefärbtem Haar zu später Stunde durch die einsame Landschaft? Selbst wenn er seiner Zilla für einige Zeit entfliehen wollte – ein Wunsch, den Elsie ihm gut nachfühlen konnte –, würde das als Erklärung nicht genügen. Ihr Gesicht mußte ihre Gedanken verraten haben, weil er sagte: »Sie mir nicht bringen Glück. Ich nehmen kleine, ruhige Straße, kürzeste auf mein exzellent Landkarte, aber Landkarte nicht sein exzellent genug, sie nicht markieren Zufall.« Elsie errötete wieder. »Aber jetzt Sie sich haben entschuldigen, und wir werden verzeihen und vergessen, ja? Ich Sie bitten, und ich wissen, schwer Aufgabe, aber ich nicht können gehen. Sie finden Garage für mir und mieten Auto und Chauffeur, ja? Ich sein *en route* zu wichtig Konferenz, verstehen Sie, sehr, sehr vertraulich und sehr geheim. Sie werden Auto mieten, aber nicht sagen mein Name, nur daß Sie haben Freund und Sie müssen transportieren. Sie sagen, er heißen Schmidt, ganze Menschen auf dies Insel heißen Schmidt – oder Smith. Aber Name sein nicht wichtig, nur nicht meine.« Seine Stimme hatte einen stählernen Klang bekommen. »Sie nicht werden vergessen, Mrs. Brown?« Elsie nickte. Er lächelte wieder mit zusammengepreßten Lippen. »Und ich Sie bitten, nicht fahren retour Dooneen, Sie kommen mit mich!« Als Elsie ihn verständnislos ansah, fügte er hastig hinzu: »Um Bein aufzupassen, und später ich Sie schicken retour Dooneen mit Chauffeur, und so alles sein sehr korrekt.«

Was blieb Elsie mit ihrem schlechten Gewissen anderes übrig, als gottergeben zu allem ja und amen zu sagen. Er blickte sie an, lachte und zeigte mit der Hand auf seinen Kopf und sein Gesicht. »Die höfliche Dame zeigen nicht, wie erstaunt sie sein über mein Aussehen. Verrückte Ausländer, so sie sagen doch immer. Es sein kindisch, aber wir immer kämpfen, kindische, böse böse Zilla und ich. Es soll Strafe sein. Zilla lieben Vollbart und Haar.«

»Die erogenen Zonen«, murmelte Elsie vor sich hin und stand

auf. »Ich werde versuchen, möglichst bald zurück zu sein, Mr. Radokov, und ich werde genau das tun, was Sie mir aufgetragen haben.«

Vielleicht redete er schon im Fieberwahn – Elsie war gar nicht so sicher, ob sie selbst nicht auch ein bißchen wirr im Kopf war –, aber der Auftrag, einen Wagen zu beschaffen, hatte wenigstens Hand und Fuß. Cucullan, dessen Abneigung gegen Konrad Radokov sich nie gelegt hatte, bellte kurz auf, als Aufforderung, daß sie endlich gehen sollte. Elsie setzte mühsam einen Fuß vor den anderen. Sie hätte im Stehen einschlafen können, aber sie war fest entschlossen, so lange zu gehen, bis sie tot umfallen würde. Sie mußte einfach eine Garage für den armen Mann finden, dem sie soviel Schaden zugefügt hatte. Sie zwang sich, einen weiteren Schritt zu machen, aber dann – gesegnet sei der Himmel und alle irischen Heiligen – sah sie den Lichtkegel eines Autos, das sich auf der gewundenen Straße in schnellem Tempo näherte. Als es um die Ecke bog, erkannte sie das erleuchtete Schild auf dem Wagendach, drehte sich um und verkündete laut die frohe Botschaft.

»Mr. Radokov, Mr. Radokov, es ist die Polizei! Kommt sie nicht wie gerufen?«

Auch mit zwei gesunden Beinen hätte er nicht schneller aufspringen können. Er und Cucullan knurrten gleichzeitig. Elsie war nicht schnell genug, um Cucullans dritten Biß zu verhindern.

DIE ALLSEITS BELIEBTE BRAUT EINES LANDARZTES UND IHR BERÜHMTER HUND HELFEN DER POLIZEI, EINEN BERÜCHTIGTEN INTERNATIONALEN SCHWINDLER ZU ENTLARVEN, meldete am nächsten Freitag das ›Dooneener Wochenblatt‹. Auf der Titelseite prangte ein großes Konterfei der Heldin mit ihrem tapferen Hund, und eine zweite Aufnahme zeigte den braven Wagen im tödlichen Zweikampf mit dem Schwindler-Auto. Fergus brachte die Zeitung drucknaß in den »Dooneener Hof«, wo Elsie noch arbeitete, weil sie darauf bestanden hatte, die gesetzliche Kündigungsfrist einzuhalten. Er brachte ihr auch ein Hochzeitsgeschenk, ein großes, flaches Paket in braunem Packpapier, doch sie mußte ihm feierlich versprechen, es erst nach der Hochzeit zu öffnen.

»Weil das psychologisch gesehen der Augenblick ist, wo du ein neues, das heißt ein weiteres Blatt im Buch deines Lebens aufschlagen wirst, liebe Schwiegermama in spe.«

Seltsamerweise waren ihre drei Sprößlinge über diese neue

Seite in ihrem Lebensbuch gar nicht sonderlich erbaut gewesen, obwohl sie ihre Mutter doch in guten Händen wußten.

»Natürlich *mögen* wir Owen McDermott«, beteuerten sie, »natürlich wissen wir, daß Vater dich vor allem glücklich sehen will. Und wir wollen das bestimmt nicht weniger.« Aber ...

»Vergiß nie, daß wir immer für dich da sind, wenn ... wenn du uns brauchen solltest.«

Owen erklärte, er habe sich schon längst damit abgefunden, in Zukunft im Schatten der Brown-Mafia zu leben. »Ich hab' dir ja gesagt«, seufzte Elsie, »daß sie überzeugt davon sind, nur *sie* könnten sich richtig um mich kümmern. Dabei habe ich doch nun wirklich gezeigt, daß ich sehr gut auf mich allein aufpassen kann.«

Owen hatte manchmal eine Art, sie anzusehen ... mit »diagnostischem Blick«; so hatte Elsie diese Art im stillen getauft. Und mit eben diesem Blick betrachtete er sie auch jetzt und fragte: »Kannst du das wirklich?«

Elsie hatte beschlossen, mit ihrer Familie nach London zurückzufahren, um ihre Sachen zusammenzupacken und Frieden mit der Steuerbehörde zu schließen. Die Hochzeit sollte in Dooneen stattfinden, weil die Einwohner höchst beleidigt gewesen wären, wenn sie einen anderen Ort gewählt hätte. Die letzte gesellschaftliche Pflicht, die sie vor ihrer Abreise noch erfüllen mußte, war ein Tee-Empfang bei Miß Harriet McDermott. Owens Schwester hatte sich dazu herbeigelassen, die ganze Brownsche Familie, deren Freunde und einige ihrer vornehmen Bekannten einzuladen, um der Verlobung ihres Bruders einen offiziellen Anstrich zu geben, aber ihre eigene Einstellung hatte sich deswegen um kein Jota geändert. Sogar dem begriffsstutzigsten Besucher wurde bald klar, daß die Gastgeberin nur aus einem starken Gerechtigkeitsgefühl heraus die Einladung hatte ergehen lassen, denn ohne Elsie wäre sie dem völligen finanziellen Ruin preisgegeben gewesen. Aber der Tee-Empfang blieb eine eigentümlich freudlose Angelegenheit. Fergus' offen zur Schau getragenes Amüsement über die steife Gesellschaft unterstrich nur noch die allgemein gedrückte Stimmung, gegen die alle Gäste vergeblich anzukämpfen versuchten, während sie zerbrechliche, hauchdünne Porzellantassen auf ihren Knien balancierten. Sogar den weltgewandten, umgänglichen Fräulein Bradshaw gelang es trotz aller gesellschaftlichen Routine nicht, die Unterhaltung in Gang zu halten. Cucullan hatte gleich zu Beginn den Grundton angegeben, indem er einen Teller mit

Huhn, den Harriet ihm widerwillig auf den Teppich gestellt hatte, völlig ignorierte. Er lag die ganze Zeit unter Elsies Stuhl.

Elsie war erleichtert, als alles vorbei war und sie wieder mit Owen im Hotel saß. Cucullan lag zusammengerollt unter dem großen Tisch, auf dem Fergus' geheimnisvolles Paket prunkte. Elsie betrachtete traurig die großen Fotos aus dem ›Dooneener Wochenblatt‹, die die Blaneys an die Wand geheftet hatten, und meinte: »Was immer meine Familie auch gemeckert haben mag, es war ein *guter* Wagen. Ich werde nie wieder so einen finden.«

»Du brauchst auch keinen mehr zu finden«, sagte Owen, »von nun an fährst du nicht mehr, sondern wirst gefahren.«

Der diagnostische Blick, nichts zu machen! dachte Elsie, und dann stellte sie selbst eine richtige und daher ziemlich besorgniserregende Diagnose: Owens Worte erinnerten sie stark an ihren teuren Mr. Brown! Elsie hob die Augen zur Zimmerdecke. Siehst du, lieber Mr. Brown, ich habe genau den Mann gewählt, der deinen Beifall finden würde. Und ich danke dir nochmals für deine liebende Fürsorge und verspreche dir, daß ich dich nie vergessen werde! Aber Warnungen sollte man nicht in den Wind schlagen! Sie lächelte ihren geliebten Owen verschmitzt an. Eine kluge Frau weiß, wie man aus gemachten Erfahrungen Nutzen für die Zukunft zieht. Eine kluge Frau, zum Beispiel, könnte ihrem Mann einreden, daß *er* ihr Fahrstunden gibt. Denn welcher Mann würde gern zugeben, daß er nicht imstande ist, aus seiner Frau eine gute Autofahrerin zu machen? Elsie lächelte Owen liebevoll an.

»Ich nehme an, dieser Höllenhund wird uns in die Flitterwochen begleiten«, sagte Owen und kratzte Cucullan hinterm Ohr. »Wohin, glaubst du, möchte er denn fahren?«

Cucullan zuckte im Schlaf und stieß einen aufgeregten kleinen Jauler aus. Es war leicht zu erraten, wovon er träumte.

»Inishgower«, antwortete Elsie prompt. »Die Kaninchen haben seine Eitelkeit doch sehr verletzt. Man muß ihm Gelegenheit geben, die Scharte wieder auszuwetzen.« Owen meinte, er wäre schon eitel genug, und noch mehr sei von Übel. Cucullan öffnete ein Auge und wedelte kurz mit dem Schwanz. Er hatte schon vor einigen Tagen begriffen, daß er von nun an Hund zweier Herren war. »Eine etwas zivilisiertere kleine Insel«, sagte Elsie verträumt, »wäre einfach der Himmel auf Erden – so friedlich und wunderbar.«

»Meine Allerliebste, ich hoffe, unser ganzes zukünftiges Leben wird wunderbar sein, aber so sehr ich dich auch anbete, gebe ich mich doch nicht der Illusion hin, daß es je friedlich sein wird.«

»Du meinst, weil ich dauernd in irgendwelche Katastrophen hineinschliddere? Na ja, das läßt sich wohl nicht ableugnen«, gab Elsie zu, »aber du wirst sehen, als Mrs. Elsie McDermott passiert mir das nicht mehr.«

Cucullan knurrte.

»Siehst du!« kommentierte Owen. »Er ist meiner Meinung!« Und an ihrem Hochzeitstag brach er höchst ungalant in ein schallendes Gelächter aus, als sie Fergus' Geschenk auswickelte.

Es war ein riesiges Album für Presseausschnitte.

Una Troy im dtv

Mutter macht Geschichten

Eine jung gebliebene Witwe, die es satt hat, sich von ihren drei erwachsenen Kindern bevormunden zu lassen, entschwindet eines Tages. dtv 1286 / großdruck 25003

Die Pforte zum Himmelreich

Zwei recht unkonventionelle Ordensschwestern im Kampf mit der Äbtissin des Klosters. dtv 10405 / großdruck 25052

Ein Sack voll Gold

Eine heitere Familien- und Liebesgeschichte vor dem Hintergrund eines konservativen irischen Dorfes. dtv 10619 / großdruck 25002

Trau schau wem

Als Ellen O'Sullivan den armseligen Hof ihrer Eltern für viel Geld verkaufen kann, wollen ihre Geschwister ihr plötzlich vorschreiben, wie sie ihr Leben einrichten soll... dtv 10867

Kitty zeigt die Krallen

Eine seit zweiundzwanzig Jahren glücklich verheiratete Frau nimmt den Kampf mit einer attraktiven Nebenbuhlerin auf. dtv 10898

Stechginster

Acht Ruhe suchende Weihnachtsurlauber in einem romantischen Gästehaus werden von sechs fanatischen Jugendlichen in einen ungewöhnlichen Kriminalfall verwickelt. dtv 10989

Das Schloß, das keiner wollte

Ein adeliger Verwandter hinterläßt einer eher bescheiden lebenden Lehrerfamilie ein Schloß. dtv 11057

Eine nette kleine Familie

Die allseits beliebte Lehrerin Miss Meade will Ordnung in die Verhältnisse einer »netten kleinen Familie« bringen, die durch die Ankunft eines fünften Kindes in ihren Grundfesten erschüttert wird... dtv 11150

Läuft doch prima, Frau Doktor

Ann Morgan ist nicht nur Ärztin aus Leidenschaft, sondern auch verantwortlich für ihre beiden jüngeren Geschwister, die ihr diese Aufgabe in keiner Weise erleichtern. dtv 11214

Die Leute im bunten Wagen

Eleanor Moore und ihre Großnichte Rose stellen den Park ihres Herrensitzes »fahrendem Volk« als Winterquartier zur Verfügung. dtv 11350 (März 1991)

Isabella Nadolny im dtv

Ein Baum wächst übers Dach

Ein Sommerhaus an einem der oberbayrischen Seen zu besitzen – wer würde nicht davon träumen? Für die Familie der jungen Isabella wurde dieser Traum in den dreißiger Jahren wahr. Doch wer hätte zum Zeitpunkt der Planung und des Baus daran gedacht, daß dieses kleine Holzhäuschen eines Tages eine schicksalhafte Rolle im Leben seiner Besitzer spielen würde? dtv 1531

Seehamer Tagebuch

Heiter-ironisch erzählt die Autorin in diesem unkonventionellen Tagebuch vom Einzug des ersten Fernsehers in die ländliche Idylle des Seehamer Holzhäuschen, von einer Mittelmeerkreuzfahrt, von Putzfrauen und Handwerkern. Erinnerungen an den Vater werden lebendig, an viele kleine Begebenheiten und Erlebnisse. dtv 1665

Vergangen wie ein Rauch
Geschichte einer Familie

Als einfacher Handwerker aus dem Rheinland ist er einst zu Fuß nach Rußland gewandert und hat es dort zum Tuchfabrikanten gebracht, in dessen Haus Großfürsten und Handelsherren, der deutsche Kaiser und der russische Zar zu Gast waren: Napoleon Peltzer, der Urgroßvater des Kindes, das ahnungslos die Portraits und Fotographien betrachtet, die in der Wohnung in München hängen. dtv 10133

Durch fremde Fenster
Bilder und Begegnungen

Treffsicher und liebevoll schildert Isabella Nadolny Menschen, denen sie begegnete und die sie bewundert. »Alltägliche Leute? Sie sind alle etwas Besonderes, denn sie haben ihre Merkwürdigkeiten und ihre Schicksale – man braucht nur hinzuschauen und hinzuhören, so wie es Isabella Nadolny mit Anmut und Empfindsamkeit hier tut.« (Frankfurter Allgemeine Zeitung) dtv 11159

Providence und zurück

»Zuhause ist kein Ort, zuhause ist ein Mensch, sagt der Spruch, und es ist wahr. Hier in diesem Sommerhaus war kein Zuhause mehr seit Michaels Tod...« In ihrer Verzweiflung über den plötzlichen Tod ihres Mannes folgt Isabella Nadolny einer Einladung in die Staaten. Von New York über Boston bis Florida führt sie diese Reise zurück zu sich selbst. dtv 11392

Fay Weldon im dtv

Die Teufelin

Die loyale, aber leider ziemlich unattraktive Ruth erträgt lange die sexuellen Eskapaden ihres Mannes. Irgendwann ist sie allerdings mit ihrer Geduld am Ende. Sie dreht den Spieß um und plant einen Rachefeldzug. Das erste, was in Rauch aufgeht, ist das Eigenheim. dtv 11132

Herzenswünsche

Was Helen und Clifford aus der großen Liebe machen (natürlich eine Scheidung und diverse andere Dinge und noch eine Scheidung und die eine oder andere Karriere) und wie ihre verlorene Tochter Nell viel schöner und klüger wird, als es ihre Eltern verdient haben. dtv 11197

Du wirst noch an mich denken

Ein Mann und drei Frauen, die Geschiedene, die Neue und die Halbtagssekretärin – aus dieser nicht ungewöhnlichen menschlichen Konstellation macht Fay Weldon eine rasante psychologische Studie über Schein und Sein; mit einer Komik, die manchmal mörderisch ist. dtv 11225

Kleine Schwestern

Zusammen mit dem Antiquitätenhändler Victor, ihrem zwanzig Jahre älteren Liebhaber, fährt Elsa für ein Wochenende aufs Land. Der Besuch bei Victors reichen Freunden wird für Elsa zu einer Tour de force durch Liebe, Lügen, Sex und andere Ungeheuerlichkeiten. Aus Prinzen werden Frösche, und nichts bleibt, wie es war. dtv 11305

Frau im Speck

Aus einer von Wohlstandsspeck, Diätkuren und den üblichen Midlife-crises-Affairen bedrohten Ehe hat sich Esther in eine schmuddelige Souterrainwohnung geflüchtet. Was sie dort tut? Sie ißt, und zwar alles, was fett macht. Eine »beste Freundin« taucht auf und spielt den »rettenden Engel«… dtv 11378

Sterndame

Sandra geht mit ihrem Ehemann auf eine Party und verläßt diesselbe mit einem anderen. Das Pikante am vorliegenden Fall: Die Dame ist eine prominente Fernseh-Astronomin, der Gatte ein bekannter Anwalt, und der »Neue« Boss einer Jazz-Band, übrigens ebenfalls verheiratet. dtv 11426 (August 91)

Amei-Angelika Müller im dtv

Foto: Studio Kleiber

Pfarrers Kinder, Müllers Vieh
Memoiren einer unvollkommenen Pfarrfrau

Sie ist ein Morgenmuffel, Kochen ist nicht ihre Stärke, und auch sonst entspricht sie nicht dem Ideal einer Pfarrfrau. Sie wollte auch alles andere werden, nur das nicht. Doch sie lernte einen Theologiestudenten kennen – und lieben.
dtv 1759 / dtv großdruck 25011

In seinem Garten freudevoll...
Durchs Gartenjahr mit Wilhelm Busch

Jeder glaubt Wilhelm Busch zu kennen, doch eine Seite des berühmten Zeichners, Dichters und Philosophen ist weniger bekannt: Er war ein großer Naturfreund und Hobbygärtner. Amei-Angelika Müller hat diesen »anderen« Wilhelm Busch aufgespürt in seinen Briefen, Gedichten und Zeichnungen, in denen er von Gärtners Freud und Leid erzählt, das menschliche Leben mit dem Ablauf der Jahreszeiten vergleicht und Tiere und Pflanzen beobachtet.
dtv 10883

Ich und du, Müllers Kuh
Die unvollkommene Pfarrfrau in der Stadt

Nach sieben Jahren in der ländlichen Pfarrei folgt Amei-Angelika Müller ihrem Mann auf eine Pfarrstelle in der Stadt. Neue Erlebnisse und Erfahrungen warten auf die »unvollkommene Pfarrfrau«, von denen sie mit viel Selbstironie und gekonnter Situationskomik erzählt.
dtv 10968

Sieben auf einen Streich

Eine herzerfrischend fröhliche, witzige und humorvolle Familiegeschichte: Sieben Geschwister nebst Anhang, insgesamt siebzehn Personen, darunter nicht weniger als drei Pfarrer, versammeln sich zu einem Familientreffen im Harz. Vergnügliche Einblicke in eine ganz und gar unmögliche Familie...
dtv 11204

Veilchen im Winter

Was macht eine junge Frau, die sich von ihrem skibegeisterten Ehemann zum gemeinsamen Winterurlaub überreden läßt, obwohl sie selbst völlig unsportlich ist und den Winter zutiefst verabscheut? Sie würde nach wenigen Tagen enttäuscht und zornig abreisen – wäre da nicht eine gleichgesinnte Seele in Gestalt eines kleinen Jungen.
dtv 11309

Ephraim Kishon im dtv

Foto: Isolde Ohlbaum

Nicht so laut vor Jericho

Kishon kämpft mit den Tücken der Bürokratie, sieht die väterliche Autorität durch seinen Sohn Amir erschüttert, berichtet über seine Schwierigkeiten mit Waschmaschinen, Freunden, Kontaktlinsen und der großen Hitze von Tel Aviv.
dtv 989

Der Blaumilchkanal

Satirische Sketche und Szenen, die alle ihre Uraufführung in der »Grünen Zwiebel«, Kishons eigener Kleinkunstbühne, erlebten. »Er mockiert sich über die Zustände im heutigen Israel derart, daß man dortselbst am liebsten einwandern möchte. So etwas hat es lange nicht gegeben: einen unmittelbar positiven Satiriker.« (Süddeutsche Zeitung)
dtv 993

Salomos Urteil – zweite Instanz

In dieser Sammlung nimmt der unerschöpfliche Einfallsreichtum Kishons schier globale Ausmaße an: Da verständigen sich Nixon und Kossygin zu früher Stunde über das rote Telefon und werden Maos »rotgoldene Worte« mit vollem Erfolg auf israelische Verhältnisse angewandt. Der Leser erhält unter anderem Gelegenheit, in Spanien einen Stierkampf aus Kishonscher Sicht zu erleben oder mit ihm in der Schweiz in Lebensgefahr zu geraten.
dtv 1038

Es bleibt in der Familie

Vom Kleinkrieg mit den entfernten Verwandten und den allzu nahen Nachbarn, von Familienfeiern und -katastrophen, von Einbrechern, Wettervorhersagen, Nächstenliebe und Krankenbesuchen, vom technischen Fortschritt und den Schwierigkeiten, sich komplizierte Straßennamen zu merken.
dtv 10440

Bekenntnisse eines perfekten Ehemanns

Kishons gesammelte Erfahrungen, Erkenntnisse und Erlebnisse aus 25 Ehejahren. Ein heiter-satirisches Trostbuch für alle »Leidensgenossen« vom besten aller Ehemänner. Dieser Sammelband seiner besten Geschichten über »sie« und »ihn« ist das Ergebnis seiner »retrospektiven Selbstanalyse«.
dtv 10496

Franziska Becker im dtv

Franziska Becker, in Mannheim geboren und gelernte Kunsterzieherin, hat ihre Karriere 1977 bei der von Alice Schwarzer gegründeten Frauenzeitschrift »Emma« begonnen und ist heute eine *der* Karikaturistinnen des Landes. Lieblingszeichner: Wilhelm Busch. Lieblingsfigur: die fromme Helene

Mein feministischer Alltag
Cartoons · dtv 10069

Mein feministischer Alltag 2
Cartoons
dtv 10334

Mein feministischer Alltag 3
Cartoons
dtv 10947

Männer
Cartoons
dtv 11111

Marie Marcks im dtv

Marie Marcks, geboren und aufgewachsen in Berlin, zum Zeichnen erzogen durch Mutter, Vater und Onkel (Graphikerin, Architekt, Bildhauer), ist Mutter von fünf Kindern und gehört zu den großen Karikaturistinnen in der Bundesrepublik. Sie lebt in Heidelberg.

Schöne Aussichten
Karikaturen
dtv 10195

Alle dürfen, bloß ich nicht
Cartoons
dtv 10451

O glücklich, wer noch hoffen kann, aus diesem Meer des Irrtums aufzutauchen!
Karikaturen · dtv 10737

Ich habe meine Bezugsperson verloren
Cartoons · dtv 10819